KB249044

사뮈엘 베케트
Samuel Beckett, 1906–89

사뮈엘 베케트는 1906년 4월 13일 아일랜드 더블린 남쪽 폭스록에서 유복한
신교도 가정의 차남으로 태어났다. 더블린의 트리니티 대학교에서 프랑스 문학과
이탈리아 문학을 공부하고 단테와 데카르트에 심취했던 베케트는 졸업 후
1920년대 후반 파리 고등 사범학교 영어 강사로 일하게 된다. 당시 파리에 머물고
있었던 제임스 조이스에게 큰 영향을 받은 그는 조이스의 『피네건의 경야』에 대한
비평문을 공식적인 첫 글로 발표하고, 1930년 첫 시집 『호로스코프』를, 1931년
비평집 『프루스트』를 펴낸다. 이어 트리니티 대학교에서 프랑스어를 가르치게
되지만 곧 그만두고, 1930년대 초 첫 장편소설 『그저 그런 여인들에 대한 꿈』(사후
출간)을 쓰고, 1934년 첫 단편집 『발길질보다 따끔함』을, 1935년 시집 『에코의
뼈들 그리고 다른 침전물들』을, 1938년 장편소설 『머피』를 출간하며 작가로서
발판을 다진다. 1937년 파리에 정착한 그는 제2차 세계대전 중 레지스탕스로
활약하며 프랑스에서 전쟁을 치르고, 1946년 봄 프랑스어로 글을 쓰기 시작한
후 1989년 숨을 거둘 때까지 시, 소설, 희곡, 비평 수십 편을 프랑스어와 영어로
번갈아 가며 쓰는 동시에 자신의 작품 대부분을 스스로 번역한다. 전쟁 중 집필한
장편소설 『와트』에 뒤이어 쓴 초기 소설 3부작 『몰로이』, 『말론 죽다』, 『이름
붙일 수 없는 자』가 1951년부터 1953년까지 프랑스 미뉘 출판사에서 출간되고,
1952년 역시 미뉘에서 출간된 희곡 『고도를 기다리며』가 파리, 베를린, 런던, 뉴욕
등에서 수차례 공연되고 여러 언어로 출판되며 명성을 얻게 된 베케트는 1961년
보르헤스와 공동으로 국제 출판인상을 받고, 1969년 노벨 문학상을 수상한다.
희곡뿐 아니라 라디오극과 텔레비전극, 영화 각본을 집필하고 직접 연출하기도
했던 그는 당대의 연출가, 배우, 미술가, 음악가와 지속적으로 교류하며 평생
실험적인 작품 활동에 전념했다. 1989년 12월 22일 파리에서 숨을 거뒀고,
몽파르나스 묘지에 묻혔다.

SELECTED SHORTER PLAYS

by Samuel Beckett

LITERATURE IRELAND
Promoting and Translating Irish Writing

사뮈엘 베케트   이예원 옮김

단편극집 I

wo
rk
——
ro
om

일러두기

1. 이 책은 사뮈엘 베케트(Samuel Beckett)의 『지는 모두 그리고 라디오와 화면을 위한 다른 극작품(All That Fall and Other Plays for Radio and Screen)』(페이버 앤드 페이버[Faber and Faber], 2009)과 『크래프의 마지막 테이프 그리고 다른 단편극(Krapp's Last Tape and Other Shorter Plays)』(페이버 앤드 페이버, 2009)에 수록된 작품 중에서 영어로 먼저 쓰인 열아홉 편을 한국어로 옮긴 것이다. 두 권을 저본으로 삼되 베케트가 직접 번역하거나 번역에 관여한 프랑스어판과 독일어 각본 또한 참고해 번역했다.
2. 원문에서 특별히 대문자로 표기한 부분은 굵게 처리했고, 이탤릭체로 구분한 부분에는 방점을 더했다.

차례

지는 모두
라디오를 위한 극

배역

시골 풍경을 알리는 배경음. 양 떼와 새, 소, 수탉이 각기 울다가 함께
운다. 침묵.

　　루니 여사가 시골길을 따라 기차역으로 향하고 있다. 발을 끌며 걷는
소리.

　　어느 집 앞을 지나치는 사이, 어렴풋이 들려오는 음악 소리.
슈베르트의 「죽음과 소녀」.

　　발소리가 느려지다가 그친다.

루니 여사.　가여운 여자. 다 낡은 집에 혼자 남아 갖고는.

　　[커지는 음악 소리. 음악 외에는 침묵. 발소리가 다시 이어진다. 음악
　　소리가 잠잠해진다. 루니 여사, 노랫가락을 흥얼거린다. 곧 잠잠해진다.
　　다가오는 달구지 바퀴 소리. 달구지가 멈춘다.

　　발소리가 느려지다가 그친다.]

　　거기 크리스티예요?

크리스티.　예, 사모님.

루이 여사.　어쩐지 많이 본 버새다 했지요. 가여운 안사람은 좀
　　어때요?

크리스티.　딱히 좋아질 기미가 안 보입니다, 사모님.

루이 여사.　딸은 어떻고요?

크리스티.　딱히 나빠질 기미는 안 보입니다, 사모님.

　　[침묵.]

루니 여사.　왜 멈춰요? [사이.] 나는 왜 멈췄지?

　　[침묵.]

크리스티.　경마장 가기 좋은 날씨입니다, 사모님.

루니 여사.　그럴 테지요. [사이.] 그런데 이대로 버텨 줄까요? [사이.
　　감정을 담아.] 이대로 버텨 줄까요?

　　[침묵.]

크리스티.　그런데 혹시—

루니 여사.　쉿! [사이.] 설마 벌써 우편열차가 지나는 소리이려고.

　　[침묵. 버새가 운다. 침묵.]

크리스티.　망할 우편.

루니 여사.　아이고, 살았다! 멀리서 천둥처럼 들이닥치는 소리인

줄 알았는데. [사이.] 버새도 보채길 말처럼 보채네요. 하기야, 놀랄 일도 아니지.

크리스티. 혹시 두엄 한 바가지 필요하지는 않으세요?

루니 여사. 두엄? 몇 등급인데요?

크리스티. 돼지 두엄이요.

루니 여사. 돼지 두엄… 솔직해서 좋군요, 크리스티. [사이.] 주인 사람에게 물어볼게요. [사이.] 크리스티.

크리스티. 네, 사모님.

루니 여사. 혹시 내 말투가 좀… 별나다 싶진 않아요? [사이.] 목소리 말고요. [사이.] 목소리 말고 말하는 방식이요. [사이. 혼잣말하듯.] 내 딴은 단순한 말만 쓴다고 쓰는데, 그래도 종종 내 말버릇이 참… 유별나다 싶을 때가 있어서. [사이.] 맙소사! 이게 도대체 무슨 소리죠?

크리스티. 마음 쓰지 마세요, 사모님, 요년이 오늘따라 염치가 없네요.

[침묵.]

루니 여사. 두엄? 우리 나이에 두엄을 어디 쓴다고? [사이.] 그런데 왜 굳이 길에 발 딛고 있어요? 왜 거름 더미 꼭대기에 올라 편히 실려 가지 않고? 높은 곳을 무서워하나요?

[침묵.]

크리스티. [버새에게.] 예이! [사이. 더 크게.] 예이, 이년, 냉큼 못 갈까!

[침묵.]

루니 여사. 꿈쩍하질 않네. [사이.] 나도 이만 가 봐야겠죠, 역에 늦지 않게 도착하려면. [사이.] 아니, 방금 보채며 땅을 긁던 애가. 이젠 가지 않겠다고 고집이네. 궁둥짝 한 대 갈겨 봐요. [갈기는 소리. 사이.] 더 세게! [갈기는 소리. 사이.] 저런! 누가 그리 한 대 쳐 주면 난 미적대지 않을 텐데. [사이.] 날 쳐다보는 것 좀 봐요, 크고 그렁그렁하니 쇠파리에 시달리는 두 눈으로! 내가 이만 갈 길을 가면, 제 시야에서 벗어나면 혹시나… [갈기는 소리.] 그만 그만, 됐어요! 재갈을 잡아 그 애 눈 좀 저리 돌려요. 어휴, 끔찍해라! [루니 여사, 발길을 옮긴다. 발 끄는 소리.] 어쩌다가 이 신세가 됐는지, 내가 뭘 어쨌다고, 뭘? [발 끄는

소리.] 아주 오래된 일이지… 아니! 아니! [발 끄는 소리. 인용하며.]
"지난 일 지난 잘못 / 그 무어 무어 이야기 탄식하듯 내뱉고."
[발길을 멈춘다.] 어떻게 더 가, 더 못 가. 아이고, 이대로 철퍽
주저앉았으면, 길에 쏟아진 젤리처럼 다시는 꿈쩍 않았으면!
자갈, 먼지, 파리 떼 들러붙을 곤죽이 되어 삽으로 날 떠 가야
할 테지. [사이.] 하이고, 우편열차가 또 지나가네, 이를 어째!
[다시 발 끄는 소리.] 암, 나야 히스테리 부리는 할망구밖에 더
되나, 설움과 목마름과 점잖음과 교회 다님과 살과 관절염과
아이 없음으로 망가진 할망구. [사이. 서럽게.] 미니! 작은 미니!
[사이.] 난 사랑밖에 바란 게 없는데, 많이도 아니고 요만큼만,
매일같이, 하루 딱 두 번, 하루 딱 두 번만 50년에 걸쳐 사랑해
주길. 말고기 파는 파리 정육점의 단골처럼. 멀쩡한 여자치고
누가 다정을 바라? 아침에 턱에 한 번 콕, 귓가에다가, 그리고
저녁때 다시 한번 콕콕이면 되지, 그것도 얼굴에 수염 나기
전까지만. 저기 저 예쁜 금사슬나무가 또 보이네.

[발 끄는 소리. 자전거 종소리. 나이 지긋한 타일러 씨가 자전거 타고
기차역 가던 길에 루니 여사 뒤꽁무니에 따라붙는다. 브레이크 거는 소리.
타일러 씨, 탈것의 속도를 늦추며 루니 여사의 앞가슴과 보조를 맞춘다.]

타일러 씨. 루니 여사! 모자 벗어 인사 안 해도 양해해요, 그러다 내
고꾸라지지. 기차게 좋은 날씨에 만나네요.

루니 여사. 어휴, 타일러 씨! 사슴 몰이꾼인가, 그리 기척도 없이
다가오면 어떡해요! 간 떨어지는 줄 알았네! 어휴!

타일러 씨. [익살맞게.] 방울 울렸는데요, 루니 여사가 눈에 띄자마자
분명 방울을 달랑거렸는데 못 들은 척하기는요.

루니 여사. 방울은 방울이고, 타일러 씨는 타일러 씨죠. 가여운
딸은 어찌 지내요?

타일러 씨. 그럭저럭요. 전부 들어냈답니다, 그 뭣이냐… 마술
주머니를 통째로요. 이제 난 손주 못 볼 몸이랍니다.

[발 끄는 소리.]

루니 여사. 어쩜 그리 후들댈까! 그만 내려요, 제발, 아니면 그대로
죽죽 밟아 지나가거나요.

타일러 씨. 댁의 어깨를 좀 빌렸으면 하는데, 어때요, 루니 여사, 손

좀 살짝 올려도 되겠어요?

[사이.] 어때요, 허락해 줄래요?

루니 여사.   아니요, 루니 씨, 아니, 타일러 씨. 내 어깨며 다른
쓸데없는 데 들이대는 늙고 경박한 손이라면 신물 나요.
아이고, 살았다, 저기 코놀리네 화물차가 오네! [멈춰 선다.
화물차 소리. 차가 다가오더니 요란하게 덜컹대며 두 사람을 지나쳐 다시
멀어진다.] 괜찮아요, 타일러 씨? [사이.] 어디 갔지? [사이.] 아,
거기 있군요! [다시 발 끄는 소리.] 아슬아슬하게 피했네요.

타일러 씨.   위기일발의 순간에 내렸구먼요.

루니 여사.   길에 나서는 게 자살이지 뭐겠어요. 그렇다고 집에만
있으면 뭐 해요, 타일러 씨, 집에만 있으면요? 미적대다
소멸할 뿐이지. 우리 흙먼지를 온통 허옇게 뒤집어썼네요.
뭐라고요?

타일러 씨.   아닙니다, 루니 여사, 아무것도 아녜요. 잠깐 숨죽여
욕 좀 했습니다. 신과 인간을, 내가 모친 뱃속에 들어섰다는
비 오는 토요일 오후를 숨죽여 저주했다 뿐이에요. 뒷바퀴
바람이 또 다 새서. 떠나기 전에 단단히 힘 먹여 놨는데. 이제
테로 굴러가야 할 판이네요.

루니 여사.   저런!

타일러 씨.   앞바퀴라면 괘념치도 않을 건데, 뒷바퀴다 보니. 뒷바퀴!
체인! 오일! 윤활유! 바퀴 허브! 브레이크! 기어! 이런! 해도
너무하네!

[발 끄는 소리.]

루니 여사.   우리 많이 늦었을까요, 타일러 씨? 시계를 볼 엄두가 안
나네요.

타일러 씨.   [씁쓸하게.] 늦었냐고요! 자전거를 쭉쭉 밟아 나갈 때도
이미 늦었는걸요. 그러니 이젠 둘 다 이중, 삼중, 사중으로
늦었다 봐야죠. 댁을 말없이 지나쳤어야 했는데.

[발 끄는 소리.]

루니 여사.   누구 마중 가는 길이에요, 타일러 씨?

타일러 씨.   하디요. [사이.] 같이 등반하던 친구죠. [사이.] 내가 한 번
목숨을 구해 준 적이 있어서. [사이.] 잊지 않고 있어요.

[발 끄는 소리. 발소리가 그친다.]

루니 여사. 우리 잠깐 멈췄다 가요. 이 고약한 흙먼지가 그보다도
더 고약한 저 버러지 위로 지게요.

[침묵. 시골 정경을 전하는 소리.]

타일러 씨. 하늘 좀 보게! 빛 좀 보게! 아아, 그럼에도 이런 날씨에
살아 있다는 건, 그리고 병원 밖에 있다는 건 복 받은 일
아니겠습니까.

루니 여사. 살아 있다니요?

타일러 씨. 반쯤 살아 있다고 할까요, 그럼?

루니 여사. 댁은 그럴지도요, 타일러 씨. 난 반은커녕 반의반도
안 될걸요. [사이.] 우리 여기 서서 뭐 하는 거죠? 우리 살날
동안엔 잦아들 리 없는 먼지인데. 잦아든대도 어느새 또
요란한 기계가 나타나 하늘 꼭대기까지 먼지구름을 일으킬
테고.

타일러 씨. 그럼, 이만 가 볼까요?

루니 여사. 아니요.

타일러 씨. 갑시다, 루니 여사—

루니 여사. 가세요, 타일러 씨. 난 두고 갈 길 가요. 산비둘기
구구대는 소리나 듣게 난 놔두고. [새가 구구 우는 소리.] 앞 못
보는 내 가여운 댄을 만나거든 내가 마중 가고 있었다고,
그러다 또다시 기억의 봇물이 터져 버린 통에 꼼짝 못 하게
됐다고 전해 줘요. 꼭이요. 불쌍한 자네 아내가 꼭 전해
달랬다고, 또다시 기억의 봇물이 터져… [북받치는 목소리.]
…그길로 집으로 돌아갔다고요… 그길로 당장….

타일러 씨. 가요, 루니 여사, 나랑 가 봅시다. 우편열차도 아직이니,
자전거 잡지 않은 내 이쪽 팔 붙들고 가면 넉넉하게 도착할
거예요.

루이 여사. [흐느끼며.] 네? 뭘 어째요? [조금 진정하며.] 내 상태가 안
보여요? [화를 내며.] 고통을 앞에 두고 어쩜 그리 무례할 수
있어요? [흐느끼며.] 미니! 미니 아가!

타일러 씨. 가요, 루니 여사, 나랑 가 봅시다. 우편열차도 아직이니,
자전거 잡지 않은 내 이쪽 팔 붙들고 가면 넉넉하게 도착할

거예요.

루니 여사.   [서럽게.] 지금쯤 40대는 됐겠지, 맞나, 50대려나, 예쁜
    아랫도리 다잡으며 슬슬 이행기를 대비하고 있을 나이….

타일러 씨.   가요, 루니 여사, 나랑 가 봅시다, 우편열차도 아직—

루니 여사.   [폭발하며.] 그만 좀 가 봐요, 루니 씨, 아니, 타일러 씨,
    그만 좀 지분거리고 갈 길 가면 안 되겠어요? 도대체 여자가
    큰 길 작은 길 할 것 없이 나섰다 하면, 길에 서서 원껏 목
    놓아 울지도 못하고 은퇴한 어음중매인한테 희롱이나 당하는
    나라라니! [타일러 씨, 올라탈 준비를 한다.] 설마 바람 빠진 거에
    올라타려고요! [타일러 씨, 올라탄다.] 그러다 튜브 터져요! [타일러
    씨, 탄 채로 사라진다. 쿵쿵대는 자전거 소리 멀어진다. 침묵. 구구 소리.]
    비너스 새! 긴 여름 내내 숲에서 부리를 맞추지. [사이.] 아,
    망할 코르셋! 내가 풀어 헤칠 수만 있었어도, 음란 노출만
    아니었대도. 타일러 씨! 타일러 씨! 돌아와 이 산울타리 뒤에서
    내 코르셋 좀 풀어 줘 봐요! [걷잡을 수 없이 웃다가 멈춘다.] 난
    대체 어디가 망가진 걸까, 어디가 망가져 잠시도 가만있지
    못하고 이 꼬질꼬질 늙은 생가죽 밖으로 부글거리고 해골
    밖으로 들끓는지, 아아, 원자로 존재할 수만 있다면, 원자로!
    [광분해.] **원자!** [침묵. 구구 소리. 나직이.] 예수여! [사이.] 예수여!
    [뒤에서 차 다가오는 소리. 속도 줄다 루니 여사 옆에 엔진 켠 채로
    정차한다. 경마장 사무원 슬로컴 씨다.]

슬로컴 씨.   무슨 일이시죠, 루니 여사? 허리를 그리 굽히고.
    복통인가요?
    [침묵. 루니 여사, 걷잡을 수 없이 웃는다. 마침내.]

루니 여사.   한때 날 짝사랑하던 경마장 사무원이 리무진을 끌고
    나타날 줄이야.

슬로컴 씨.   차에 타지 않겠어요, 루니 여사? 저랑 가는 방향이
    같을까요?

루니 여사.   네, 슬로컴 씨, 우리 다 한 방향을 향하죠. [사이.] 가여운
    어머님은 어찌 지내시고요?

슬로컴 씨.   감사해요, 그런대로 평안하세요. 다행히 통증 없이
    지내시도록 우리가 손쓸 수 있으니. 중요한 건 그거

아니겠습니까, 루니 여사?

루니 여사.　네, 그렇고말고요, 슬로컴 씨, 그게 중요하죠. 어찌 그런
　　　중요한 일을 하시는지. [사이. 루니 여사, 자기 빰을 찰싹 친다.]
　　　어휴, 이놈의 말벌!

슬로컴 씨.　[서늘하게.] 그래, 제가 모셔다드릴까요, 루니 여사?

루니 여사.　[과장해 반기며.] 오, 그럼 더 바랄 게 없지요, 슬로컴 씨,
　　　더 바랄 게요. [미심스럽게.] 그런데 내가 탈 수나 있겠어요,
　　　오늘따라 땅에서 한참 높이 있지 싶은데? 풍선 같다는 그
　　　새로 나온 타이어 때문일 테죠. [문 열리는 소리에 이어 루니 여사가
　　　탑승하려 애쓰는 소리.] 이 지붕은 안 접혀요? 절대? [루니 여사가
　　　끙끙대며 애쓰는 소리.] 아니… 안 되겠어요… 슬로컴 씨가 내려와
　　　뒤에서 도와줘야지. [사이.] 뭐라고요? [사이. 감정이 상해.] 이게
　　　애초 다 슬로컴 씨 제안이었지, 내가 부탁했나요. 그만 가
　　　보세요, 그만 가 봐요.

슬로컴 씨.　[엔진을 끄며.] 갑니다, 루니 여사, 간다고요. 잠깐 기다려
　　　봐요, 저도 댁 못지않게 뻣뻣해 그러니.

　　　[슬로컴 씨가 운전석에서 내려서는 소리.]

루니 여사.　뻣뻣하다니! 그게 할 소리라고! 내가 이렇게 앞뒷질하는
　　　걸 보고도. [혼잣말로.] 퍽퍽한 패륜아 영감 같으니라고!

슬로컴 씨.　[루니 여사 뒤에 자세를 잡으며.] 자, 루니 여사, 이제 어떻게
　　　하는 게 좋겠어요?

루니 여사.　짐짝 다루듯 하세요, 슬로컴 씨, 기죽지 말고. [사이.
　　　애쓰는 소리.] 그렇죠, 그렇게! [애쓴다.] 더 아래로! [애쓴다.] 잠깐!
　　　[사이.] 아니, 놓지는 말고요! [사이.] 그런데 이렇게 올라탄다
　　　한들 나중에 다시 내려갈 수나 있으려나요?

슬로컴 씨.　[숨 가쁘게.] 내려오고말고요, 루니 여사, 내려오고말고요.
　　　끝내 올라타지 못하더라도, 다시 내려오는 건 반드시 같이
　　　해낼 수 있다고 내 장담합니다.

　　　[슬로컴 씨, 다시 애쓴다. 그에 따른 여러 소리.]

루니 여사.　아…! 좀 더 아래로…! 기죽지 말아요…! 우리도 이제
　　　나이 먹을 만치… 거기요…! 지금…! 어깨로 지지해 봐요…
　　　아…! [킥킥거린다.] 아, 찬양하라…! 위로! 위로…! 아…!

들어왔어요! [슬로컴 씨의 가쁜 숨소리. 슬로컴 씨, 문을 쾅 닫는다.
루니 여사, 비명을 지르듯.] 내 옷! 옷이 꼈어요! [슬로컴 씨, 문을
연다. 루니 여사, 옷자락을 끌어 올린다. 슬로컴 씨, 문을 쾅 닫는다.
알아들을 수 없는 말을 험하게 중얼대며 반대쪽 문으로 걸어간다. 루니
여사, 눈물겹게.] 얼마나 아끼는 드레스인데! 아끼는 드레스를
이렇게 헤집어 놓다니! [슬로컴 씨, 운전석에 앉아 문을 쾅 닫고
시동기를 누른다. 시동이 걸리지 않는다. 시동기를 놓는다.] 댄이 내
꼴을 보면 뭐라고 할지.

슬로컴 씨. 시력을 회복한 건가요?

루니 여사. 아니요, 알고 나면 뭐라고 하겠냐는 말이었어요, 옷에
구멍이 난 걸 손으로 확인하면요. [슬로컴 씨, 시동기를 누른다.
조금 전과 같다. 침묵.] 뭐 해요, 슬로컴 씨?

슬로컴 씨. 앞을 똑똑히 보고 있지요, 루니 여사, 앞창 너머 저
공허를요.

루니 여사. 어서 시동 걸고 가요, 제발. 끔찍해라!

슬로컴 씨. [꿈꾸듯.] 오전 내내 꿈같이 달리던 아가씨가 죽어
버리다니. 남 좋은 일 해 봤자 돌아오는 건 이뿐이지. [사이.
기대에 찬 목소리.] 흡기를 아예 틀어막으면? [흡기를 조정하고
시동기를 누른다. 시동이 켜진다. 엔진 소리 위로 목소리 높이며.]
바람이 과하게 들었던 거였어요!
[스로틀을 밟고, 기어를 1단에 넣은 뒤 앞으로 나아간다. 기어를 차례로
바꿔 가며 변속한다.]

루니 여사. [속을 태우며.] 저기 암탉 조심해요! [날카로운 브레이크 소리.
암탉이 꿱 우는 소리.] 아이고, 어머니, 납작 밟아 버렸군요. 가요,
계속 가요! [차가 속도를 낸다. 사이.] 저런 최후라니! 이따금 먼지
목욕도 해 가며 길에 나와 햇살 가운데 유유히, 두엄 쪼아
대며 행복히 지내고 있던 판에 난데없이―쿵!―한 방에
속세의 번뇌를 벗는구나. [사이.] 수없이 낳고 품고. [사이.]
한 번 요란하게 꿱 지르곤… 평화. [사이.] 어차피 오래 못 가
멱을 따였을 테지. [사이.] 다 왔네요, 내려 주세요. [차가 속도를
줄이더니 엔진을 켠 채로 멈춰 선다. 슬로컴 씨, 경적을 울린다. 사이. 더
크게 울린다. 사이.] 또 뭐 하는 거예요, 슬로컴 씨? 차도 멈췄고,

위험도 다 지났는데 이제야 경적을 울리다니. 이제 와 경적을
주물럭델 거면 아까 그 운수 나쁜—.

[경적 소리, 거칠게. 짐꾼 토미가 기차역 계단 꼭대기에 등장한다.]

슬로컴 씨. [소리치며.] 이리 내려와 이분을 좀 도와주게, 토미,
꿈쩍을 못 하시니.

[토미, 계단을 내려온다.]

문을 열게, 토미, 그리고 살살 끄집어내 봐.

[토미, 차 문을 연다.]

토미. 그럼요, 선생님. 경마장 가기 좋은 날씨입니다, 선생님. 이번
경마 결과가 어떨—.

루니 여사. 난 아랑곳 말아요. 눈도 줄 것 없어요. 난 존재하지도
않으니까. 잘 알려졌다시피.

슬로컴 씨. 토미, 당부하는데, 내가 부탁한 대로 좀 하게.

토미. 예, 선생님. 자, 그럼 루니 사모님.

[토미, 루니 여사를 밖으로 끄집어 당기기 시작한다.]

루니 여사. 가만 좀 있어요, 토미, 재촉만 하지 말고 내가 한 바퀴
돌아 땅에 발 디딜 동안 좀 있어 봐요. [그러려 애쓰는 소리.]
됐어요.

토미. [루니 여사를 끄집어 당기며.] 깃털 조심하시고요, 사모님.
[애쓰는 소리.] 워어, 워, 살살요, 살살.

루니 여사. 있어 봐요, 세상에, 그러다 내 목이 나가떨어지겠어요.

토미. 쪼그려 앉아 보시죠, 루니 사모님, 쪼그려 앉아 머리를
밖으로 내밀어 보세요.

루니 여사. 쪼그려 앉으라고! 이 나이에! 이런 까무러칠 상황이라니!

토미. 슬로컴 선생님이 아래로 사모님 몸을 좀 눌러 주시겠어요?

[함께 애쓰는 소리.]

루니 여사. 불쌍히!

토미. 지금요! 나오시네요! 몸을 바로 하세요, 사모님! 그렇죠!

[슬로컴 씨, 문을 세게 닫는다.]

루니 여사. 나온 거예요, 나?

[역장 배럴 씨의 잔뜩 성난 목소리.]

배럴 씨. 토미! 토미! 대체 어디 간 거야?

[슬로컴 씨가 기어를 바꾸는 소리.]

토미. [서둘러.] 레이디스 편자를 장만하려는데 그 돈주머니에
　　　보태실 생각 없으세요, 선생님? 제가 플래시 해리를
　　　물려받아서요.

슬로컴 씨. [조소하며.] 플래시 해리! 그 짐마차 말!

배럴 씨. [계단 꼭대기에 서서, 고함치며.] 토미! 당장 그놈의 망할ㅡ.
　　　[루니 여사를 보고.] 아, 루니 여사….
　　　[슬로컴 씨, 기어를 차례로 바꾸는 소리 속에 차를 몰며 멀어진다.] 기어
　　　박스가 닳도록 운전하는 저게 누군가, 토미?

토미. 슬로컴 계집 영감이요.

루니 여사. 슬로컴 계집 영감이라니! 손윗사람을 그렇게 불러? 계집
　　　영감! 아니, 부모도 없이 자랐나!

배럴 씨. [토미에게 성을 내며.] 공공 도로에서 왜 건들거리고 있는
　　　겐가, 어? 이게 네가 있을 자리인 줄 알아! 냉큼 승강장으로
　　　올라가 화물열차를 비워 내지 않고! 적재할 겨를도 없이 열두
　　　시 30분 차가 들이닥치게 생겼잖아!

토미. [씁쓸하게.] 적선하고 돌려받는 게 고작 이런 날벼락이지.

배럴 씨. [사납게.] 냉큼 안 가거든 보고해 올릴 줄 알아! [토미가
　　　느리게 계단을 오르는 소리.] 삽이라도 들고 와 마중해 줘야겠어?
　　　[발소리 빨라져 점차 멀어지더니 이내 그친다.] 아, 하느님
　　　용서하소서, 삶이 어찌나 고된지. [사이.] 루니 여사, 이렇게
　　　다시 일어나 거동하시는 걸 보니 퍽 반갑습니다. 병석에 오래
　　　계셨지 싶은데요.

루니 여사. 더 오래 있었어야지 싶어요, 배럴 씨. [사이.] 아직
　　　침상이면 좋겠어요, 배럴 씨. [사이.] 아늑한 내 침대에 다리
　　　쭉 뻗고 누워, 느리게 느리게, 통증 없이 쇠잔해 갔으면. 칡과
　　　송아지 족 젤리로 연명하다가 끝내는 판자만치 납작해져
　　　이불 사이로 기미도 찾아볼 수 없을 때까지. [사이.] 암, 기침도
　　　안 하고 침도 안 뱉고 피도 안 흘리고 토하는 일도 없이,
　　　그저 유유히 흘러 흘러 더 높은 생에 도달할 때까지지요. 내내
　　　기억하면서, 기억하면서… [북받쳐.] …그 한바탕의 실없는
　　　설움을… 마치… 일어나지도 않았던 듯…. 내가 손수건을 어디

됐더라? [요란하게 손수건을 쓰는 소리.] 배럴 씨가 이곳 역장이 된 지도 어언 얼마죠?

배럴 씨. 묻지 마세요, 루니 여사, 묻지를 마세요.

루니 여사. 아버지 뒤를 이었던 걸로 기억하는데요, 아버지가 옷을 벗으신 뒤에요.

배럴 씨. 가여운 아버지! [경건한 사이.] 한가함을 오래 즐기지도 못하셨죠.

루니 여사. 아직도 또렷이 기억해요. 흰담비를 닮은 아담한 홀아비, 얼굴이 벌겋고, 대갈못 저리 가라 하게 귀가 멀었고, 그리 성마르고 퉁명할 수가 없는 분이었죠. [사이.] 배럴 씨가 은퇴해 장미를 키울 날도 이제 코앞이겠어요. [사이.] 열두 시 30분 차가 곧 들이닥칠 거라고 조금 전에 말하신 게 맞나요?

배럴 씨. 그렇게 말했지요.

루니 여사. 그런데 내 그럭저럭 정확한, 적어도 여덟 시 뉴스에 맞춰 봤을 때는 그럭저럭 정확했던 시계로는 어느새 시간이 열두 시… [시계를 볼 동안 사이.] …36분이 됐는걸요. [사이.] 하지만 또 한편으론 아직 우편열차가 지나질 않았군요. [사이.] 아니면 내가 모르는 사이 지나갔을까요? [사이.] 그래요, 이제 기억나는데, 내가 잠시 서러움에 젖어 증기 롤러가 내 몸 위를 굴러갔어도 못 들었을 순간이 있었거든요. [사이. 배럴 씨, 돌아서 가려 한다.] 가지 마세요, 배럴 씨! [배럴 씨 간다. 큰 목소리로.] 배럴 씨! [사이. 더 크게.] 배럴 씨! [배럴 씨, 돌아온다.]

배럴 씨. [성마르게.] 뭡니까, 루니 여사, 전 이만 일해야 하는데요. [침묵. 바람 소리.]

루니 여사. 바람이 거세지네요. [사이. 바람 소리.] 하루 중 가장 좋은 때도 이제 지났어요. [사이. 바람 소리. 꿈꾸듯.] 곧 비가 내리기 시작해 오후 내내 계속 내릴 테죠. [배럴 씨, 간다.] 그러다가 저녁이 되거든 비구름이 걷히면서, 저무는 해가 한순간 반짝 빛을 내고는 이내 질 테지요, 저 언덕 너머로. [배럴 씨가 사라진 걸 깨닫는다.] 배럴 씨! 배럴 씨! [침묵.] 다들 내게서 멀어지려 들지. 다들 내게 다가오지, 내가 그러라고 한 적도 없는데. 지난 일은 지난 일이란 듯이, 넘치는 친절함으로, 도와주지

못해 안달하며… [북받쳐] …진심으로 반가워하며… 다시
만났다고… 건강한 모습으로… [손수건.] 그에 난 마음에서
우러나온… 간단한 몇 마디… 그러고는 또… 혼자가 되지….
[손수건. 격하게.] 집 밖에 나오질 말아야지! 담장을 벗어나질
말아야지! [사이.] 아, 저기 피트란 여자가 보이네, 날 보고
인사나 건네려나. [피트 양이 찬송가를 흥얼거리며 다가오는
소리. 피트 양, 계단을 오르기 시작한다.] 피트 양! [피트 양, 멈춰
서며 흥얼거림을 그친다.] 내가 투명 인간이 됐나요, 피트 양?
이 크레톤 옷감이 내게 하도 잘 어울려서 아예 돌벽으로
녹아들어요? [피트 양, 계단을 한 칸 내려온다.] 그래야죠, 암,
자세히 들여다보면 한때 여자였던 형체를 알아볼 수 있을
거예요.

피트 양.   루니 여사! 당연히 보긴 했는데, 알아뵙질 못했어요.

루니 여사.   지난 일요일에 같이 예배를 봤잖아요. 같은 제단 앞에
나란히 무릎을 꿇었고. 같은 성배를 마셨고. 그사이 내가
변했으면 얼마나 변했을라고?

피트 양.   [경악하며.] 아, 하지만 교회에서 저는 제 조물주와
단둘인걸요, 루니 여사. 선생님은 안 그러세요? [사이.] 아니
왜, 교회지기분도 봉헌물 거둘 때 제 앞에서 굳이 발길을 멈춰
봤자 소용없다는 걸 아시는데. 그릇이건 주머니건 내밀어
봤자 도무지 제 눈에는 뵐질 않으니까요. 어찌 보이겠어요?
[사이.] 게다가 예배가 끝나고 상쾌한 밖으로 나가고도
200미터 앞까지는 멍하니 길을 더듬기 마련이어서, 그동안은
동료 신자들을 도무지 의식하지 못해요, 제가. 그래도 다들
어찌나 친절히 대해 주시는지—대개는요—더없이 자상하고
이해심 있게요. 이제 제가 어떤지 알 만큼 아셔서 노여워하지
않으시죠. 저기 가네요, 저기, 캄캄한 피트 양이 제 조물주와
단둘이 가니 신경 끕시다, 라고 하시면서요. 그러곤 제가
그분들과 부딪히지 않게 길까지 피해 주시죠. [사이.] 아, 네,
제가 그렇게 늘 정신머리를 놓고 다닌답니다, 정신머리를,
심지어 주중에도요. 수녀원장님께 여쭤 보세요, 제 말을
못 믿으시겠으면. 제가 버터 바른 얇은 빵 대신에 그 밑에

깔린 레이스 받침을 먹는 걸 볼 때마다 원장님이 헤티, 헤티,
어쩜 그렇게 정신머리를 놓고 사냐고 물으시죠. [한숨짓는다.]
아무래도 저란 사람, 어디든 온전히 발붙이고 있다고 볼 수
없는지도요, 선생님. 보고 듣고 냄새 맡고 등등 평소대로
동작은 다 하는데, 그 안에 도무지 마음이 담겨 있질 않아요,
선생님. 그 어디에도 마음이 없어요. 혼자 내버려두면, 살피는
사람 하나 없으면 전 차라리… 온 데로 날아가겠어요. [사이.]
그러니 제가 지금 선생님을 무시했다고 생각하신다면,
저로서는 억울해요. 제 눈엔 그저 크고 뿌연 형체로밖에
보이지 않았으니까요, 또 하나의 뿌연 형체로요. [사이.] 혹시
어디 잘못됐나요, 선생님, 어쩐지 정상이 아닌 모습이세요.
잔뜩 굽고 수그리신 게요.

루니 여사.   [구슬프게.] 매디 루니, 혼전 이름 매디 던, 어느덧 뿌연
      형체. [사이.] 놀랍도록 예리한 시력이군요, 피트 양, 본인이
      몰라 그렇지, 말 그대로 꿰뚫어 보네요. [사이.]

피트 양.   그럼… 제가 도와드릴 일은 없으려나요, 기왕 여기 있게
      됐으니까요?

루니 여사.   내가 이 층층 절벽을 오르게 거들어 주면, 피트 양의
      조물주가 아가씨에게 보답을 해 주실 테지요, 딴 사람은
      아니더라도요.

피트 양.   어머, 선생님, 그렇게 물어뜯으실 필요는 없잖아요.
      보답이라뇨! 전 이런 희생의 대가로 무엇도 바라지
      않는걸요—그럴 바엔 아예 하질 않죠. [사이. 계단을 내려오는
      소리.] 제게 몸을 의지하시려는 걸 테죠, 선생님.

루니 여사.   배릴 씨에게 팔 하나 내어 달라고 청했는데, 고작 팔
      하나. [사이.] 그런데 홱 돌아서 가 버리더군요.

피트 양.   제 팔을 내어 드리면 되나요, 그럼? [사이. 조급하게.] 제
      팔을 내어 드려요, 선생님, 아니면 뭘 어떻게 해 드릴까요?

루니 여사.   [폭발하듯.] 팔이요! 아무 팔이나! 도움의 손! 단 5초라도!
      그리스도여, 이놈의 행성은 대체!

피트 양.   저런… 감이 오네요, 선생님. 이렇게 나다니시는 게 과연
      현명한지 모르겠어요.

루니 여사.　[사납게.] 이리 내려와요, 피트 양, 내려와 팔을 줘요, 내가
　　　비명을 질러 온 교구를 끌어 내리기 전에!
　　　[사이. 바람 소리. 피트 양이 계단을 마저 내려오는 소리.]
피트 양.　[체념하듯.] 뭐, 이게 신교도다운 일이기야 할 테죠.
루니 여사.　개미도 서로 이 정도는 해요. [사이.] 민달팽이도 그러는
　　　걸 내가 봤고. [피트 양, 팔을 내민다.] 아니, 웬만하면 저쪽
　　　팔을 줄래요, 내가 더군다나 왼손잡이기까지 해서. [피트 양의
　　　오른팔을 잡는다.] 세상에, 아가씨, 피골이 상접해서는, 몸 좀
　　　불려야겠어요. [피트 양의 팔에 기대어 계단을 힘겹게 오르는 소리.]
　　　마터호른 산보다 더 가파르네, 피트 양은 마터호른에 올라 본
　　　적 있어요? 신혼여행지로 아주 좋은 곳인데. [힘겨워하는 소리.]
　　　어째서 난간도 없데? [숨차서.] 잠깐 숨 좀 쉬고요. [사이.] 놓지
　　　말아요! [피트 양, 다시 찬송가를 흥얼거린다. 얼마 후 루니 여사가
　　　노랫말을 붙여 따라 부른다.] …어둠이 나를 두르는데… [피트 양,
　　　흥얼거림을 그친다.] …흠 흠 소서. [포르테로.] 집은 멀고 밤은
　　　깊은데-에, 흠 흠—.
피트 양.　[신경질적으로.] 그만하세요, 선생님, 그만, 아니면 팔을
　　　놓아 버리겠어요!
루니 여사.　루시타니아호에서 불렀다는 찬송가죠? 그건「만세
　　　반석」이었나? 얼마나 감동적이었을까. 루시타니아호가
　　　아니라 타이태닉호였던가요?
　　　[소란을 듣고 타일러 씨, 배럴 씨, 토미를 포함한 한 무리가 계단 꼭대기에
　　　모여든다.]
배럴 씨.　대체 무슨—.
　　　[침묵.]
타일러 씨.　붙박이 경기를 하기에 좋은 날씨지요.
　　　[토미가 크게 킥킥거리는 소리가 배를 가격하는 배럴 씨의 손등에 급히
　　　중단된다. 이에 걸맞은 소리를 내는 토미.]
여자 목소리.　[날카롭게.] 어머, 돌리, 저것 좀 보렴!
돌리.　뭐요, 엄마?
여자 목소리.　둘이 꼼짝 못 하고 있어! [깔깔대며 웃는 소리.] 꼼짝 못
　　　하고 있어!

루니 여사. 우리가 어느새 전국 26개 주의 놀림감이 됐군요. 36개
　　　주인가?

타일러 씨. 무방비한 아랫사람을 그리 다루어 쓥니까, 배럴 씨,
　　　경고도 없이 배를 치다니요.

피트 양. 제 어머니를 본 분 계신가요?

배럴 씨. 저게 누군가요?

토미. 캄캄한 피트 양이요.

배럴 씨. 얼굴이 어디 갔지?

루니 여사. 자, 아가씨, 난 이제 준비됐어요. [둘이 남은 계단을 힘겹게
　　　오른다.] 물러서요, 졸렬한 사람들! [이리저리 움직이는 발소리.]

여자 목소리. 조심해, 돌리!

루니 여사. 고마워요, 피트 양, 고마워요. 이제 돌돌 만 방수포처럼
　　　날 벽에 기대 세워 주기만 하면 돼요. 어쨌든 당장은요.
　　　[사이.] 한바탕 허방지방에 휘말리게 해 미안하네요, 피트 양.
　　　어머님을 찾고 있는 줄 알았으면 굳이 성가시게 부탁하지
　　　않았을 건데요, 그 심정 잘 알아서요.

피트 양. [소리 낮춰 경탄하며.] 허방지방!

여자 목소리. 이리 와, 돌리야, 우리 일등석 흡연자들 앞쪽으로 가
　　　서자. 손 이리 주고 날 꼭 붙들어야 해, 자칫하면 아래로 빨려
　　　들 수 있으니까.

타일러 씨. 어머님을 찾으세요, 피트 양?

피트 양. 안녕하세요, 타일러 씨.

타일러 씨. 안녕하세요, 피트 양.

배럴 씨. 안녕하세요, 피트 양.

피트 양. 안녕하세요, 배럴 씨.

타일러 씨. 어머님을 찾으세요, 피트 양?

피트 양. 지난 차에 타고 있을 거라고 하셨어요.

루니 여사. 내가 말없이 있다고 해서 이 자리에 없거나 돌아가는
　　　상황을 파악하지 못한다는 착각들은 말아요.

타일러 씨. [피트 양에게.] 지난 차라 하면―.

루니 여사. 내가 이리 동떨어져 있다고 해서 내 마음고생이 끝났을
　　　거라고 잠시라도 착각하지 말아요. 아니에요. 이 모든 광경을,

산과 들과 경마장의 죽죽 뻗은 흰 난간과 붉은 관중석 셋과
아담하고 예쁜 길가 기차역과 심지어 당신들까지도, 그래요,
정말이에요, 그리고 구름 짓는 온 푸르름에 걸쳐 내가 모두
보고 있으니까요. 여기 서서 그 모두를 내 두 눈으로… [북받쳐.]
…내 두 눈으로… 아아, 당신들이 내 눈을 가졌다면… 그러면
이해할 텐데… 내 눈이 어떤 것들을 봤는지… 외면하지
않고 똑똑히…. 이건 아무것도 아니에요… 아무것도…. 내가
손수건을 어쨌더라? [사이.]

타일러 씨. [피트 양에게.] 지난 차라 하면—. [루니 여사, 코를 한참
힘차게 푼다.] —지난 차라면 열두 시 30분 차를 말하는 걸
테지요, 피트 양.

피트 양. 달리 무얼 말하겠어요, 타일러 씨, 달리 무엇을요?

타일러 씨. 그렇다면 걱정할 것 없습니다, 피트 양. 열두 시 30분
차는 아직 도착하지 않았으니까요. 보세요. [피트 양, 본다.]
아니, 선로 위쪽을요. [피트 양, 본다. 침착하게.] 아니요, 피트
양, 내 검지 방향을 따라 보세요. [피트 양, 본다.] 저기요.
이제 보이죠. 신호기가요. 야한 시간인 아홉 시를 가리키고
있잖아요. [슬프게 덧붙인다.] 아니면 세 시려나요! [배럴 씨, 폭소를
삼키며.] 고맙군요, 배럴 씨.

피트 양. 하지만 지금 시간이 벌써—.

타일러 씨. [침착하게.] 우리도 다 압니다, 피트 양, 우리 모두 지금
시간이 몇 시인지 너무 잘 알고 있지만, 그럼에도 열두 시
30분 차가 아직 도착하지 않았다는 잔인한 사실에는 변함이
없어요.

피트 양. 설마 사고는 아닐 테죠! [사이.] 선로에서 벗어난 걸까요,
설마! [사이.] 아, 사랑하는 엄마! 점심으로 생가자미를 사 온다
했는데!

[토미, 킥킥거리다가 아까와 같이 배럴 씨에게 저지당한다.]

배럴 씨. 실없는 소리 좀 작작 하고 냉큼 신호소에 올라가 케이스
씨가 소식을 보냈는지나 봐.

[토미, 간다.]

루니 여사. 불쌍한 댄!

피트 양.   [괴로움에.] 대체 무슨 끔찍한 일이 벌어진 거죠?

타일러 씨.   자, 자, 피트 양, 그러지 말고—.

루니 여사.   [격한 설움으로.] 불쌍한 댄!

타일러 씨.   자, 자, 피트 양, 지면 안 됩니다… 절망에 지면. 전부 잘
　　　풀릴 거예요… 결국에는. [목소리 낮춰 배럴 씨에게.] 그런데 정말
　　　어떻게 된 건가요, 배럴 씨? 설마 충돌 사고는 아닐 테죠?

루니 여사.   [열렬히.] 충돌! 오, 그럼 얼마나 좋을까!

피트 양.   [기겁해.] 충돌! 그럴 줄 알았어!

타일러 씨.   자, 피트 양, 승강장 위쪽으로 조금 옮겨 갑시다.

루니 여사.   그래요, 우리 모두 그렇게 해요. [사이.] 안 가요? [사이.]
　　　마음을 바꿨어요? [사이.] 그래요, 나도 동의해요, 이렇게
　　　대합실 그늘에 있는 편이 한결 낫죠.

배럴 씨.   잠시 실례하지요.

루니 여사.   배럴 씨, 슬그머니 사라지기 전에 부디 뭐라고 공언을
　　　해 보시죠. 그것만은 내가 꼭 고집해야겠어요. 이 짤막한
　　　기차선을 오가는 제아무리 느린 기차라도 이렇다 할 이유
　　　없이 예정보다 10분 넘게 지연되는 경우는 없을 테죠. [사이.]
　　　철도망을 통틀어도 배럴 씨가 역장으로 있는 이 역이 제일
　　　잘 관리되는 역이라는 거야 다들 알지만, 그래도 역부족일
　　　때가, 도저히 역부족일 때가 있으니까요. [사이.] 어서요, 배럴
　　　씨, 수염만 잘근거리지 말고요, 우리가 이렇게 다들 이야기
　　　들으려 기다리고 있잖아요—운수 나쁜 기차표를 받고 만
　　　이들과 가장 지극하진 않아도 가장 가까운 사이인 우리가요.
　　　[사이.]

타일러 씨.   [합리적으로.] 어떤 말이든 설명 삼아 해 주는 게 맞지
　　　싶긴 하군요, 배럴 씨. 우리를 안심시키기 위해서라도요.

배럴 씨.   나로서도 아는 바가 없습니다. 장애가 발생했다는
　　　것밖에는요. 전 차량이 지체됐어요.

루니 여사.   [비웃듯.] 장애! 지체! 아, 이 독신들! 우린 애지중지하는
　　　사람을 생각하며 불안해 애간장을 태우고 있건만 그걸 일컬어
　　　장애라고! 우리 중에 나처럼 심장도 콩팥도 안 좋은 사람은
　　　언제고 쓰러지게 생겼건만 그걸 장애라고! 우린 집마다

토요일이라고 정성껏 준비한 통구이가 오븐에서 새까맣게
쪼그라들어 가고 있건만 그걸 일컬어—.

타일러 씨. 저기 토미가 뛰어오네요! 목숨 부지해 저 모습을 보게
된 행운이라니.

토미. [멀리서, 흥분해.] 기차가 와요. [사이. 가까워지며.] 철도 건널목에
도착했어요!
[곧장 기차역의 여러 소음이 과장되게 들린다. 신호기의 완목이 내려가는
소리. 종소리. 호각 소리. 다가오는 기차의 고조되는 기적 소리. 기차가
역을 통과하는 소리.]

루니 여사. [지나는 기차 소리 위로.] 우편열차다! 우편열차! [상행
우편열차가 멀어지더니, 이내 하행 기차가 증기를 요란하게 내뿜으며
다가오고, 연결기를 쟁그랑 맞부딪치며 역에 들어선다. 여객이 하차하는
소리, 문이 쾅쾅 닫히는 소리, 배럴 씨가 "보그힐! 보그힐!" 외치는 소리
등등. 날카롭게.] 댄…! 괜찮아요…? 어디 있지…? 댄! 내 남편
봤어요…? 댄…! [역이 점차 한산해지는 소리. 승무원의 호각. 기차가
빠져나가 점차 멀어진다. 침묵.] 아예 안 탔잖아! 여기까지 온다고
내가 얼마나 고생했는데, 아예 안 탔다니…! 배럴 씨…! 내
남편이 차에 안 탔던가요? [사이.] 왜 그래요, 귀신이라도 본
얼굴이네요. [사이.] 토미…! 주인 사람 못 봤어요?

토미. 곧 오실 거예요, 사모님. 제리가 도와드리고 있어요.
[루니 씨, 갑자기 승강장에 등장한다. 제리라는 남자아이의 팔에 기대어
다가온다. 앞이 안 보여 지팡이로 바닥을 두드리며 쉴 새 없이 숨을
몰아쉰다.]

루니 여사. 오, 댄! 드디어! [서둘러 다가갈 동안 발 끄는 소리. 루니 씨 앞에
이른다. 모두 발길을 멈춘다.] 대체 어디 있었던 거예요?

루니 씨. [차갑게.] 매디.

루니 여사. 여태 어디 있었어요?

루니 씨. 화장실에.

루니 여사. 키스해 줘요!

루니 씨. 키스해 줘? 밖인데? 여기 승강장에서? 어린애 앞에서?
제정신이야?

루니 여사. 제리는 신경 안 쓸 텐데. 그렇지, 제리?

제리.   네, 사모님.

루니 여사.   가련한 너희 아버지는 어떻게 지내시니?

제리.   사람들이 데려갔어요, 사모님.

루니 여사.   그럼 혼자 지내는 거야?

제리.   네, 사모님.

루니 씨.   뭐 하러 나왔어? 나온다는 말도 없이.

루니 여사.   놀래 주려 했죠. 당신 생일이니까.

루니 씨.   내 생일?

루니 여사.   기억 안 나요? 내가 욕실에서 생일 축하한다고 해
    줬잖아요.

루니 씨.   못 들었어.

루니 여사.   넥타이도 줬고요! 지금 맨 그거요!
    [사이.]

루니 씨.   내가 이제 몇 살이지?

루니 여사.   그야 마음 쓸 거 없어요. 갑시다.

루니 씨.   애는 취소했어야지, 그럼. 이제 1페니 줘야 하게 생겼잖아.

루니 여사.   [서럽게.] 깜빡했어요! 여기 오는 길이 어찌나 고됐는지!
    사람들이 어쩜 그리도 끔찍이 못됐는지! [사이. 간곡히.] 나한테
    잘해요, 댄, 오늘만은 좀 잘해 줘요!

루니 씨.   아이한테 1페니 주라고.

루니 여사.   반 페니 두 닢 줄게, 제리야. 가서 맛있는 눈깔사탕 하나
    골라 보렴.

제리.   네, 사모님.

루니 씨.   월요일에 마중 오거라, 그때까지 내가 살아 있거든.

제리.   네, 선생님.
    [뛰어간다.]

루니 씨.   6펜스는 아낄 수 있었는데. 5펜스 아꼈군. [사이.] 하지만
    무슨 값에?
    [두 사람, 팔짱을 끼고 승강장을 걸어간다. 발을 끌며, 숨을 몰아쉬며,
    지팡이로 바닥을 두드리며.]

루니 여사.   몸이 안 좋아요?
    [루니 씨의 주도로 두 사람, 발길을 멈춘다.]

루니 씨. 마지막으로 얘기하는데, 말하면서 가라고 하지 좀 마.
   가면서 말하라고 하지 말라고. 이 말도 이 생에선 다시는 하지
   않겠어.
   [두 사람, 다시 움직인다. 발을 끌며 등등. 계단 꼭대기에 이르러 멈춰
   선다.]

루니 여사. 몸이 어디—.

루니 씨. 이 벼랑부터 넘자고.

루니 여사. 내 어깨에 팔을 둘러요.

루니 씨. 또 술 마셨어? [사이.] 어째 블랑망제 푸딩처럼 몸을 덜덜
   떠나. [사이.] 날 보조할 수나 있겠어? [사이.] 이러다 고랑에
   빠지기 십상이지.

루니 여사. 오, 댄! 옛날처럼요!

루니 씨. 냉큼 정신 차리지 않으면 토미를 불러 택시를 잡겠어. 그럼
   6펜스, 아니, 5펜스 아끼기는커녕, 도리어 손해만… [중얼거리며
   계산한다.] …2와 3에서 빼기 6 하면 1과, 아니 더하기 1 하면
   1과, 아니 더하기 3 하면 1과 9, 1과 10, 거기 3이면 2와 1…
   [평소 말투로.] 2실링 1페니, 그러면 우리는 무려 2실링 1페니
   더 가난해지는 거라고. [사이.] 망할 놈의 해, 그새 들어갔잖아.
   날이 무슨 수작을 부리는 거야?
   [바람.]

루니 여사. 장막을 치고 있어요, 장막을, 제일 좋은 때는 졌어요.
   [사이.] 머잖아 큰 빗방울이 먼지 위로 후드득 떨어지게
   생겼어요.

루니 씨. 유리 예보기가 그리 단호했건만. [사이.] 서둘러 집에 가
   불가에 앉읍시다. 가리개를 내리고. 당신이 책을 읽어 줘.
   아무래도 에피가 소령과 놀아날 눈치더군. [짧게 발 끄는 소리.]
   잠깐! [발소리가 그친다. 지팡이로 계단 두드리는 소리.] 이 계단을
   5천 번은 족히 오르내렸을 텐데 아직도 단이 몇 개인지
   모르겠어. 여섯 개인가 싶으면 네 개거나 다섯 개거나 일곱
   개거나 여덟 개고, 다섯 개였던 걸로 기억하면 세 개거나 네
   개거나 여섯 개거나 일곱 개고, 급기야 아니지, 총 일곱 개였지
   하고 깨달으면 다섯 개거나 여섯 개거나 여덟 개거나 아홉

개니 원. 밤사이 계단을 바꿔치는 건가 싶을 때마저 있다니까. [사이. 성질부리며.] 말해 보지? 오늘은 몇 개로 보이나?

루니 여사. 나보고 세 보라고 하지 말아요, 댄, 지금만은.

루니 씨. 세지 않겠다고! 몇 안 되는 인생의 낙이구먼!

루니 여사. 계단만은요, 댄, 제발, 난 계단을 꼭 잘못 센다고요.
그러다가 당신이 다친 데로 쓰러져 덧나기라도 하면 안
그래도 태산만 한 내 두엄 더미에 그것마저 더해야 하잖아요.
그러니 날 꼭 붙들기나 해요, 그럼 무사할 테니.
[두 사람이 계단을 내려가는 소란. 헐떡이며, 헛디디며, 외마디와 욕설을
내뱉으며. 침묵.]

루니 씨. 무사해! 이걸 보고 무사하다고 하나!

루니 여사. 내려왔잖아요. 큰 탈 없이. [침묵. 당나귀 울음소리. 침묵.]
저건 진짜 당나귀네요. 당나귀 아비와 당나귀 어미한테서
태어난.
[침묵.]

루니 씨. 아무래도 말이지, 은퇴해야겠어.

루니 여사. [경악하며.] 은퇴요! 그리고 집에서 지내게요? 당신
보조금으로!

루니 씨. 다시는 이 지긋지긋한 계단을 디딜 일 없게. 지옥 같은
길을 터덜터덜 지나는 것도 이번이 마지막이게. 그나마 남은
궁둥짝으로 집에 들어앉아 남은 시간이나 헤아리게―다음
식사 때까지. [사이.] 생각만 해도 생기가 솟네! 전진, 이마저
꺾이기 전에!
[둘이 다시 걷는다. 발 끄는 소리, 힘겨운 숨소리, 지팡이 소리.]

루니 여사. 조심히 디뎌요, 길은 이쪽이에요… 위로…! 잘했어요!
이제 안전하니 이대로 집까지 곧장 가면 돼요.

루니 씨. [멈추지 않고, 숨을 헉헉대는 사이사이.] 곧장…이라고…! 이걸
보고… 곧장…이라고…!

루니 여사. 쉿! 길 가면서 말하지 마요, 심장근육에 안 좋은 거
알잖아요. [발 끄는 소리 등등.] 한 발 앞에 다음 발 내미는 데만
집중해요, 표현이 그게 맞나 모르겠지만. [발 끄는 소리 등등.]
그렇죠, 이제 우리 잘 나아가고 있어요. [발 끄는 소리 등등. 루니

여사의 주도로 두 사람 갑자기 멈춰 선다.] 세상에! 뭔가 찝찝하다
싶더니만! 온통 소란스러운 통에! 깜빡했네!

루니 씨.   [나직이.] 맙소사!

루니 여사.   하기야 당신이 모를 리 없죠, 댄, 당연히, 그 차에
   탔으니까. 어떻게 된 거예요? 자초지종을 말해 봐요!

루니 씨.   내가 자초지종을 알았던 적이 언제 있다고.

루니 여사.   그래도 알 거 아니—

루니 씨.   [사납게.] 이렇게 수시로 섰다 걷다 할 건가! 죽겠군,
   죽겠어! 발동이 걸려 이제 흐름에 몸을 맡기나 싶으면 또 멈춰
   서니! 90킬로그램에 육박하는 건강하지도 않은 지방 덩어리!
   대체 무슨 생각으로 밖에 나온 건가? 손 놔!

루니 여사.   [안절부절못하며.] 아니요, 꼭 알아야겠어요, 말해 줄
   때까지 여기서 한 발짝도 못 가요. 15분 지연되다니! 30분 운행
   거리에! 들어나 봤어요!

루니 씨.   난 아무것도 몰라. 손 안 놓으면 떨쳐 내겠어.

루니 여사.   모를 리가요! 그 차에 탔던 사람이! 종착역에서
   그랬어요? 제때 출발하긴 했어요? 아니면 오는 중에
   그랬어요? [사이.] 선로에서 무슨 일이 생긴 거예요? [사이.] 댄!
   [잠남하게.] 왜 말을 안 해 줘요!
   [침묵. 두 사람 걷는다. 발 끄는 소리 등등. 두 사람 멈춰 선다. 사이.]

루니 씨.   불쌍한 매디! [사이. 아이들 외침 소리.] 저게 뭐야?
   [루니 여사가 확인할 동안 사이.]

루니 여사.   린치 쌍둥이가 우릴 보고 빈정대는 소리요.
   [외침 소리.]

루니 씨.   어때, 오늘은 진흙이라도 던질 기센가?
   [외침 소리.]

루니 여사.   돌아서 마주 봐 주자고. [외침 소리. 루니 부부, 돌아선다.
   침묵.] 지팡이를 휘둘러 겁을 줘 봐요. [침묵.] 둘이 내뺐어요.
   [사이.]

루니 씨.   아이를 죽이고 싶다는 생각 한 적 있나? [사이.] 싹수 노란
   걸 일찌감치 꺾어 버리자고. [사이.] 한밤에, 겨울에, 새까만
   길을 밟아 집으로 향하다가 그 아이에게 덤벼들 뻔한 적이

종종 있었어. [사이.] 불쌍한 제리! [사이.] 그때마다 뭐가 날 제지했던 걸까? [사이.] 인간이 두려워서는 아니니. [사이.] 이제 뒤로 한숨 가 보면 어때?

루니 여사.   뒤로요?

루니 씨.   그래. 아니면 당신은 전진, 나는 후진. 완벽한 한 쌍으로. 단테의 지옥에 떨어진 이들처럼 낯짝과 볼기짝이 온통 뒤섞여서. 우리 눈물이 우리 뒤꿈무니를 적실 테지.

루니 여사.   왜 그래요, 댄? 어디 안 좋아요?

루니 씨.   좋아! 내가 언제 좋았던 적이 있던가? 당신이 날 처음 만난 날도 원래는 침상에 있어야 했다고. 당신이 내게 청혼한 날은 의사들도 내게서 손을 뗐고. 당신도 다 알고 있었지, 그렇지? 당신이 나와 결혼한 날 밤에는 아예 구급차로 날 데리러 왔잖아. 그걸 설마 잊은 건 아니지? [사이.] 아니, 좋다고는 못 하지. 하지만 더 나쁠 것도 없어. 오히려 전보다 나아. 앞을 못 보게 된 게 대단한 자극이 됐어. 귀도 멀고 말문마저 막혀 준다면 가쁜 숨 쉬며 100살까지도 갈지 몰라. 이미 그랬나? [사이.] 오늘 내가 100살이 됐던가? [사이.] 매디, 내가 이제 100살이야?

[침묵.]

루니 여사.   다 잠잠해요. 인영 하나 안 보여요. 물어볼 사람이 아무도 없어요. 온 세상이 배를 채우고 있어요. 바람은—[짧게 바람 소리.]—나뭇잎조차 휘젓질 않고 새들은—[짧게 찌르르.]—노래하기에 지쳤어요. 소들도—[짧게 음매.]—양들도—[짧게 매.]—조용히 되새기고만 있어요. 개들은—[짧게 멍멍.]—고요하고 암탉들은—[짧게 꼬꼬댁.]—먼지 가운데 무기력하게 드러누웠어요. 우리밖에 없어요. 물어볼 사람 하나 없이.

[침묵.]

루니 씨.   [헛기침하고는 서술 조로.] 우린 분침에 정확히 맞춰 떠났어, 그건 내가 장담하지. 난—

루니 여사.   그걸 당신이 어떻게 장담해요?

루니 씨.   [평소 말투로, 화내며.] 장담할 수 있다니까, 글쎄! 이야기해,

말아? [사이. 서술 조로.] 분침에 정확히 맞춰 떠났어. 난 여느 때처럼 객실 칸을 독차지했지. 적어도 그랬길 바라, 혼자인 줄 알고 군이 자제하지도 않았으니까. 내 머리가—. [평소 말투로.] 그런데 우리 왜 어디라도 좀 앉질 않고? 앉으면 다시는 일어나지 못할까 두려운 건가?

루니 여사. 어디 앉자고요?

루니 씨. 어디 벤치라든가.

루니 여사. 벤치가 없어요.

루니 씨. 그럼 두렁에, 두렁 위에 이만 주저앉자고.

루니 여사. 두렁이 없어요.

루니 씨. 그럼 할 수 없지. [사이.] 다른 땅의 다른 길들을 난 꿈꾸네. 다른 집의 다른—[머뭇댄다.]—다른 집을. [사이.] 내가 무슨 말을 하고 있었지?

루니 여사. 당신 머리가 어쩌고 했잖아요.

루니 씨. [놀라며.] 머리? 확실해? [사이. 의아해하며.] 내 머리라고…? [사이.] 아 그래. [서술 조로.] 혼자 객실 칸에 앉아 있다 보니 머리가 돌아가기 시작했어, 일과를 마치고 집에 오는 길에, 기차에서, 낮도깨비 속닥대는 소리에 맞추어 곧잘 그러하듯. 네가 지불하는 정기승차권 값을 따져 보자고 나는 말했어. 네가 정기권에 쓰는 돈이 1년에 12파운드, 버는 돈은 평균 잡아 일당 7실링 6펜스, 다시 말해 마침내 집에 도착해 잠자리에 쓰러질 때까지 먹을거리, 마실 거리, 연초와 정기간행물에 의지해 간신히 버틸 정도로 벌지. 거기에 더해—또는 거기에서 뺄 비용으로는—월세, 문구비, 각종 구독료, 오고 가는 차비, 전기료와 난방료, 면허와 허가증 비용, 이발 및 면도 값, 동반인들 수고비, 공간 및 외모 유지비에, 그 외 수천 가지쯤 되는 나열하기도 어려운 자잘한 것들까지 고려하면 밤낮과 겨울 여름 없이 자리에 누워 잠옷도 2주에 한 번 갈아입으며 집에서 꼼짝 않고 보내는 것으로 수입을 상당액 불릴 수 있음이 명백하다고. 그러니 그만 사업에서—. [비명 소리. 사이. 다시 비명 소리. 평소 말투로.] 누가 외치는 소리가 들렸나?

루니 여사. 털리 여사일 테죠. 허구한 날 통증을 호소하는 가여운
그이 남편에게 아주 무자비하게 얻어맞곤 하니.
[침묵.]

루니 씨. 금방 끝난 모양이지. [사이.] 내가 무슨 말을 하던
중이었지?

루니 여사. 사업이요.

루니 씨. 아 그래, 사업. [서술 조로.] 그러니 이 늙은이야, 그만
사업에서 물러나, 사업은 진즉에 네게서 물러나지 않았느냐고
말했어. [평소 말투로.] 간간이 그렇게 의식이 또렷해지는
순간들이 있지.

루니 여사. 나 너무 춥고 기운이 없어요.

루니 씨. [서술 조로.] 그런데 다른 한편으로는 가정생활의
끔찍함이 있지 않으냐고 내가 말했지. 털고, 쓸고, 환기하고,
문지르고, 광내고, 광 빼고, 빨고, 짜고, 말리고, 깎고, 다듬고,
갈퀴질하고, 고르고, 괭이질하고, 삽질하고, 빻고, 뜯고,
두드리고, 내리치고, 닫고. 그리고 애 녀석들, 행복하고 어린,
건강하고 어린, 울부짖는 이웃집 애 녀석들까지도. 거기에
그 이상의 별별 소란까지 주말에, 토요일의 막간과 안식일에
걸쳐 자네도 이미 어느 정도 맛본 바 있지 않으냐고. 하지만
평일엔 과연 어떨까? 수요일엔? 금요일엔? 금요일엔 과연
어떨지! 그러다 자연히 적막한 뒷골목과 지하층 사무실,
흔적이 지워진 명패와 휴식용 긴 의자와 우단 벽걸이 천이
떠올랐고, 그 가운데 산 채로 매장당하는 게 무슨 의미인지
생각하기에 이르렀지. 열 시부터 다섯 시까지나마, 페일 에일
맥주가 한 손에, 얼음장처럼 차고 긴 대구 살이 다른 손 닿는
곳에 있는 그곳에 묻히는 것 말이야. 그러곤 그걸 대체할 건
아무것도 없다고, 공인된 사망 선고조차도 그걸 대신할 수는
없다고 결론 내렸어. 그런 뒤에야 우리가 꼼짝없이 멈춰 서
있음을 깨달았어. [사이. 평소 말투로. 짜증 내며.] 왜 이리 옆으로
비어져? 실신했어?

루니 여사. 춥고 힘이 없어요. 바람이—[쌩한 바람 소리.]—여름
드레스를 비집어 고작 속바지 차림인가 싶고. 열한 시에

간단히 요기한 뒤로 고형식은 구경도 못 했어요.

루니 씨.   내 얘기에 흥미를 잃었구나. 바람 소리나 듣고.

루니 여사.   아니요, 아니요, 얼마나 궁금한데요, 다 말해 봐요. 그런
　　　　　뒤에 다시 길 가도록 해요, 잠시도 지체 말고, 무사히 안식처에
　　　　　닿을 때까지 일순간도 지체 말고.

　　　　　[사이.]

루니 씨.   잠시도 지체 말고… 안식처에 닿을 때까지 일순간도…
　　　　　하여간 가끔 매디 당신을 보면 원, 죽은 언어와 씨름하는 사람
　　　　　같다니까.

루니 여사.   맞아요, 댄. 무슨 말인지 알아요, 나부터가 종종 그렇게
　　　　　느끼니까요. 말 못 하게 고통스러운 일이죠.

루니 씨.   솔직히 나도 그런 기분이 들 때가 있어, 내 입에서 나오는
　　　　　말을 우연히 들을 때면.

루니 여사.   하기야 이 말도 언젠가는 사어가 될 테니까요. 우리
　　　　　가엽고 소중한 게일어처럼 때가 되면 죽을 운명.

　　　　　[양이 매 하고 다급하게 우는 소리.]

루니 씨.   [놀라서.] 맙소사!

루니 여사.   아유, 작고 보송보송하니 귀여운 아가 양이 젖을
　　　　　보채네요! 저 말은 아르카디아 이래 변함이 없죠.

　　　　　[사이.]

루니 씨.   내가 어디까지 작문했더라?

루니 여사.   꼼짝없이 멈춰 있었다고요.

루니 씨.   아, 그래. [헛기침. 서술 조로.] 자연히 나는 우리가 역에
　　　　　들어서서 정차했고 곧 다시 나아가리라고 결론을 내린 뒤
　　　　　의심하지 않고 자리에 앉아 있었어. 아무 소리도 안 들렸어.
　　　　　오늘따라 참 따분하다고 난 말했어. 내리는 사람도 타는
　　　　　사람도 없으니. 한참이 지나도 아무 일이 벌어지지 않는 걸
　　　　　보고야 내 오류를 깨달았어. 우리는 역에 들어선 게 아니었어.

루니 여사.   당장 일어나 창밖을 내다보지 그랬어요?

루니 씨.   그런들 무슨 도움이 된다고?

루니 여사.   무슨 문제가 있는 거냐고 소리쳐 물으면 답이라도 받을
　　　　　수 있잖아요.

루니 씨.　그따위에는 관심 없었네. 아니, 난 자리에 그대로 앉아서
　　　이 기차가 다시는 움직일 기미를 보이지 않아도 대수롭게
　　　여기지 않겠다고 말했어. 그러다 보니 점점―뭐랄까―에―
　　　급한 충동이―왜, 있잖아―마려운 느낌―고개를 들데.
　　　긴장한 탓이었겠지. 그래, 이제 와 보면 그게 확실해. 왜 그럴
　　　때 있잖은가, 꼼짝없이 갇힌 기분이 들다 보면.
루니 여사.　막달. 그래요, 난들 모를까요.
루니 씨.　차가 이대로 계속 서 있으면 어떡할지 모르겠다고 난
　　　말했어. 결국 자리에서 일어나 우리에 갇힌 짐승처럼 좌석
　　　사이를 오갔지.
루니 여사.　그게 도움이 될 때도 있죠.
루니 씨.　영원히 끝날 것 같지 않던 시간이 지나 기차가 언제
　　　그랬냐는 듯이 다시 움직이기 시작했어. 그다음에 배럴이
　　　지겨운 역 이름을 고래고래 질러 대고 있더라고. 내가
　　　하차하자마자 제리가 화장실에 데려갔는데, 요즘은 남자
　　　화장실을 피르라고 부르지만 그것도 라틴어 비르 비리스에서
　　　온 게일어일 테지. 그림법칙에 따라 자음 브이가 에프로
　　　변하게 돼서. [사이.] 나머지는 당신도 알지. [사이.] 아무 말도
　　　안 할 건가? [사이.] 무슨 말이든 해 봐. 매디. 날 믿는다고 해.
루니 여사.　그러니 머리를 낮게 해 준다는, 요즘 새로 등장한
　　　부류의 의사 누가 강의하는 걸 들으러 갔던 게 생각나네요.
　　　그런 부류의 의사를 부르는 말이 있는데 통 떠오르질 않아서.
　　　아무튼 그 사람 말이―.
루니 씨.　정신과 의사?
루니 여사.　아뇨, 아뇨, 그냥 속 복잡할 때 찾는. 내가 왜 평생
　　　말 궁둥이에 집착하는지 그이가 실마리를 주지 않을까
　　　기대했어요.
루니 씨.　신경증 의사.
루니 여사.　아뇨, 아뇨, 그냥 맘고생할 때 찾는. 이러다 오밤중에
　　　단어가 생각날 테죠. 그 의사가 어느 어린 환자 얘기를 해
　　　줬어요. 행동거지가 아주 묘하고 어두운 여자애였는데,
　　　의사가 몇 년에 걸쳐 치료를 시도하다가 결국은 단념했다고

했어요. 문제를 찾으려야 찾을 수가 없어서. 시름시름 죽어
가는 중인 걸 빼고는 아무 문제가 없었대요. 실제로 아이는 그
뒤에 죽었다고 했어요. 의사가 손을 뗀 지 얼마 안 돼서.

루니 씨.   그래서? 그게 뭐 좋은 얘기라고?

루니 여사.   아니, 그냥 의사가 한 말이, 그 얘길 하던 그이 태도가
머리에 계속 맴돌았거든요.

루니 씨.   새벽에 잠 못 들고 뒤척이며 되씹는 거로군.

루니 여사.   그것도 그렇고 다른… 참담함에요. [사이.] 그 어린 환자
얘기를 다 끝내고 의사는 한동안 꼼짝 안 했어요. 못해도 2분
내리 탁자만 내려다보고 있었어요. 그러다 갑자기 고개를 홱
들더니 계시라도 내려받은 사람처럼 "그 아이는 사실 태어난
적이 없었던 겁니다, 그게 문제였어요." 하고 외쳤어요. [사이.]
내내 강의 노트 하나 없이 말을 하더라고요. [사이.] 난 도중에
일어나 나왔어요.

루니 씨.   당신 엉덩이를 보고 한마디 하진 않았고? [루니 여사, 흐느껴
운다. 루니 씨, 다정한 목소리로 만류하며.] 매디!

루니 여사.   그런 생명들을 위해선 해 줄 게 없는 거예요!

루니 씨.   누구는 있나? [사이.] 말이 어쩐지 좀 이상한데. [사이.] 내가
지금 어느 쪽을 향해 있지?

루니 여사.   뭐라고요?

루니 씨.   내가 어느 쪽을 향해 있었는지 기억이 안 나.

루니 여사.   한쪽으로 비켜서서 고랑 위로 허리를 굽히고 있네요.

루니 씨.   저 아래 죽은 개가 있어.

루니 여사.   아뇨, 아뇨, 썩어 가는 낙엽일 뿐이에요.

루니 씨.   6월에? 6월에 낙엽이 썩는다고?

루니 여사.   그럼요, 여보. 지난해와 지지난해와 그 전해에 진
낙엽이 모여서. [침묵. 비바람. 두 사람, 다시 걷는다. 발 끄는 소리
등등.] 저기 예쁜 금사슬나무가 또 서 있구나. 가여워라, 술
장식이 거의 졌어. [발 끄는 소리 등등.] 저기 첫 방울이 떨어지네.
[비. 발 끄는 소리 등등.] 황금색 가랑비. [발 끄는 소리 등등.] 신경
쓰지 말아요, 여보, 나 혼자 하는 소리니까. [비가 거세진다. 발
끄는 소리 등등.] 버새도 새끼를 낳으려나? [두 사람, 멈춰 선다.]

루니 씨. 뭐라고, 다시 말해 봐.

루니 여사. 어서 가요. 내 말엔 신경 쓰지 말고, 비에 흠뻑 젖게
생겼어요.

루니 씨. [강경하게.] 뭐가 뭘 하려냐고?

루니 여사. 버새도 새끼를 낳냐고요. [침묵.] 있잖아요, 버새, 아니,
노새인가, 걔네는 불임이거나 거세됐거나, 뭐, 그렇지 않아요?
[사이.] 당나귀가 낳은 새끼 수나귀와는 전혀 다르대요. 흠정
교수가 그랬어요.

[사이.]

루니 씨. 그이가 그건 잘 알겠지.

루니 여사. 그래요, 버새였어요. 예루살렘인가 어딘가 입성할
때도 버새를 타고 들어갔던 거래요. [사이.] 거기에도 다 뜻이
있겠죠. [사이.] 참새처럼, 그 수많음보다도 우리가 더 귀하다고
했던 그 참새가 실은 참새가 아니었던 것처럼요.

루니 씨. 그 수많음보다도…! 과장하긴, 매디.

루니 여사. [감정적으로.] 애초 참새가 아니었어요!

루니 씨. 그럼 우리 값이 더 오르나?

[침묵. 두 사람, 걷는다. 바람과 비. 발 끄는 소리 등등. 두 사람, 멈춰
선다.]

루니 여사. 두엄 살 생각 있어요? [침묵. 두 사람, 걷는다. 바람과 비 등등.
두 사람, 멈춰 선다.] 왜 멈춰요? 할 말 있어요?

루니 씨. 아니.

루니 여사. 그럼 왜 멈춰요?

루니 씨. 그 편이 쉬워.

루니 여사. 많이 젖었어요?

루니 씨. 속가죽까지.

루니 여사. 속가죽?

루니 씨. 속가죽. 소가죽에서 온 말이지.

루니 여사. 집에 가서 젖은 옷은 건조실에 걸어 말리고 가운으로
갈아입어요. [사이.] 팔 좀 이리 둘러 봐요. [사이.] 나한테 잘해
줘요! [사이. 고맙게.] 아, 댄! [두 사람, 걷는다. 바람과 비. 발 끄는 소리
등등. 아까와 같은 음악 소리, 어렴풋이. 두 사람, 멈춰 선다. 음악 소리가

조금 더 분명해진다. 음악 소리 외에는 침묵. 음악 소리가 사그라든다.] 종일 같은 음반이네. 저 크고 텅 빈 집에 혼자 덩그러니 남아 갖고는. 이젠 아주 나이 많은 할머니가 됐겠지.

루니 씨. [들릴 듯 말 듯.] 「죽음과 소녀」로군.

  [침묵.]

루니 여사. 당신 울고 있네요. [사이.] 우는 거예요?

루니 씨. [사납게.] 그래! [두 사람, 걷는다. 바람과 비. 발 끄는 소리 등등. 두 사람, 멈춰 선다. 두 사람, 걷는다. 바람과 비. 발 끄는 소리 등등. 두 사람, 멈춰 선다.] 내일 설교는 누가 하지? 재임자가 하나?

루니 여사. 아뇨.

루니 씨. 천만다행이네. 그럼?

루니 여사. 하디 신부요.

루니 씨. "결혼하고도 행복할 수 있는 법"?

루니 여사. 아뇨, 그분은 돌아가셨잖아요. 아무 연관 없어요.

루니 씨. 이번 성경 구절은 발표했나?

루니 여사. "주께서 쓰러지는 이 모두 부축하고 굽은 이 모두 일으켜 세우신다." [침묵. 두 사람, 함께 폭소한다. 걷는다. 바람과 비. 발 끄는 소리 등등.] 더 꼭 잡아요, 댄! [사이.] 오, 그렇게!

  [두 사람, 멈춰 선다.]

루니 씨. 뒤에서 무슨 소리가 나는데.

  [사이.]

루니 여사. 제리 같은데요. [사이.] 제리예요.

  [제리가 달려오는 발소리가 가까워진다. 제리, 숨을 몰아쉬며 두 사람 옆에 멈춰 선다.]

제리. [숨 몰아쉬며.] 뭘 흘리셨—.

루니 여사. 천천히 말해라, 얘야, 그러다 혈관 터질라.

제리. [숨 몰아쉬며.] 뭘 흘리셨어요, 루니 선생님. 배럴 씨가 달려가 말씀드리라고 해서요.

루니 여사. 보자. [물건을 받아 든다.] 이게 뭐지? [가까이 살펴본다.] 이게 뭐예요, 댄?

루니 씨. 내 게 아닌지도 모르지.

제리. 배럴 씨가 루니 선생님 게 맞다고 하셨는데요.

루니 여사.   무슨 공처럼 생겼는데. 그런데 공이 아니에요.

루니 씨.   이리 줘 봐.

루니 여사.   [건네며.] 대체 뭐예요, 댄?

루니 씨.   내가 그냥 갖고 다니는 거야.

루니 여사.   그야 빤히 보이는데 정체가—.

루니 씨.   [사납게.] 글쎄, 그냥 갖고 다니는 거라니까!

　　　[침묵. 루니 여사, 동전을 찾아 뒤적거린다.]

루니 여사.   잔돈이 없어요. 당신은 있어요?

루니 씨.   잔돈이고 뭐고 일절 없어.

루니 여사.   잔돈이 없구나, 제리. 월요일에 루니 선생님에게 다시
　　　말씀드리면 애쓴 보답으로 I페니 주실 거다.

제리.   네, 사모님.

루니 씨.   그날까지 내가 살아 있거든.

제리.   네, 선생님.

　　　[제리, 기차역을 향해 뛰어간다.]

루니 여사.   제리! [제리, 멈춰 선다.] 무슨 장애였는지 들었니?
　　　[사이.] 기차가 왜 그렇게 늦었던 건지 들었어?

루니 씨.   쟤가 어떻게 들었겠어? 가자고.

루니 여사.   뭐였대, 제리?

제리.   그게요—.

루니 씨.   그만 괴롭혀, 애가 뭘 안다고! 가자니까!

루니 여사.   뭐였다니, 제리?

제리.   어린애였어요, 사모님.

　　　[루니 씨, 신음한다.]

루니 여사.   무슨 소리야, 어린애였다니?

제리.   어린애가 객실 밖으로 떨어졌대요, 사모님. [사이.] 선로로요,
　　　사모님. [사이.] 바퀴 아래로요, 사모님.

　　　[침묵. 제리, 뛰어간다. 발소리 잦아든다. 몰아치는 비바람. 약해진다. 두
　　　사람, 걷는다. 발 끄는 소리 등등. 두 사람, 멈춰 선다. 몰아치는 비바람.]

　　　　　　　　　　　　끝

크래프의 마지막 테이프

미래의 어느 늦은 저녁.

크래프의 굴방.

앞 무대 한가운데, 서랍이 둘 달린 작은 탁자가 관객석을 향해 놓여 있다.

맥없는 늙은 남자가 이 탁자에 정면을 향하고, 즉 서랍 반대편에 앉아
있다. 크래프다.

녹빛 띤 검정 바지, 통이 좁고 껑충하다. 녹빛 띤 검정 민소매 조끼,
넉넉한 주머니가 네 개 달렸다. 묵직한 은시계와 시곗줄. 꼬질꼬질한 흰 셔츠는
옷깃이 없고 위쪽 단추가 풀렸다. 의외의 흰색 부츠는 너절하고, 문수가 적어도
270-280은 됨 직하다. 신발 볼은 좁고 끝은 뾰족하다.

흰 얼굴. 자주색 코. 헝클어진 반백. 턱수염.

심한 근시(그러나 안경은 쓰지 않았다). 난청.

칼칼한 목소리. 독특한 말투.

힘겨운 걸음걸이.

탁자에 마이크가 딸린 오픈릴 테이프녹음기와 이미 녹음된 릴 테이프가
다수 담긴 종이 상자가 여러 개 놓여 있다.

탁자와 그 주변은 강렬한 흰 조명을 받아 환하다. 그 외의 무대는 어둡다.

크래프, 잠시 꿈쩍하지 않다가, 길게 한숨을 내쉬고, 시계를 보고,
주머니를 디듬거리고, 봉투 하나를 꺼내고, 봉투를 도로 집어넣고, 주머니를
더듬거리고, 작은 열쇠 뭉치를 꺼내고, 눈앞에 바짝 대 들여다보고, 열쇠
하나를 고르고, 일어나 탁자 앞쪽으로 간다. 허리를 굽히고, 첫 번째 서랍을
열쇠로 열고, 서랍 안을 들여다보고, 안쪽을 더듬거리고, 릴 테이프 하나를
꺼내고, 바짝 들여다보고, 도로 집어넣고, 서랍을 잠그고, 두 번째 서랍을
열쇠로 열고, 서랍 안을 들여다보고, 안쪽을 더듬거리고, 큼직한 바나나
하나를 꺼내고, 바짝 들여다보고, 서랍을 잠그고, 열쇠 뭉치를 주머니에 도로
넣는다. 이어 돌아서고, 무대 가장자리로 가고, 멈추고, 바나나를 쓰다듬고,
껍질을 까고, 껍질을 발치에 떨어뜨리고, 바나나의 한끝을 입에 넣고, 앞의
허공을 보며 꿈쩍하지 않는다. 마침내 바나나를 베어 물고, 이어 옆으로
돌아서 무대 가장자리를 따라, 즉 탁자에서 양방향으로 네다섯 걸음이 넘지
않는 공간을 조명을 받으며 오가기 시작하고, 사색에 잠겨 바나나를 먹는다.
바닥에 떨어진 바나나 껍질을 밟고, 미끄러져 넘어질 뻔하고, 균형을 잡고,
허리를 굽혀 바나나 껍질을 가까이서 들여다보고, 허리를 굽힌 채 한쪽 발로
껍질을 밀어 무대 가장자리 너머 오케스트라박스로 떨어뜨린다. 다시 무대

가장자리를 오가고, 바나나를 마저 먹고, 탁자로 돌아오고, 자리에 앉고, 잠시 꿈쩍도 않다가, 한숨을 크게 내쉬고, 주머니에서 열쇠 뭉치를 꺼내고, 바짝 들여다보고, 열쇠 하나를 고르고, 일어나 탁자 앞으로 가고, 두 번째 서랍을 열고, 큼직한 바나나 하나를 또 꺼내고, 바짝 들여다보고, 서랍을 잠그고, 열쇠 뭉치를 주머니에 넣고, 돌아서고, 무대 가장자리로 가고, 멈추고, 바나나를 쓰다듬고, 껍질을 까고, 껍질을 오케스트라박스에 던지고, 바나나의 한끝을 입에 넣고, 앞의 허공을 보며 꿈쩍하지 않는다. 마침내 무슨 생각인가를 떠올리고, 바나나를 끝이 비어져 나오게 조끼 주머니에 집어넣고, 그가 낼 수 있는 최대치의 속도로 무대 뒤 어둠으로 걸어 들어간다. 10초 경과. 코르크 마개가 요란히 열리는 소리. 15초 경과. 크래프, 낡은 장부를 들고 빛 속으로 돌아와 탁자에 앉는다. 장부를 탁자에 올리고, 입을 훔치고, 두 손을 조끼 앞자락에 닦고, 두 손바닥을 빠르게 마주 문지른다.

크래프. [기운차게.] 아! [장부 위로 몸을 숙이고, 몇 장 넘기고, 원하는
        내용을 찾고, 소리 내어 읽는다.] 박스… 사암 번… 스풀… 5번.
        [고개를 들고 앞을 본다. 흡족하게.] 스풀! [사이.] 스푸-우-우-우-울!
        [흐뭇한 미소. 사이. 탁자 위로 몸을 숙이고, 이 상자 저 상자를 들여다보며
        헤치기 시작한다.] 박스… 사암… 사암 번… 4번… 2번… [놀라며.]
        9번! 세상에…! 7번… 아! 요 녀석! [상자를 들고, 안을 들여다본다.]
        사암 번 박스. [상자를 탁자에 내려놓고, 뚜껑을 열어 안에 든 스풀을
        들여다본다.] 스풀… [장부를 들여다본다.] …5번… [스풀을
        들여다본다.] …5번… 5번… 아! 요 골칫덩이! [스풀 하나를 꺼내고,
        들여다본다.] 5번 스풀. [탁자에 스풀을 내려놓고, 3번 박스를 닫고, 다른
        상자 틈에 놓고, 스풀을 든다.] 사암 번 박스, 5번 스풀. [기계 위로
        몸을 숙이고, 고개를 든다. 흡족하게.] 스푸-우-우-우-울! [흐뭇한 미소.
        몸을 숙이고, 스풀을 기계에 끼우고, 손바닥을 마주 문지른다.] 아!
        [장부를 들여다보고, 펼친 면 하단에 기입된 내용을 소리 내어 읽는다.]
        어머니 마지막 숨 거두다… 흠… 검은 공… [고개를 들고, 허공을
        본다. 의아해하며.] 검은 공…? [다시 장부를 들여다보고, 소리 내어
        읽는다.] 검은 머리 유모… [고개를 들고, 생각에 잠기고, 다시 장부를
        들여다보고, 소리 내어 읽는다.] 대장 상태 경미하게 호전… 흠…
        기억에 남을… 뭐? [더 가까이 들여다본다.] 분점, 기억에 남을

분점. [고개를 들고, 허공을 본다. 의아해하며.] 기억에 남을 분점…?

[사이. 어깨를 으쓱이고, 다시 장부를 들여다보고, 소리 내어 읽는다.]

작별하다,—[장을 넘긴다.]—사랑과.

[고개를 들고, 생각에 잠기고, 기계 위로 몸을 숙이고, 스위치를 켜고, 청취

자세를 취한다. 즉 양 팔꿈치를 탁자에 올리고, 몸을 앞으로 기울이고,

얼굴을 보인 채 기계에 가까운 쪽 귀를 손으로 감싼다.]

테이프. [힘 있고 다소 거만한 목소리, 아주 오래전 크래프 본인의 목소리임이

분명하다.] 오늘로 서른아홉, 종소리 쨍쨍—[보다 편안한 자세를

취하다가 탁자에서 상자를 하나 떨어뜨리고, 욕설을 내뱉고, 스위치를

끄고, 상자들과 장부를 바닥으로 들입다 쓸어 버리고, 테이프를 처음으로

되감고, 스위치를 켜고, 다시 자세를 취한다.] 오늘로 서른아홉,

종소리 쨍쨍하고, 내 이 오랜 결함만 아니면, 지적으로도

어느새 정점… [머뭇댄다.] …파도 꼭대기에 이르렀다고

추정할 충분한 근거가. 지겨운 당일은 요 몇 년간 해 온 대로

술집에서 조용히 보냈다. 아무도 없이. 난롯불 앞에 앉아 두 눈

감고 알갱이와 쭉정이를 갈랐다. 봉투 뒷면에 간간이 메모도

했다. 서재로 돌아와 헌 옷으로 갈아입고 나니 너무 좋군. 방금

바나나를 유감스럽게도 세 개 먹었고 네 개째 먹으려는 걸

겨우 참았다. 나 같은 질환을 가진 사람에게는 치명적이건만.

[거칠게.] 다 쳐내! [사이.] 탁자 위에 조명을 새로 달았더니 한결

낫다. 어둠에 이리 온통 에워싸이니 혼자인 기분이 덜 든다.

[사이.] 어떤 면에서는. [사이.] 일어나 어둠 속을 오가는 게

그렇게 좋고, 그러다 다시 돌아온다… [머뭇댄다.] …나로. [사이.]

크래프로.

[사이.]

알갱이라, 보자, 내가 무슨 뜻으로 그 말을, 무슨 뜻으로…

[머뭇댄다.] …아마도 한바탕 먼지구름이 잦아들고 났을

때—나라는 먼지구름이 잦아들고 났을 때 손에 쥐고 있을

만한 것들을 말하는 걸 테지.

눈을 감고 어떤 것들이 있을지 상상해 본다.

[사이. 크래프, 잠시 두 눈을 감는다.]

오늘 밤따라 유난한 적요. 귀를 아무리 기울여도 소리 하나

안 들린다. 맥글룸 할머니가 이맘때 꼭 노래를 부르는데. 오늘 밤엔 아니다. 소싯적에 알던 노래들이라고 했지. 소싯적 모습이 잘 상상되지 않지만. 여하간 멋진 분이다. 코노트주 출신 아닐지. [사이.] 나도 맥글룸 할머니 나이가 되면—그때껏 살아 있다면—노래를 부르려나? 아니. [사이.] 소싯적에 내가 노래를 불렀나? 아니. [사이.] 언제는 노래를 불렀나? 아니. [사이.]

지나간 어느 해의 테이프를 마구잡이로 돌려 듣던 참이다. 장부를 확인하지는 않았지만, 줄잡아 10년, 12년 전일 테지. 아마도 케다르 거리 그 집에서 비안카랑 같이 사네 마네 하던 때. 십년감수했지, 이크! 애초 어림없었다. [사이.] 비안카에 대한 언급은 딱히 없었다, 눈을 극찬한 것 말고는. 아주 따스했지. 듣다 보니 새삼 떠올랐다. [사이.] 비길 데 없는 눈! [사이.] 여하간… [사이.] 이렇게 지난날을 부검하는 건 참담하다. 그래도 간간이 이리하는 게—[크래프, 스위치를 끄고, 생각에 잠기고, 스위치를 켠다.]—도움이 된다, 새로운… [머뭇댄다.] …회상으로 뛰어들기에 앞서. 저 하룻강아지가 나였다니, 믿기 어렵다. 저 목소리! 하이고! 저 포부! [짧은 웃음소리에 크래프도 웃는다.] 다짐은 또 어떻고! [짧은 웃음소리에 크래프도 웃는다.] 그중에서도 술을 줄이자던 다짐. [크래프 혼자 짧게 웃는다.] 통계를 내 보면. 허가된 술집에서 소비한 시간만—지난 8천여 남짓한 시간 중—총 1천 700시간. 깨어 있는 시간의 20퍼센트 이상, 대략 40퍼센트에 해당한다. [사이.] 그 외에도 성생활에… [머뭇댄다.] …덜 골몰하기로 다짐한다. 자기 부친의 마지막 질환이었지. 좆대 없이 행복 좆기. 배변 곤란. 그가 자칭 청년기라 일컫는 시절을 비웃으며 그 시기가 지났음에 하늘에 감사한다. [사이.] 다소 가식적이다. [사이.] 아무래도 대작은커녕… 자작에 빚진 작품이라고 봐야. 마지막으로—[짧게 웃는다.]—섭리를 외치며 마무리한다. [긴 웃음소리에 크래프도 웃는다.] 그래서 그 허다한 고생 끝에 뭐가 남았나? 허름한 녹색 외투를 입고 기차역 승강장에 서 있는 여자? 아니야?

[사이.]

이제 시선을—.

[크래프, 스위치를 끄고, 생각에 잠기고, 시계를 확인하고, 일어나고, 무대 뒤 어둠 속으로 들어간다. 10초 경과. 코르크 마개 열리는 소리. 10초 경과. 두 번째 코르크 소리. 10초 경과. 세 번째 코르크 소리. 10초 경과. 떨리는 목소리로 짧게 터져 나오는 노래.]

크래프. [노래한다.]   이제 날 저물어
                        밤이 점차 다가오-오는지
                        저녁결 그림자—.

[기침을 연달아 한다. 빛 속으로 돌아오고, 자리에 앉고, 입을 훔치고, 두 손을 조끼 앞자락에 닦고, 스위치를 켜고, 청취 자세를 취한다.]

테이프. —지난 한 해로 돌려, 내가 장차 지니게 되길 바라는 관록이 깃든 눈초리로 경위를 되짚어 보면 말이야, 당연히도 어머니가 늦가을 내내 병상에서 숨을 모으며 기나긴 과부살이를 정리했던 [크래프, 깜짝 놀란다.] 수로 위 그 집과—[크래프, 스위치를 끄고, 테이프를 앞으로 짧게 되감고, 귀를 바짝 대고, 스위치를 다시 켠다.]—늦가을 내내 병상에서 숨을 모으며 기나긴 과부살이를 정리했던 수로 위 그 집과—.

[크래프, 스위치를 끄고, 고개를 들고, 허공을 본다. 입술이 '과부살이' 네 음절을 발음하듯 달싹인다. 소리는 나지 않는다. 크래프, 일어나고, 무대 뒤 어둠으로 들어가고, 거대한 사전을 들고 돌아오고, 탁자에 사전을 내려놓고, 자리에 앉아 이 단어를 찾는다.]

크래프. [사전에서 소리 내어 읽는다.] 과부—또는 홀아비로— 살아가는—또는 머무는— 삶—또는 상태. [고개를 든다. 의아해하며.] 살아가는—또는 머무는…? [사이. 사전을 바짝 들여다본다. 소리 내어 읽는다.] "잡초가 무성한 과부살이." …또한 동물, 특히 새에 대하여… 과부새 또는 베짜기새… 수컷의 검은 꽁지 깃털… [고개를 든다. 흐뭇하게.] 과부새!

[사이. 사전을 닫고, 스위치를 켜고, 청취 자세를 취한다.]

테이프. —어머니가 머물던 방의 창이 올려다보이던 둑 옆의 벤치가 있다. 거기 앉아서, 살을 에는 바람을 맞으며, 어머니가 떠나길 바랐다. [사이.] 아무도 없었다. 단골인 유모와

갓난아이와 노인과 개 말고는. 그이들과는 꽤 가까운 사이가
됐지—아, 물론 눈대중으로만! 미모의 검은 머리 처자가 유독
선하다. 풀을 빳빳이 먹인 흰옷, 비길 데 없는 가슴, 차양 막이
달린 커다란 검은색 유아차는 어찌나 음산하던지. 그리로
고개를 돌릴 때마다 나를 보고 있던 처자와 눈이 마주쳤다.
그래 놓고는 내가 정작 용기 내 말을 걸러 다가가니—다리
놔 줄 사람 없는데 별수 있어?—경찰을 부르겠다고 했다.
내가 흑심으로 자기 조신함을 위협한 듯이! [웃는다. 사이.]
아아, 그 얼굴! 그 눈! 꼭… [머뭇댄다.] …감람석 같았어! [사이.]
그랬지… [사이.] 그날도 벤치에 있었다—[크래프, 스위치를 끄고,
생각에 잠기고, 다시 켠다.]—가리개가, 꼬질꼬질한 갈색 롤러식
가리개였는데, 그게 내려간 그날도 벤치에 앉아, 공교롭게도
마침 작고 하얀 개에게 공을 던져 주고 있던 차였다. 그러다
문득 고개를 들어 보니 거기 그게. 다 끝난 거였다, 마침내. 난
얼마간 더 앉아 있었다. 공을 손에 쥐고, 개가 컹컹대며 앞발로
날 툭툭 칠 동안. [사이.] 찰나. 어머니의 찰나, 나의 찰나. [사이.]
개의 찰나. [사이.] 결국 내가 그걸 내밀자 살며시 살며시 받아
물던 개. 작고, 낡고, 단단하고, 까만, 견고한 고무공. [사이.] 그
느낌을, 손안의 감촉을 평생 간직할 거다, 내가 죽는 날까지.
[사이.] 내가 가질 수도 있었겠지. [사이.] 하지만 개에게 줬다.
[사이.]

그랬지….

[사이.]

1년간 깊은 정신적 암울과 궁핍함 속에 지내다가 그 기억에
남을 3월의 밤, 부두 끝에서, 돌풍이 결코 못 잊을 기세로
몰아치는 통에, 문득 눈앞이 환해졌다. 급기야 전망을 본
것이다. 아무래도 이게 내가 오늘 저녁에 녹음으로 남겨야
할 주된 내용이려니 싶다. 일도 나날도 모두 끝이 나고,
내 기억 어디에도 그에 불붙인 기적을… [머뭇댄다.] …그에
불붙인 불길을 간직할 자리가, 온기를 머금었건 싸늘해졌건
간에 더는 남아 있지 않을 날에 대비해서 말이야. 내가
갑작스레 보고 만 건 바로 이것, 평생 나를 지탱해 온 믿음,

구체적으로는—[크래프, 답답해하며 스위치를 끄고, 테이프를 앞으로 감고, 다시 켠다.]—거대한 화강암과 등댓불을 배경으로 포말이 높이 치솟고 풍속계가 프로펠러처럼 달달 도는 와중에 마침내 명백해진 건, 내가 줄곧 내리누르려 애써 온 어둠이 실은 내 가장—[크래프, 욕을 뱉고, 스위치를 끄고, 테이프를 앞으로 감고, 다시 켠다.]—깨달음의 빛과 불길로 폭풍과 밤을 해체하기 전까지는 깨부술 수 없는 연상으로—[크래프, 욕을 크게 내뱉고, 스위치를 끄고, 테이프를 앞으로 감고, 스위치를 다시 켠다.]—가슴에 얼굴을 묻고 몸에 손을 얹었다. 우리는 움직임 없이 가만히 누워 있었다. 그래도 우리 아래로 모든 게 움직였고, 그에 우리까지 덩달아, 위아래로, 또 좌우로, 살살 흔들렸다.

[사이.]

자정이 지나 있었다. 그런 적요는 처음이었다. 지구에 생명 하나 없는 듯.

[사이.]

여기서 이만 끝—

[크래프, 스위치를 끄고, 테이프를 뒤로 되감고, 다시 켠다.]

—호수 위쪽으로 펀트 배를 저어 가서, 둑 근처에서 헤엄을 치고, 배를 밀고 개울로 나가 둥둥 떠나렸다. 바닥에 몸을 쭉 뻗고 누워 팔베개를 하고 눈을 감은 그녀. 해가 무덥게 내리쬐고, 산들바람이 불고, 물은 편안하고 활기찼다. 허벅지의 긁힌 자국을 보고 어쩌다가 생긴 건지 물었다. 구스베리 따다가, 라고 그녀가 답했다. 나는 아무래도 가망이 없다고 계속해 봤자 소용없다고 다시 말했고, 그녀도 눈을 감은 채 동의했다. [사이.] 날 좀 보면 안 되겠냐고 했더니 얼마간 지나—[사이.]—얼마간 지나 그녀가 눈을 뜨고 날 봤다. 햇살 때문에 실처럼 가늘게 뜨고서. 내가 그늘로 해를 가려 주려고 그녀 위로 몸을 숙였더니 눈이 활짝 열렸다. [사이. 낮게.] 날 받아들였다. [사이.] 우린 노랑꽃창포 틈으로 흘러 들어가 쑤셔 댔다. 뱃머리 끝에서 하나씩 탄식하듯 가라앉던 모습! [사이.] 나는 그녀 위에 가로누워 가슴에 얼굴을 묻고 몸에 손을 얹었다. 우리는 움직임 없이 가만히 누워 있었다.

그래도 우리 아래로 모든 게 움직였고, 그에 우리까지 덩달아,
위아래로, 또 좌우로, 살살 흔들렸다.

[사이.]

자정이 지나 있었다. 그런 적요는—

[크래프, 스위치를 끄고, 생각에 잠긴다. 급기야 주머니를 더듬거리고,
바나나를 발견하고, 꺼내고, 바짝 들여다보고, 도로 넣고, 주머니를
더듬거리고, 봉투를 꺼내고, 주머니를 뒤지고, 봉투를 도로 넣고, 시계를
보고, 일어나 무대 뒤 어둠으로 들어간다. 10초 경과. 병과 유리잔이
맞닿는 소리, 그에 이어 짧게 액체 흐르는 소리. 10초 경과. 병과 유리잔이
맞닿는 소리만. 10초 경과. 크래프, 조금 불안정한 걸음으로 빛 속으로
돌아오고, 탁자 앞쪽으로 가고, 열쇠 뭉치를 꺼내고, 눈앞에 바짝 대고,
열쇠를 고르고, 첫 번째 서랍을 열쇠로 열고, 서랍 안을 들여다보고,
안쪽을 뒤지고, 릴 테이프를 꺼내고, 바짝 들여다보고, 서랍을 잠그고,
열쇠 뭉치를 주머니에 도로 넣고, 자리로 돌아가 앉고, 기계에 든 릴
테이프를 빼고, 사전 위에 올리고, 공(空)릴을 기계에 끼우고, 주머니에서
봉투를 꺼내고, 뒷면을 참고하고, 탁자에 내려놓고, 스위치를 켜고,
헛기침한 뒤 녹음을 시작한다.]

크래프. 30년 전에 내가 나로 알던 멍청이가 남긴 기록을 막
들었는데, 저리도 한심했다니 믿을 수가 없군. 이제 다 지난
일이기에 망정이지. [사이.] 그녀의 그 두 눈! [생각에 잠기고,
침묵을 녹음하고 있음을 깨닫고, 스위치를 끄고, 생각에 잠긴다. 마침내.]
저 잔다한 것 다—[녹음이 되지 않고 있음을 깨닫고, 스위치를 켠다.]
저 잔다한 것, 먼지로 빛은 낡아 빠진 이 공 위의 온갖 빛과
어둠과 기근과 잔치의… [머뭇댄다.] …세월! [외친다.] 그래!
[사이.] 다 놓아 버려! 염병! 숙제 따위 잊으라고 해! 염병! [사이.
지친 목소리로.] 하기야, 저놈이 옳았는지도. [사이.] 옳았는지도.
[궁리한다. 깨닫는다. 스위치를 끈다. 봉투를 참고한다.] 체! [봉투를
구겨 내던진다. 고민한다. 스위치를 켠다.] 할 말이 없어, 끽소리
한마디도. 고작 1년을 갖고? 이제 와 1년 따위 새김질하다 게워
낸 것밖에, 쇳조각 같은 대변밖에 더 되나. [사이.] 스풀이란
말이 그리 좋아서. [흡족하게.] 스푸우우우울! 지난 반백만 년
가운데 가장 행복했던 순간. [사이.] 열일곱 부가 팔렸는데,

개중 열한 부는 회원비도 안 걷는 바다 너머 대출 도서관
몇 곳이 납품가에 사 갔지. 이름이 알려지고 있어. [사이.]
1파운드 6실링 몇 펜스, 아마도 8펜스. [사이.] 한두 번 기어
나왔어, 여름이 싸늘히 식기 전에. 오들오들 떨며 공원에
앉았지, 꿈에 잠겨 허우적대며 사라지고픈 마음에 불타며.
사람 하나 없었어. [사이.] 몇 차례의 마지막 매혹. [거칠게.]
내리눌러! [사이.] 『에피 브리스트』를 하루에 한 쪽씩 다시
읽다가 눈시울을 또 데였어, 눈물에. 에피… [사이.] 그녀와
함께 행복할 수도 있었겠지, 발트해 저 위, 소나무와 모래언덕
틈에서. [사이.] 과연 그랬을까? [사이.] 그녀도? [사이.] 체! [사이.]
패니가 두어 번인가 왔지. 뼈만 앙상한 창귀. 할 수 있는 것도
딱히 없었다만, 그래도 가랑이에 발길질당하는 것보다야 나을
테지. 마지막은 그리 나쁘지 않았어. 어떻게 용케 해내냐고,
내 나이에, 묻더군. 널 위해 평생 아껴 왔다고 했지. [사이.]
저녁기도에 한 번 갔어, 반바지 입던 시절처럼. [사이. 노래한다.]

　　　　　이제 날 저물어
　　　　　밤이 점차 다가오-오는지
　　　　　저녁결―[연달아 기침하다가, 들릴락 말락 하게.]―그림자
　　　　　하늘을 스륵 가로지르네.

[숨차서.] 깜빡 잠이 들어 교회 좌석에서 떨어졌어. [사이.]
한밤중에 간혹 그런 생각도 해 봤지, 마지막으로 한번
용쓰다가 그대로―[사이.] 어이, 잔이나 비우고 그만 자러
가. 헛소리는 아침에 계속하고. 아니면 이쯤에서 관두거나.
[사이.] 이쯤에서 관두거나. [사이.] 베개에 등 기대고 어둠 속에
앉아―쏘다니자. 크리스마스이브를 맞아 다시 그 골짜기에서
호랑가시나무 붉은 열매를 따 모으고. [사이.] 일요일 아침,
다시 실안개 낀 크로건을 암캐랑 오르다가, 발길 멈추고
함께 종소리 듣고. [사이.] 등등 계속. [사이.] 다시 있어라, 다시
있어라. [사이.] 그 오랜 속앓이. [사이.] 한 번으로는 부족하더냐.
[사이.] 그녀 위에 가로누워. [긴 사이. 문득 기계 위로 몸을 숙이더니,
끄고, 테이프를 험하게 빼내고, 내던지고, 다른 테이프를 끼우고, 원하는
대목이 나올 때까지 앞으로 감고, 스위치를 켜고, 앞을 보며 듣는다.]

테이프. —구스베리 따다가, 라고 그녀가 답했다. 나는 아무래도
가망이 없다고 계속해 봤자 소용없다고 다시 말했고, 그녀도
눈을 감은 채 동의했다. [사이.] 날 좀 보면 안 되겠냐고 했더니
얼마간 지나—[사이.]—얼마간 지나 눈을 뜨고 날 봤다. 햇살
때문에 실처럼 가늘게 뜨고서. 내가 그늘로 해를 가려 주려고
그녀 위로 몸을 숙였더니 눈이 활짝 열렸다. [사이. 낮게.] 날
받아들였다. [사이.] 우린 노랑꽃창포 틈으로 흘러 들어가 쑤셔
댔다. 뱃머리 끝에서 하나씩 탄식하듯 가라앉던 모습! [사이.]
나는 그녀 위에 가로누워 가슴에 얼굴을 묻고 몸에 손을
얹었다. 우리는 움직임 없이 가만히 누워 있었다. 그래도 우리
아래로 모든 게 움직였고, 그에 우리까지 덩달아, 위아래로, 또
좌우로, 살살 흔들렸다.

[사이. 크래프의 입술이 달싹인다. 소리는 없다.]

자정이 지나 있었다. 그런 적요는 처음이었다. 지구에 생명
하나 없는 듯.

[사이.]

여기서 이만 끝낸다, 이번 릴은. 박스—[사이.]—3번, 스풀—
[사이.]—5번. [사이.] 내 호시절도 이제 다 지난 건지도.
행복해질 기회가 있던 날들은. 하지만 그 시절을 되찾고
싶지도 않아. 이제 와 내 안에 타는 이 불길이 있는 한. 그래,
되찾고 싶지도 않아.

[크래프, 움직임 없이 앞을 본다. 침묵 속에 테이프가 계속 돌아간다.]

막 내림

불씨
라디오를 위한 소품

헨리

에이다

애디

음악 교사 / 승마 교사

피아니스트

들릴 듯 말 듯한 바다.

몽돌 해변을 걷는 헨리의 장화 발소리. 헨리, 선다.

바다가 조금 더 크게 들린다.

헨리 가. [바다. 더 크게.] 가! [간다. 몽돌 위 장화 발소리. 걸으며.] 서.
[몽돌 위 장화. 걸으며, 더 크게.] 서! [선다. 바다가 조금 더 크게
들린다.] 아래로. [바다. 더 크게.] 아래로! [헨리가 해변에 앉는 동안
미끄러지는 몽돌. 이후 '사이'가 명시될 때마다 바다가 내내 들릴 듯 말
듯하게 이어진다.] 이제 내 옆에 누가 남았나? [사이.] 노인 하나,
눈멀고 어리석은. [사이.] 내 옆에 있으려고 죽었다가 돌아온
내 아버지. [사이.] 언제 죽었냐는 듯이. [사이.] 아니, 그저 내
옆에 있으려고 죽었다가 돌아왔어, 이 요상한 데로. [사이.]
아버지에게 내 말이 들릴까? [사이.] 응, 들릴 테지. [사이.]
대답할 정도로? [사이.] 아니, 대답하진 않아. [사이.] 그저
옆에 있지. [사이.] 지금 들리는 소리는 바닷소리예요. [사이.
더 크게.] 지금 들리는 저 소리는 바다라고요, 우린 물가에
있고요. [사이.] 하도 이상한 소리라 굳이 말했어요, 도무지
바닷소리 같지 않아서 바라다보지 않고는 바다인지 모를
거라. [사이.] 발굽! [사이. 더 크게.] 발굽! [단단한 노면을 걷는 발굽
소리. 신속히 잦아들어 사라진다. 사이.] 다시! [발굽, 동일하게. 사이.
신나서.] 박자 맞추게 훈련하면! 쇠 신겨 마당에 묶어 두고,
종일 발을 구르게! [사이.] 죽었다 돌아온 10톤 매머드, 쇠 신겨
세상을 지르밟게! [사이.] 그걸 들어 봐요! [사이.] 이제 빛에
귀 기울여 봐요, 아버진 늘 빛에 각별하셨으니, 정오를 지난
지 얼마 안 됐고 해변은 다 그늘지고 해수는 저만치 섬까지
빠졌어요. [사이.] 아버지라면 해만 이쪽엔 절대 안 살겠죠,
기어이 사고를 당하도록 뻔질나게 다니던 저녁 미역 때도
물에 해가 들길 바라던 분이니. 하지만 난 아버지 돈을 받아
이리로 건너왔어요, 이미 아실 수도 있겠지만. [사이.] 우린
아버지 시신을 결국 못 찾았어요, 아시려나, 그래서 공증이
터무니없이 미뤄졌고, 그 사람들 말로는 아버지가 우리를
버리고 아르헨티나 같은 데로 도주해 가명 쓰며 멀쩡히 잘

58

살고 있지 않으리란 법이 어디 있냐며 어머니 속깨나 썩였죠.
[사이.] 나도 그런 건 아버지를 쏙 빼서 저걸 못 벗어나는데,
대신 절대 들어가지는 않아요, 절대, 마지막으로 들어간 게
아마 아버지랑 왔을 때였죠. [사이.] 그저 그 옆에 있어요. [사이.]
오늘은 잔잔한데, 종종 저 위 집까지 그리고 길을 가다가도
저게 들리면 그땐 아무 말이나 주워대죠, 아, 저게 묻힐
정도로만, 눈치채는 사람도 없어요. [사이.] 하기야 지금 어디에
있었대도 난 떠들고 있었겠지만. 한번은 저 저주받은 것에서
벗어나려 스위스까지 가서는 거기 있는 내내 쉬지 않고
주워댔어요. [사이.] 전에는 딴 사람이 필요하지 않았으니까,
그저 스스로에게, 별의별 이야기, 볼턴이란 노인네 얘기가
썩 좋았는데 그건 결국 못 끝냈고, 어느 하나 끝낸 게 있나,
난 뭘 끝낸 적이 없지, 모든 게 늘 끝도 없이 이어졌지. [사이.]
볼턴. [사이. 더 크게.] 볼턴! [사이.] 거기 불 앞에. [사이.] 거기
불 앞에, 덧창 다… 아니, 벽걸이, 벽걸이, 벽걸이 다 치고 빛,
아니, 빛 없고, 오직 불에서 나오는 빛만, 어둠 속에 앉아…
아니, 서서, 거기 불 앞에 방염 매트 밟고 벽난로 선반에 두
팔 올리고 두 팔에 머리 얹고 어둠 속에 서서, 거기 불 앞에
낡은 붉은색 가운 입고 서서 기다리고, 집 안에는 어떤 종류의
소리도 없고, 오직 불소리만. [사이.] 거기 불 앞에 낡은 붉은색
가운 입고, 언제 불 옮겨붙을지 모르게, 어릴 때처럼, 아니,
그땐 잠옷이었지, 빛 없고, 오직 불에서 나오는 빛만, 어떤
소리도 없고, 불만, 어둠 속에 서서 기다리는 깊은 번민에 빠진
노인. [사이.] 그러다 초인종 울려 그가 창가로 건너가 벽걸이
사이로 내다보니, 준수한 노인네, 허우대 좋고 건장해, 환한
겨울밤, 사방에 눈, 얼어붙을 추위, 흰 세상, 눈 쌓여 구부정한
삼나무 가지 그리고 초인종 다시 누르려 팔이 올라가는 사이
알아봐… 홀러웨이… [긴 사이.] …그래, 홀러웨이, 홀러웨이를
알아보고, 내려가 문을 열지. [사이.] 밖은 다 가만, 소리 하나
없고, 한참 서서 듣다 보면 개 목줄이나 나뭇가지 신음이나
들릴까, 흰 세상, 홀러웨이와 작은 검은색 가방, 소리 하나
없고, 얼어붙게 춥고, 보름달 작고 하얗고, 비뚤비뚤한

발자취 남긴 홀러웨이의 방수 장화, 거문고자리 베가 별만큼
밝은 초록. [사이.] 거문고자리 베가 별만큼 밝은 초록. [사이.]
이어지는 대화 이제 앞 계단에서, 아니, 방에서, 방으로
돌아와서, 이어지는 대화 이제 방으로 돌아와서, 홀러웨이:
"친애하는 볼턴, 어느새 자정이 넘었네, 그러니 친절히—",
더 못 잇고, 볼턴: "제발! **제발!**" 이어 죽은 정적, 소리 하나
없고, 오직 불만, 죄 숯, 이제 불길 사위고, 홀러웨이는 볼기짝
데우겠다고 매트 위에, 볼턴, 볼턴은 어디에, 빛 없고, 오직
불만, 볼턴은 창가에 벽걸이 등지고서, 한 손으로 벽걸이
사이 벌려 흰 세상 내다보며, 첨탑마저 하얘, 바람개비까지,
생경하고, 집 안에는 정적, 소리 하나 없고, 오직 불만, 이제
불길 없이, 불씨. [사이.] 불씨. [사이.] 일렁이며, 사그라들며,
비밀스러운 감으로, 끔찍한 소리, 홀러웨이는 매트에, 준수한
친구, 180센티미터, 우람해, 두 다리 벌리고, 낡은 외투 뒷자락
하나씩 뒤로 올려 들고, 볼턴은 창가에, 낡은 붉은색 가운
걸친 모습 기품 있고, 늘어진 벽걸이 등지고, 틈새 더 넓히려
뻗은 손, 창밖 내다보며, 흰 세상 깊은 번민, 소리 하나 없고,
오직 불씨만, 죽어 가는 소리, 죽어 가는 잔광, 홀러웨이,
볼턴, 볼턴, 홀러웨이, 늙은 남자들, 깊은 번민, 흰 세상, 소리
하나 없고. [사이.] 저기, 들어 봐! [사이.] 눈 감고 들어 봐,
저게 뭐 같아? [사이. 격하게.] 뚝뚝! 뚝뚝! [뚝뚝 떨어지는 소리,
급격히 증폭하다가, 돌연 끊긴다.] 다시! [다시 뚝뚝 소리. 증폭한다.]
아니! [뚝뚝 소리 끊긴다. 사이.] 아버지! [사이. 안달하며.] 이야기,
이야기, 해마다 수없이 지어내며, 비로소 내가 필요를 느낄
때까지, 누군가 내 옆에 있길, 누구든, 낯선 이라도 좋으니
말할 상대가, 그가 내 말을 듣는다고 상상하며, 그렇게 지내
온 세월만, 그랬는데, 이제는 기왕이면… 나를 알던 누군가,
오래전에, 누구든 좋으니, 나를 알던 이가 내 옆에 있길, 그가
내 말을 듣는다고 상상하며, 있는 이대로의 나, 지금의 내
옆에서. [사이.] 역시 부족해. [사이.] 역시 미달이야. [사이.] 다시
해 봐. [사이.] 흰 세상, 소리 하나 없고. [사이.] 홀러웨이. [사이.]
홀러웨이가 가겠대, 시커먼 쇠 살대 앞에 밤새 앉아 있을

생각일랑 눈곱만큼도 없다고, 도무지 모르겠다고, 사람을
불러내고는, 오랜 벗을, 이리 춥고 어두운데, 오랜 벗을,
급하다며, 가방 가져오라더니, 그래 놓고는 한마디 없어, 설명
없어, 온기 없어, 빛 없어, 볼턴: "제발! **제발!**" 홀러웨이, 음료
없어, 반김 없어, 골수까지 오싹해서 감기 걸려 죽을 지경이고,
도무지 모르겠다고, 희한한 대우, 오랜 벗, 가겠대, 그러더니
움직이지 않아, 소리 하나 없고, 불은 죽어 가고, 창문엔 흰
빛줄기, 오싹한 풍경, 홀러웨이가 오지 말걸 후회막심이라고,
부족해, 불 나갔고, 매서운 추위, 깊은 번민, 흰 세상, 소리
하나 없고, 부족해. [사이.] 부족해. [사이.] 못 하겠어. [사이.]
저걸 들어 봐! [사이.] 아버지! [사이.] 지금의 나는 알아보지도
못하겠죠, 애초에 날 낳은 걸 후회할걸요, 하기야 이미 그랬죠,
헛물, 그게 내가 아버지에게 들은 마지막, 헛물. [사이. 아버지
목소리 흉내 내며.] "물에 들어올 테냐?" "아니요." "어서 들어와,
어서." "싫어요." 노려보고, 문까지 쿵쿵 걸어가고, 돌아서고,
노려보고. "시답잖은 녀석, 내가 헛물을 켰지, 헛물을!" [문
쾅 닫는 소리. 사이.] 다시! [쾅. 사이.] 인생을 저리 쾅 닫아 버려!
[사이.] 물켜며. [사이.] 에이다가 그랬으면 오죽 좋아. [사이.]
아버지 에이다는 본 적 없죠, 아니, 있있던가, 기억나질
않네요, 상관없죠, 이젠 아무도 그녀를 못 알아볼 건데. [사이.]
에이다는 뭐 때문에 내게 등 돌린 걸까요, 역시나 아이 때문일
테죠, 징글맞은 녀석, 애초에 낳지를 말았으면, 고 녀석이랑
들판을 걷곤 했는데, 맙소사 어찌나 지겹던지, 녀석은 도무지
내 손을 놓질 않고 나는 할 말이 바쁘고. "저만치 뛰어가
봐, 애디, 가서 양 떼 구경해." [애디의 목소리 흉내 내며.] "싫어,
아빠." "어서 가 봐, 어서." [애처롭게.] "싫어, 아빠." [사납게].
"시키면 시키는 대로 가서 양 떼 구경해!" [애디가 울부짖는 소리.
사이.] 에이다도, 에이다와 나누던 대화란 건 보통 괴로운 게
아니었죠, 지옥이 그럴 거예요, 레테 강물 조잘대는 소리에
맞춰 지나간 우리 호시절 우리가 죽기만을 바라던 지난날을
되짚는 잡담 같겠죠. [사이.] 50년 전 마가린 가격. [사이.]
그리고 지금. [사이. 진지한 울분으로.] 블루밴드 마가린의 지금

가격! [사이.] 아버지! [사이.] 아버지랑 이야기하는 데 지쳤어요.
[사이.] 항상 그런 식이었지, 산 이리저리 같이 쏘다니는 내내
끝도 없이 주워대다가 갑자기 입 뚝 다물고 마함 시무룩하니
집에 가 몇 주가 지나도록 한마디도, 누구에게도, 부루퉁한
녀석, 죽어 낫지, 죽어 낫지. [긴 사이.] 에이다. [사이. 더 크게.]
에이다!

에이다. [내내 나직하고 아득한 목소리로.] 응.

헨리. 언제부터 거기 있었어?

에이다. 그리 길지 않은 시간. [사이.] 왜 멈춰, 나는 신경 쓰지 마.
[사이.] 내가 갔으면 좋겠어? [사이.] 애디는 어디 있어?
[사이.]

헨리. 음악 선생님이랑. [사이.] 오늘은 내 말에 답할 거야?

에이다. 찬 돌밭에 그렇게 앉아 있지 마, 멍울진 데 안 좋잖아. 내가
숄을 깔아 줄게, 엉덩이 좀 들어 봐. [사이.] 어때, 좀 나아?

헨리. 비교도 안 되게, 비교도 안 되게. [사이.] 내 옆에 앉을 거야?

에이다. 응. [앉는 동안 아무 소리도 나지 않는다.] 이렇게? [사이.] 아니면
이편이 좋아? [사이.] 관심 없구나. [사이.] 짐작이지만 날이 많이
쌀쌀할 것 같은데, 당신 내복은 챙겨 입었을지. [사이.] 내복은
챙겨 입었어, 헨리?

헨리. 그게 어떻게 됐냐면 말이야, 챙겨 입었는데 그랬다가 다시
벗었고 그랬다가 다시 입었고 그랬다가 다시 벗었고 그랬다가
다시 입었고 그랬다가 다시—.

에이다. 지금 입고 있어?

헨리. 모르겠네. [사이.] 발굽! [사이. 더 크게.] 발굽! [단단한 노면을 걷는
발굽 소리. 신속히 잦아들어 사라진다.] 다시!
[발굽 소리, 동일하게. 사이.]

에이다. 발굽이 들렸어?

헨리. 잘 안 들렸어.

에이다. 질주하는 발굽이었어?

헨리. 아니. [사이.] 말이 시간을 잴 수 있을까?
[사이.]

에이다. 무슨 말인지 잘 모르겠어.

헨리. [성질내며.] 말이 선 자리에서 박자 맞춰 제자리걸음 하게
　　　만들 수 있겠냐고.

에이다. 아. [사이.] 내가 혹했던 사람들은 다 그랬는데. [웃는다.
　　　사이.] 웃어 봐, 헨리, 내가 웬일로 농담 한번 했는데. [사이.]
　　　웃어 봐, 헨리, 그 정도는 해 줘.

헨리. 웃길 원해? 내가?

에이다. 전엔 그리도 매력적으로 웃더니. 당신한테 처음 반한 것도
　　　그래서였을걸. 그거랑 당신 미소 때문에. [사이.] 어서, 옛날
　　　기분 날 거야.
　　　[사이. 헨리 웃으려 들지만, 실패한다.]

헨리. 우선은 미소부터 시작하는 게 나으려나. [미소 지을 동안 사이.]
　　　어때, 반할 만해? [사이.] 이제 다시 해 볼게. [끔찍한 소리를 내며
　　　한참 웃는다.] 옛날 그 매력이 좀 남았어?

에이다. 오 헨리!
　　　[사이.]

헨리. 저걸 들어 봐! [사이.] 입술과 발톱! [사이.] 멀리 도망쳐! 저게
　　　날 건드리지 못할 데로! 팜파스 평야! 뭐?

에이다. 진정해.

헨리. 그리고 난 저 경계에 살지! 왜? 직업상의 의무? [짧게 웃는다.]
　　　건강상의 이유? [짧게 웃는다.] 가족 관계? [짧게 웃는다.] 여자?
　　　[웃고, 에이다도 함께 웃는다.] 도저히 곁을 떠나지 못하겠는 웬
　　　오래된 무덤? [사이.] 들어 봐! 저게 뭘 닮았지?

에이다. 내가 예전에 듣던 오래된 소리와 닮았어. [사이.] 같은
　　　곳의 다른 때를 닮았어. [사이.] 거칠었지, 물보라가 우리를
　　　덮칠 정도로. [사이.] 그때는 저게 거칠었다니 이상하지. [사이.]
　　　그리고 이제 잠잠하다니.
　　　[사이.]

헨리. 이만 일어나 가자.

에이다. 가? 어딜? 애디는 어떡하고? 당신이 자기 두고 떠난 걸
　　　와서 보면 아주 속상해할 텐데. [사이.] 뭘 하느라고 늦는 걸까?
　　　[원통형 막대자로 피아노 겉면을 매섭게 내리치는 소리. 애디가 건반
　　　위에서 에이 플랫 장음계를 들쑥날쑥한 솜씨로 오르내리며 연주한다.

먼저 양손 맞추어 연주하고, 이어 반대로 연주한다. 사이.]

음악 교사.　[이탈리아어 억양.] 오 산타 체칠리아!

　　[사이.]

애디.　이제 곡을 연주해도 돼요, 선생님?

　　[사이. 음악 교사, 막대자로 피아노 겉면에 왈츠 두 마디의 박자를 맞춘다.
　　애디, 쇼팽의 에이 플랫 장조 「왈츠 5번」 도입부를 연주하고, 음악 교사가
　　내내 자로 가볍게 박자를 맞춘다. 베이스의 첫 화음, 즉 다섯째 마디에
　　이르러 애디가 에프 대신 이를 연주한다. 소리가 쩌렁쩌렁 울리도록
　　피아노를 내리치는 막대자. 애디, 연주를 멈춘다.]

음악 교사.　[사납게.] 파!

애디.　[울먹이며.] 뭐요?

음악 교사.　[사납게.] 에프! 에프!

애디.　[울먹이며.] 어디요?

음악 교사.　[사납게. 이탈리아어로.] 콰! [해당 음을 세게 누른다.] 파!

　　[사이. 애디가 다시 연주를 시작하고, 음악 교사는 자로 가볍게 박자를
　　맞춘다. 다섯째 마디에 이르러 애디가 같은 실수를 한다. 피아노를 매섭게
　　내리치는 막대자. 애디, 연주를 멈추고 큰 소리로 울기 시작한다.]

음악 교사.　[광분해.] 에프! 에프! [음을 잇따라 두드린다.] 에프! [음을
　　잇따라 두드린다.] 에프!

　　[잇따라 두드린 음과 "에프!" 그리고 애디의 울음이 폭발적으로
　　증폭하다가, 돌연 끊긴다. 사이.]

에이다.　당신 오늘따라 조용하네.

헨리.　이 세상에 들여온 걸로도 부족해 이젠 피아노를 쳐야만
　　한다고.

에이다.　배워야 하니까. 배워야지. 피아노—그리고 승마도.

　　[평보하는 발굽.]

승마 교사.　자요! 팔꿈치 안으로! 손은 내리고요! [발굽, 속보로.] 자요!
　　등 펴고! 무릎 안으로! [발굽, 구보로.] 자요! 배 안으로요! 턱은
　　올리고! [발굽, 습보로.] 자요! 눈은 앞에 두고! [애디, 큰 소리로 울기
　　시작한다.] 자요! 자요!

　　[습보하는 발굽과 "자요!" 그리고 애디의 울음이 폭발적으로 증폭하다가,
　　돌연 끊긴다. 사이.]

에이다. 또 무슨 생각 해? [사이.] 난 가르쳐 주는 사람이 없었어,
　　　　너무 늦도록. 그게 평생의 한이었어.

헨리. 당신 장기가 뭐였지, 기억나질 않네.

에이다. 아… 기하학이겠지, 평면과 입체. [사이.] 먼저 평면, 이어서
　　　　입체. [헨리가 일어설 동안 몽돌 소리.] 왜 일어나?

헨리. 물가까지 한번 나가 볼까 싶어서. [사이. 한숨 쉬며.] 갔다
　　　　와야지. [사이.] 늙은 몸 좀 펼 겸.
　　　　[사이.]

에이다. 그럼 하지 않고? [사이.] 거기 서서 생각지만 말고. [사이.]
　　　　거기 서서 보지만 말고. [사이. 헨리, 바다로 향한다. 몽돌 위
　　　　장화, 대략 열 걸음. 물가에 다다라 선다. 바다가 조금 더 크게 들린다.
　　　　아득하게.] 아끼는 신발 적시지는 말고.
　　　　[사이.]

헨리. 하지 마, 하지 마….
　　　　[바다가 문득 사납다.]

에이다. [20년 전에, 애원하며.] 하지 마! 하지 마!

헨리. [같은 때, 긴박하게.] 아가!

에이다. [같은 때, 전보다 약하게.] 하지 마!

헨리. [같은 때, 벅차서.] 아가!
　　　　[사나운 바다. 에이다, 외친다. 외침과 바다 증폭하다가, 뚝 끊긴다. 환기한
　　　　장면 끝난다. 사이. 바다가 잔잔하다. 헨리, 가파르게 경사진 해변을 다시
　　　　오른다. 몽돌을 힘겹게 오르는 장화. 헨리, 선다. 사이. 헨리, 간다. 선다.
　　　　사이. 잔잔하고 희미한 바다.]

에이다. 거기 서서 보지만 말고. 앉아. [사이. 헨리가 앉을 동안 몽돌
　　　　소리.] 내 숄 위에. [사이.] 우리가 닿을까 봐 겁나? [사이.] 헨리.

헨리. 응.

에이다. 당신 의사를 봐야지, 이 말 저 말 주워대는 게 더 심해졌어,
　　　　애디가 보기에 어떻겠어? [사이.] 애디가 한번은 나한테
　　　　뭐랬는지 알아, 아직 많이 어릴 때였는데, 엄마, 아빠는 왜 쉴
　　　　새 없이 말을 해? 하고 묻지 뭐야. 당신이 화장실에서 떠드는
　　　　걸 듣고는. 뭐라고 대답해야 할지 난감했어.

헨리. 애디 애비! 애디 애비! [사이.] 기도하는 거라고 얘기하랬잖아.

[사이.] 하느님과 그 성인들에게 우렁차게 기도 올리는 거라고.

에이다. 애한테 아주 나쁘다고. [사이.] 그래야 그 소리가 안 들리게
막아 준다는 말은 엉뚱해, 그런다고 정작 안 들리게 막아 주는
것도 아니고 설사 그렇대도 애초 안 들려야 할 소린데, 당신
뇌가 어디 잘못된 게 분명해.

[사이.]

헨리. 저게! 저게 들리지 않아야 한다고!

에이다. 실은 당신도 들리는 게 아닌 것 같아. 그리고 설사
들린대도 뭐 어때, 평화롭고 잔잔하니 마음 진정시켜 좋은
소린데, 그걸 왜 그리 싫어해? [사이.] 그리고 그렇게 싫으면 왜
멀찌감치 피하질 않아? 왜 굳이 여기까지 맨날 내려와? [사이.]
당신 뇌가 잘못된 것 같으니 홀러웨이를 보러 가는 게 좋겠어,
아직 살아 있지, 아마?

[사이.]

헨리. [흥분해.] 쾅, 내가 원하는 건 쾅이야! 이렇게! [몽돌을 헤집어
큼직한 돌멩이 두 개를 골라 쥐고 세차게 맞부딪치기 시작한다.] 돌!
[와직.] 돌! [와직. "돌!"과 와직 증폭하다가, 돌연 끊긴다. 사이. 헨리,
돌을 하나 내던진다. 돌 떨어지는 소리.] 그게 인생이지! [헨리, 두 번째
돌을 내던진다. 돌 떨어지는 소리.] 이런… [사이.] …쪽쪽 빠는 거
말고!

에이다. 근데 인생은 왜? [사이.] 인생은 굳이 왜, 헨리? [사이.]
주변에 누구라도 있어?

헨리. 산 사람 하나 없지.

에이다. 짐작대로네. [사이.] 우리밖에 없길 그토록 바랄 땐 꼭 누가
있더니. 이제 그따위 중요해지지 않으니 아무도 없어.

헨리. 그래, 당신은 근사하게 대화하는 모습에 늘 민감했지.
수평선에 깃털만큼의 연기라도 보인다 싶으면 옷매무새
바로잡고 『맨체스터 가디언』에 푹 빠지고. [사이.] 구덩이가
아직 거기 있어, 허구한 세월이 지난 지금까지도. [사이. 더
크게.] 구덩이가 아직 거기 있어.

에이다. 무슨 구덩이? 원래 땅은 구덩이투성이야.

헨리. 우리가 결국 처음 했던 곳.

에이다. 아, 그래, 기억나는 것 같아. [사이.] 여기는 달라진 게
    없구나.

헨리. 달라진 게 없기는, 내 눈엔 보이는구먼. [비밀을 털어놓듯.]
    지반을 고르는 중이라고! [사이.] 걔가 이제 몇 살이지?

에이다. 난 시간 감을 잃었어.

헨리. 열둘? 열셋? [사이.] 열넷?

에이다. 난 말해 줄 입장이 아니야, 헨리.

헨리. 우리가 걔를 갖기까지 참 오래도 걸렸지. [사이.] 몇 년을
    뚱땅거렸잖아. [사이.] 그래도 끝내 해냈지. [사이. 탄식한다.] 끝내
    애를 가졌지. [사이.] 저걸 들어 봐! [사이.] 막상 타고 나가면
    견딜 만한데. [사이.] 상선에서 일할걸 그랬나 봐.

에이다. 실은 수면만 저래. 밑은 무덤처럼 조용해. 소리 하나 없이.
    온종일 온밤 내내, 소리 하나 없어.
    [사이.]

헨리. 이제 난 산책할 때 축음기를 들고 다녀. 오늘은 깜빡했지만.

에이다. 헛노릇이야. [사이.] 저걸 묻으려 들어 봤자 헛노릇이라고.
    [사이.] 홀러웨이를 보러 가.
    [사이.]

헨리. 우리 배 타러 가자.

에이다. 배 타러? 애디는? 당신이 자기 두고 배 타러 간 걸 와서
    보면 아주 속상해할 텐데. [사이.] 당신 요 직전에 누구랑
    있었어? [사이.] 나한테 말 걸기 전에.

헨리. 아버지랑 같이 있으려는 중이었지.

에이다. 아. [사이.] 그게 뭐 어렵다고.

헨리. 아버지를 옆에 붙들어 두려는 중이었다는 말이었어. [사이.]
    에이다 당신, 오늘따라 입이 거칠어. [사이.] 아버지에게 당신을
    만난 적이 있는지 묻고 있었어, 난 기억나질 않아서.

에이다. 그랬더니?

헨리. 물어도 더 이상 대답을 안 해.

에이다. 당신한테 어지간히 지치셨을 테지. [사이.] 살아생전에도
    진을 빼더니 이젠 죽은 사람 붙잡고 진을 빼. [사이.]
    당신이랑은 더 이상 말을 섞을 수 없는 때가 누구에게나 오기

마련이지. [사이.] 누구 하나 당신에게 말을 걸지 않는 때가 올 거야, 생판 모르는 남이라도. [사이.] 당신이 당신 목소리하고만 남는 때가, 이 세상에 당신 목소리 외엔 아무런 목소리도 없는 때가. [사이.] 내 말 들려?

[사이.]

헨리. 아버지가 당신을 만났는지가 기억나질 않아.

에이다. 만난 거 빤히 알면서.

헨리. 아니, 에이다, 몰라, 미안하지만, 당신과 연관된 건 대부분 잊었다고.

에이다. 당신은 없었어. 당신 어머니와 누이만 있었지. 내가 당신을 데리러 집으로 갔지, 미리 얘기한 대로. 같이 바다 수영을 갈 거였잖아.

[사이.]

헨리. [성질내며.] 계속해, 계속! 사람들도 참, 왜들 말하던 도중에 멈추는지?

에이다. 아무도 당신이 어디 있는지 몰랐어. 간밤에 침대를 쓴 흔적도 없었어. 당신 가족이 서로 소리를 질러 댔지. 당신 누이는 절벽에서 뛰어내리겠다고 했어. 당신 아버지는 일어나 문을 요란하게 닫고 나갔고. 나도 얼마 안 지나 나갔고, 길에서 당신 아버지를 지나쳤어. 날 못 보셨어. 바위에 앉아 바다를 바라보고 계셨지. 그 자세를 잊은 적이 없어. 흔한 자세였는데도. 당신도 이따금씩 취하던 자세였고. 워낙 정적인 모습이라 그랬나, 바위로 변한 듯이 가만해서. 도무지 파악할 수가 없었어.

[사이.]

헨리. 계속! 계속! [애원하며.] 계속해, 에이다, 음절 하나마다 I초를 번다고.

에이다. 그게 다야, 불행히도. [사이.] 이제 아버지건 이야기 짓기건 뭐건 당신 하던 대로 해, 난 더 신경 쓰지 말고.

헨리. 못 해! [사이.] 더 이상 못 해!

에이다. 조금 전만 해도 하고 있었잖아, 나한테 말 걸기 전에.

헨리. [화내며.] 이제 더 이상 못 해! [사이.] 빌어먹을!

[사이.]

에이다.　그래, 무슨 얘긴지 당신도 알지, 어떤 자세는 마음에
남는 이유가 명백하잖아, 예컨대 고개를 높이 들었을 법한데
숙였다거나 그 반대여서, 또는 허공에 떠 있는 손이 딸린
몸 없이 혼자인 것 같아서. 그런 종류의 자세. 하지만 그날
바위에 앉은 당신 아버지의 경우는 그런 것은커녕, 저거 참
기묘하다며 콕 짚어 낼 요소가 전혀 없었어. 그래, 난 끝내
파악하지 못했어. 그저, 아까 말한 대로, 온몸을 휘감던
더없이 정적인 기운, 호흡이 말끔히 비워진 듯한 그 가만함
때문이었을까. [사이.] 이런 헛소리가 당신에게 도움이 돼,
헨리? [사이.] 당신이 원하면 조금 더 이어 가 볼 수 있어. [사이.]
아니야? [사이.] 그럼 난 이만 돌아가 볼게.

헨리.　아직 가지 마! 당신은 말할 필요 없어. 듣기만 해. 그마저도
필요 없어. 내 옆에 있어. [사이.] 에이다! [사이. 더 크게.] 에이다!
[사이.] 빌어먹을! [사이.] 발굽! [사이. 더 크게.] 발굽! [사이.]
빌어먹을! [긴 사이.] 얼마 안 지나 나왔고, 아버지를 길에서
지나쳤고, 보지 못했고, 바위에 앉아…. [사이.] 설마 바다를
바라다보고 있었을라고. [사이.] 반대쪽으로 돌아간 게 아닌
이상. [사이.] 절벽 쪽으로 돌아갔어요? [사이.] 아버지! [사이.]
아무래도 그랬던 모양이지. [사이.] 잠깐 서서 아버지를 보다가,
길 따라 내려가 노면전차로, 천장 없는 2층에 올라 앞 좌석에
앉지. [사이.] 앞 좌석에 앉지. [사이.] 문득 뒤숭숭해져 다시
내려가고, 승무원: "마음이 바뀌셨어요, 아가씨?", 다시 길
따라 올라가고, 아버지는 간데없고. [사이.] 굉장히 언짢고
뒤숭숭한 마음, 얼마간 서성대다가, 주위에 사람 하나 없고,
바다에서 찬바람 부는 통에, 도로 길 따라 내려가 전차 타고
집으로. [사이.] 전차 타고 집으로. [사이.] 빌어먹을! [사이.]
"친애하는 볼턴…." [사이.] "주사 맞으러 왔다면 바지 내려,
볼턴, 내가 놔 주지, 아홉 시에는 전자궁 절제술이 잡혀
있어", 그러니까 마취제. [사이.] 불 나갔고, 매서운 추위, 흰
세상, 깊은 번민, 소리 하나 없어. [사이.] 볼턴이 커튼을 갖고
놀기 시작해, 아니, 벽걸이, 묘사하기 어려워, 벽걸이를 거둬,

아니, 제 쪽으로 끌어모으듯 하니 달이 쏟아져 들어와, 다시
놓으니 제자리로 떨어지듯, 두툼한 우단 소재, 방은 칠흑이고,
다시 제 쪽으로 모아, 하얗고, 까맣고, 하얗고, 까맣고,
홀러웨이: "하늘에 맹세코, 그 짓 당장 관두지 못해, 볼턴,
날 죽일 작정이야?" [사이.] 까맣고, 하얗고, 까맣고, 하얗고,
치미게 만드는 것. [사이.] 갑자기 그가 성냥을 그어, 그러니까
볼턴이, 초에 불을 붙이고, 머리 위로 쳐들고, 방을 가로질러
홀러웨이의 눈을 빤히 봐. [사이.] 한마디 없이, 눈길뿐, 늙은
파란 외눈, 그리 무표정하게, 두 눈꺼풀 얇게 닮았고, 속눈썹
없고, 눈 통째로 잠겼고, 머리 위에서 초 떨리고. [사이.]
눈물? [사이. 한참 웃는다.] 천만의 말씀! [사이.] 한마디 없이,
눈길뿐, 늙은 파란 외눈, 홀러웨이: "한 방 맞으러 온 거면
어서 말해야 내가 여기서 냉큼 뜰 것 아니야." [사이.] "이런 게
처음도 아니잖아, 볼턴, 나한테 그걸 다시 되풀이하라는 건
아니겠지." [사이.] 볼턴: "제발!" [사이.] "제발!" [사이.] "제발,
홀러웨이!" [사이.] 초가 사방으로 떨리고 팔랑이고, 이제 한결
낮아지고, 늙은 팔 피곤해 다른 손으로 옮겨 쥐어 다시 쳐들고,
그렇지, 그거야, 언제나 그거였어, 밤에, 불씨는 싸늘하고,
늙은 주먹에서는 떨리는 광휘, 그 와중에 연신: 제발! 제발!
[사이.] 동냥하며. [사이.] 빈자들에게. [사이.] 에이다! [사이.]
아버지! [사이.] 빌어먹을! [사이.] 다시 높게 쳐들고, 험한 세상
촛불, 홀러웨이 눈에 박고, 익사한 눈과 눈, 다시 묻지 않겠어,
눈길만, 홀러웨이가 얼굴 가리고, 소리 하나 없고, 흰 세상,
매서운 추위, 오싹한 풍경, 늙은 남자들, 깊은 번민, 부족해.
[사이.] 부족해. [사이.] 빌어먹을! [사이. 일어서는 동안 몽돌 소리.]
헨리, 바다로 향한다. 몽돌 위 장화. 헨리, 선다. 사이. 바닷소리, 조금
커진다.] 가. [사이. 헨리, 간다. 몽돌 위 장화. 헨리, 물가에 다다라 선다.
사이. 바닷소리, 조금 커진다.] 작은 책. [사이.] 오늘 저녁… [사이.]
오늘 저녁엔 일절. [사이.] 내일… 내일… 아홉 시에 배관공,
그 뒤론 일절. [사이. 어리둥절해.] 아홉 시에 배관공? [사이.] 아,
그래, 넘침. [사이.] 말. [사이.] 토요일… 없어. 일요일… 일요일…
종일 없어. [사이.] 없어, 종일 없어. [사이.] 온종일 온밤 내내

없어. [사이.] 소리 하나 없어.

바다.

말과 음악
라디오를 위한 소품

음악
골골
말

음악.   소관현악단이 조용히 악기를 조율하는 소리.

말.   제발! [조율하는 소리. 더 크게.] 제발! [조율하는 소리가 잦아든다.]
언제까지 이 어두운 곳에 틀어박혀 지내야 해? [증오를 담아.]
너와! [사이.] 주제… [사이.] 주제… 태만. [사이. 나직이, 줄줄
외듯.] 태만은 모든 정념 중에서도 가장 강력한 정념으로 기실
다른 어떤 정념도 태만의 정념보다 강력하지 아니하며, 이는
마음을 가장 충동하는 모드로서 기실— [조율하는 소리가 한바탕
터져 나온다. 큰 소리로, 애원하며.] 제발! [조율하는 소리가 잦아든다.
조금 전과 같이.] 마음을 가장 충동하는 모드로서 기실 다른 어떤
모드도 이보다 마음을 더 충동하지 않고, 이때 정념이라 함은
영혼의 운동, 곧 실질적인 또는 상상된 쾌락 또는 고통 쾌락
또는 고통 실질적인 또는 상상된 쾌락 또는 고통을 쫓거나
그로부터 헤어나려는 영혼의 거동으로서 우리는 이해하며,
이러한 모든 운동 그리고 누군들 그 전부를 헤아릴까 이 모든
군단을 이루도록 많은 운동 가운데 태만이 가장 급박하며
기실 다른 어떤 운동도 태만만큼 영혼을 채근하지 아니하니
그만큼 태만의 이런 오고 감만큼 다른 어떤 운동도 영혼을
이토록 채근하지 아니한다 이런 오고— [사이.] 감만큼. [사이.]
들어! [빠르게 쏠리는 실내화 발소리, 아득하게.] 드디어! [실내화
발소리 커진다. 조율하는 소리가 터져 나온다.] 쉿! [조율하는 소리
잦아든다. 실내화 발소리 커진다. 정적.]

골골.   조.

말.   [공손히.] 나리.

골골.   밥.

음악.   공손한 약음으로 "예".

골골.   내 위안! 둘이 친구 해! [사이.] 밥.

음악.   조금 전과 같이.

골골.   조.

말.   [조금 전과 같이.] 나리.

골골.   친구 해! [사이.] 내가 늦어서, 용서해. [사이.] 얼굴. [사이.]
계단에. [사이.] 용서해. [사이.] 조.

말.   [조금 전과 같이.] 나리.

골골. 밥.

음악. 조금 전과 같이.

골골. 용서해. [사이.] 탑에서. [사이.] 얼굴. [긴 사이.] 오늘 밤의
주제… [사이.] 오늘 밤의 주제… 사랑. [사이.] 사랑. [사이.] 내
몽둥이. [사이.] 조.

말. [조금 전과 같이.] 나리.

골골. 사랑. [사이. 몽둥이를 쿵 내려치는 소리.] 사랑!

말. [낭랑한 웅변조로.] 사랑은 모든 정념 중에서도 가장 강력한
정념으로 기실 다른 어떤 정념도 사랑의 정념보다 강력하지
아니하다. [목청을 가다듬는다.] 이는 마음을 가장 충동하는
모드로서 기실 다른 어떤 모드도 이보다 마음을 더 충동하지
아니한다.
[사이.]

골골. 미어지는 한숨. 몽둥이 쿵.

말. [조금 전과 같이.] 이때 정념이라 함은 실질적인 또는 상상된
쾌락 또는 고통을 쫓거나 그로부터 헤어나려는 마음의
운동으로서 우리는 이해한다. [목청을 가다듬는다.] 이러한
모든—.

골골. [애절하게.] 오!

말. [조금 전과 같이.] 그러므로 이러한 모든 운동 가운데 그리고
누군들 그 전부를 헤아릴까 이 모든 군단을 이루도록
많은 운동 가운데 태만이 가장 **사랑**이 가장 급박하며 기실
다른 어떤 운동 방식 불문 운동도 그만큼 영혼을 채근하지
아니하니 그만큼 그의 이런 오고—.
[몽둥이 사납게 쿵.]

골골. 밥.

말. 감만큼.
[몽둥이 사납게 쿵.]

골골. 밥!

음악. 조금 전과 같이.

골골. 사랑!

음악. 보면대를 탁탁 두드리는 지휘봉 소리. 앞선 서술에 걸맞은 부드러운

음악, 풍부한 표현, 그와 함께 귀에 들리게 신음하며 항의하는 '말'의
"아니!" "제발!" 등등. 사이.

골골. [애절하게.] 오! [몽둥이 쿵.] 더 크게!

음악. 큰 소리로 탁탁대는 지휘봉 소리, 조금 전과 같이 포르티시모 연주로,
표현 모두 지우고, '말'의 항의가 묻히도록. 사이.

골골. 내 안식처! [사이.] 사랑스러운 조.

말. [조금 전과 같이.] 그러니 이제 일어나 가라 반박 못 할 현현—.

골골. 신음한다.

말. —정확히는 이 사랑 이 사랑이 무엇이기에 다른 모든
저주스럽게 치명적인 또는 여타의 굵직한 원동 가운데
영혼을 이리도 작동하는 이 사랑이 무엇이기에 그리고 영혼
이 영혼은 무엇이기에 여러 굵직한 원동 가운데 다른 어느
것보다도 사랑에 이리도 작동하는가? [목청을 가다듬는다. 산문
조로.] 그러니까 여자의 사랑이 말입니다, 그게 나리께서
말씀하시는 바라면요.

골골. 불행히도!

말. 뭐라? [사이. 과장된 수사로.] 사랑이 마땅한 말인가? [사이. 전과
같이.] 영혼이 마땅한 말인가? [사이. 전과 같이.] 사랑이라고 말할
때, 우리는 사랑을 뜻하는가? [사이. 사이. 전과 같이.] 영혼이라고
말할 때, 영혼을?

골골. [애절하게.] 오! [사이.] 사랑하는 밥.

말. 그리하는가? [문득 엄숙해져.] 그리하지 않는가?

골골. [애원하며.] 밥!

음악. 지휘봉 탁탁. 사랑 그리고 영혼의 음악, 그와 함께 간신히 들리는 '말'의
항의—"아니!" "제발!" "평화!" 등등. 사이.

골골. [애절하게.] 오! [사이.] 내 위안! [사이.] 조.

말. [공손히.] 나리.

골골. 밥.

음악. 전과 같이 화답한다.

골골. 내 위안! [사이.] 나이. [사이.] 조. [사이. 몽둥이 쿵.] 조.

말. [조금 전과 같이.] 나리.

골골. 나이!

[사이.]

말. [머뭇대며.] 나이는… 나이는 언젠가… 늙은 나이 말입니다…
그게 나리께서 말씀하시는 바라면요… 늙은 나이는…
남자에게… 남자인 경우… 옹송그리고… 졸며… 화롯불 앞에…
기다리는——.

[몽둥이 사납게 쿵.]

골골. 밥. [사이.] 나이. [사이. 몽둥이 사납게 쿵.] 나이!

음악. 지휘봉 탁탁. 나이의 음악, 곧 거친 쿵 소리에 중단된다.

골골. 같이. [사이. 쿵.] 같이! [사이. 사납게 쿵.] 같이, 졸개들!

음악. 긴 '라'.

말. [애원하며.] 아니!

[사납게 쿵.]

골골. 졸개들!

음악. '라'.

말. [노래해 본다.] 나이는 언젠가… 남자 인생에서….

음악. 직전의 소절을 다듬는다.

말. [그에 맞춰 노래해 본다.] 나이는 언젠가 남자 인생에서….

음악. 다음 소절을 제안한다.

말. [그에 맞춰 노래해 본다.] 화롯불 앞에… 옹송그리고 앉아…
[사이. 사납게 쿵. 말, 노래해 본다.] 할멈이 침대에… 요강 넣길
기다리는데….

음악. 직전의 소절을 다듬는다.

말. [그에 맞춰 노래해 본다.] 할멈이 침대에 요강 넣길 기다리는데.

음악. 다음을 제안한다.

말. [그에 맞춰 노래해 본다.] 따끈한… 칡차도…. [사이. 사납게 쿵. 조금
전과 같이.] 따끈한 술 한 잔도….

[사이. 무시무시한 쿵.]

골골. 졸개들!

음악. 다음을 제안한다.

말. [그에 맞춰 노래해 본다.] 그녀가 재에 오는 때…. [애원하며.] 아니!

음악. 같은 제안을 반복한다.

말. [그에 맞춰 노래해 본다.] 그녀가 재에 묻어오는 때 사랑했지만

얻지… 못했거나….

　　[사이.]

음악.　바로 직전에 제안한 소절의 끝을 반복한다.

말.　[그에 맞춰 노래해 본다.] 얻었으나 사랑하지 못한… [지쳐서.]
　　…또는 다른 어떤 번민…. [사이. 노래해 본다.] 재에 묻어오는 때
　　그 옛날—.

음악.　끼어들어 다듬고 간단한 제안을 한다.

말.　[그에 맞춰 노래해 본다.] 그녀가 재에 묻어오는 때 오래전 그
　　빛에서와 같이… 재 속… 그녀의 얼굴….

　　[사이.]

골골.　신음한다.

음악.　다음을 제안한다.

말.　[그에 맞춰 노래해 본다.] 저 오랜 달빛… 다시… 땅 위에.

　　[사이.]

음악.　간단한 추가 제안.

　　[정적.]

골골.　신음한다.

음악.　단독으로 처음부터 끝까지 연주하고, 곡을 여는 소절로 '말'을 초대하고,
　　사이, 다시 한번 초대하고는 마침내 매우 여리게 반주한다.

말.　[나직이 불러 본다.]

　　　　나이는 언젠가 남자 인생에서
　　　　화롯불 앞에 옹송그리고 앉아
　　　　할멈이 침대에 요강 넣고
　　　　따끈한 술 한 잔 가져오길
　　　　떨며 기다리는 그에게
　　　　그녀가 재에 묻어오는 때
　　　　사랑했지만 얻지 못했거나
　　　　얻었으나 사랑하지 못한
　　　　또는 다른 어떤 번민
　　　　재에 묻어오는 때
　　　　오래전 그 빛에서와 같이

재 속의 그 얼굴

저 오랜 별빛

다시 땅 위에.

[긴 사이.]

골골. [입속말로.] 얼굴. [사이.] 얼굴. [사이.] 얼굴. [사이.] 얼굴.

음악. 지휘봉 탁탁, 따뜻하고 감상적인 선율, 약 1분간.

[사이.]

골골. 얼굴.

말. [차갑게.] 그 찬란함 가운데 위에서 바라본 모습 더없이 차고 가물하고….

[사이.]

음악. 조금 전 연주한 따뜻한 가락을 직전의 말에 붙일 소절로서 제안한다.

말. [무시하며, 차갑게.] 그 찬란함 가운데 위에서 그리 바짝 바라본 모습 더없이 차고 가물하고 두 눈은 그간… 겪은 일로 한없이 깜깜해져, 그리도… 꿰뚫듯 창창하던 아름다움이 다소….

[사이.]

음악. 직전에 제안했던 소절을 소심히 재개한다.

말. [끼어들며, 사납게] 가만!

골골. 내 위안! 둘이 친구 해!

[사이.]

말. …둔해졌다. 그러나 얼마간 지난 후, 이 나이대의 회복력이라는 것이 이러하기에, 머리가 뒤로 두세 자 간격으로 당겨지고 두 눈이 빤한 응시로 확장하며 다시 만끽하기 시작한다. [사이.] 그리해 보게 되는 것이 환한 대낮에 봤다면 더 잘 보였으리라는 데는 이론의 여지가 없다. 하지만 정작 얼마나 자주 그것이 그러했는지, 최근 몇 달간, 얼마나 자주, 밤낮 온갖 시각에, 온갖 각도에서, 흐린 대로 맑은 대로, 그러니까 보였는지 말이다. 그리고 거기에는 분명, 그 은빛 명료함 속에… 그 은빛 명료함 가운데… 분명히… 있지 아니한지요… 나리…. [사이.] 이따금씩 호밀이 가벼운 바람에 흔들리며 제 그림자를 드리우고 거둔다.

[사이.]

골골. 신음한다.

말. 각기 독보적이며 그 안배에 있어 비길 데 없는 이목구비와 얼굴 모양새는 차치하고—.

골골. 신음한다.

말. —흐트러진 검은 머리 수면에 활짝 펼쳐진 듯 산발하고, 후비는 고통 암시하듯 앞이마 파는 주름살은 종합해 생각해 보건대 다만 내밀한 격정에의 극도의 열중을 나타낼 공산이 크며, 두 눈은 물론 이에 따라 감겨 있고, 속눈썹은⋯ [사이.] ⋯코는⋯ [사이.] ⋯딱히, 다소 얄팍한가, 입술은⋯.

골골. [애절하게.] 릴리!

말. ⋯꾹 다물리고, 아랫입술 문 치아 언뜻, 산호는커녕, 물오르긴커녕, 보통 때와 다르게⋯.

골골. 신음한다.

말. ⋯통째로 핏기가 가시고 잠잠해서 가슴의 희고 웅장한 오르내림이 아니었다면, 올라타며 팽창하고 다시 본래의⋯ 지름—.

음악. 걷잡을 수 없이 터져 나와 확산하고 가라앉는 음악과 함께 '말'의 부질없는 항의—"가만!" "아니!" "제발!" 등등. 승리 그리고 마무리.

말. [부드러운 훈계조로.] 나리! [사이. 몽둥이 희미하게 쿵.] 재개하자면, 너무도 파리하고 잠잠하고 능욕으로 몰려 과연 이 세상의 것이 아닌 듯하다, 고래자리의 미라성만큼이나, 특히 이날 밤 밝기가 최대치인 10등급에 이르러 차게 빛을 내리쬐는—올려다보는 우리의 표현에 따르면—내리쬐는 그 별만큼이나. [사이.] 그러나 얼마간 지난 후, 이 나이대의 회복력이란—.

골골. [애절하게.] 아니!

말. —눈썹에서 구름이 걷히고, 입술이 열리고, 두 눈이⋯ [사이.] ⋯눈썹에서 구름이 걷히고, 콧구멍이 넓어지고, 입술이 열리고, 두 눈이⋯ [사이] ⋯약간의 혈색이 볼에 돌아오고, 두 눈이⋯ [경건하게.] ⋯열린다. [사이.] 이어 안으로 잦아들어⋯. [사이. 운문 조로 바꾸어. 나직이.]

이어 안으로 잦아들어
잡다함 지나
어둠으로… 어둠을 향해….

[사이.]

음악.   위에 붙일 소절을 살며시 제안한다.

말.   [그에 맞춰 노래해 본다.]

이어 안으로 잦아들어
잡다함 지나
어둠을 향하네….

[사이.]

음악.   다음 소절을 살며시 제안한다.

말.   [그에 맞춰 노래해 본다.]

동냥 없고 적선 없고
말 없고 의미 없고
욕구 없이 칸칸힌 곳….

[사이.]

음악.   다음 소절을 살며시 제안한다.

말.   [그에 맞춰 노래해 본다.]

쓰레기 지나
아래로 더 접어들어
물뿌리 어렴풋이
일별할 때까지.

[사이.]

음악.   곡을 여는 소절로 '말'을 초대하고, 사이, 다시 한번 초대하고는 마침내
매우 여리게 반주한다.

말. [여리게 불러 본다.]

> 이어 안으로 잦아들어
> 잡다함 지나
> 어둠을 향하네
> 동냥 없고 적선 없고
> 말 없고 의미 없고
> 욕구 없이 캄캄한 곳
> 쓰레기 지나
> 아래로 더 접어들어
> 물뿌리 어렴풋이
> 일별할 때까지.

[사이. 깜짝 놀라.] 나리! [몽둥이 미끄러져 땅에 떨어지는 소리. 전과
같이.] 나리! [실내화 쓸리는 소리, 이따금씩 중단되며. 실내화 발소리
사라진다. 긴 사이.] 밥. [사이.] 밥!

음악. 짧고 건방진 응수.

말. 음악. [애원하듯.] 음악!

　　　[사이]

음악. 지휘봉 소리에 이어 이미 사용된 요소 또는 물뿌리만 서술.

　　　[사이.]

말. 다시. [사이. 애원하듯.] 다시!

음악. 조금 전과 같이, 또는 매우 미미하게 변형해서.

　　　[사이.]

말. 깊은 한숨.

끝

재생
단막극

인물

여자 1('여1')
여자 2('여2')
남자('남')

높이 약 90센티미터의 균일한 회색 단지 세 개가 무대 앞쪽 중앙에 서로
잇닿아 있다(102면 참고). 단지마다 머리가 하나씩 솟아 있고, 단지 주둥이에
각기 목이 붙들려 있다. 관객석 기준으로 왼쪽에서 오른쪽으로 각각 여2, 남,
그리고 여1의 머리다. 모두 정방에서 벗어나는 일 없이 극 내내 앞을 향한다.
얼굴은 모두 세월과 좌향에 침식되다 못해 단지의 일부가 된 듯하다. 그러나
가면은 아니다.

스폿 조명이 인물을 비추면 대사가 시작된다. 조명은 얼굴에
한정된다(101면 참고).

조명이 얼굴에서 얼굴로 이동할 때는 즉각 이동한다. 명시된 곳을
제외하고는 암전 없이, 다시 말해 막이 오른 직후의 완전함에 가까운
어두움으로 돌아가지 않는다.

조명에 대한 반응은 즉각적이다.

세 얼굴 모두 내내 무표정하다. 세 목소리 모두 감정 표현이 명시된 때를
제외하면 단조롭다.

내내 빠른 템포로.

막이 올랐을 때 무대는 거의 완전히 어둡다. 단지만 가까스로 분간할
정도다. 5초.

희미한 스폿 조명이 세 얼굴을 동시에 비춘다. 3초. 세 목소리 모두,
대체로 알아듣지 못할 정도로 흐리다.

[함께. 102면.]

여1. 그래, 이상하지, 어둠이 가장 좋고, 어두워질수록 힘들어,
    아예 어둡기 전에는, 그 뒤엔 다 좋아, 얼마간은, 하지만
    기어이 그게 오지, 그때가 오지, 그게 거기 있고, 당신이 그걸
    보고, 내게 질리지, 얼씬 않지, 다 어두워, 다 가만, 다 지나,
    지워져—.

여2. 그래, 어쩌면, 살짝 갔다고, 그럴 테지, 더러 말하길, 불쌍한
    것, 살짝 갔어, 아주 살짝, 머리가—[주체되지 않는 희미한
    웃음.]—아주 살짝, 하지만 난 의문이야, 나로서는 의문이야,
    실은 아닌데, 난 괜찮아, 아직 괜찮아, 난 최선을 다하지, 할 수
    있는 한—.

남. 그래, 평화, 그리 짐작했지, 다 꺼지고, 고통마저 싹 다, 마치…

아예 없었던 듯, 그때가 오지―[딸꾹질.]―실례, 이런 허황됨,
아, 나도 알아… 그럼에도, 흔한 예상, 평화… 내 말은… 그저
다 지났을 뿐 아니라, 심지어… 아예 없었던 듯―.

[스폿 조명이 꺼진다. 암전. 5초. 강한 스폿 조명이 세 얼굴을 동시에
비춘다. 3초. 세 목소리 모두 보통 세기로.]

[함께.]

여1. 그이에게 그 여자와 관두라고―.

여2. 아침에 열린 창가에 앉아―.

남. 함께한 지 얼마 안 돼서―.

[스폿 조명이 꺼진다. 암전. 5초. '여1'을 비추는 스폿 조명.]

여1. 그이에게 그 여자와 관두라고 했어. 내가 신성시하는 모든
것에 맹세코―.

['여1'에서 '여2'로 이동하는 스폿 조명.]

여2. 아침에 열린 창가에 앉아 바느질을 하는데 그 여자가
들이닥쳐 대들었어. 그이와 관둬, 그이는 내 거야, 하고 악을
쓰며. 사진발이더라고. 그때 처음으로 그 여자를 그 전신을
실물로 보니 그이가 왜 날 선호하는지 알겠더라.

['여2'에서 '남'으로 조명 이동.]

남. 함께한 지 얼마 안 돼서 낌새를 차리더군. 그년이랑
관두라고, 안 그러면 자기가 신에게 맹세코 목을― [딸꾹질.]
실례―긋겠다고. 증거를 하나도 못 잡았구나 싶었어. 그래서
무슨 소린지 통 모르겠다고 잡아뗐지.

['남'에서 '여2'로 조명 이동.]

여2. 무슨 소리냐고 내가 바느질을 계속하며 말했어. 당신 거라니,
누가요? 관두라니, 누구랑요? 그 여자는 그이에게서 네 냄새가
나, 네년 냄새가 진동한다고, 하고 소리를 질렀어.

['여2'에서 '여1'로 조명 이동.]

여1. 내가 제일간다는 사람을 그이 미행으로 붙였는데. 몇 달간
증거 그림자도 못 잡았어. 게다가 부인할 수 없는 건 그이가
그 와중에도 언제나처럼… 열렬했다는 사실. 이것과 그가
플라토닉하기만 한 건 질색하는 점을 생각하면, 가끔 내
비난이 부당한가 싶었어. 그래.

['여1'에서 '남'으로 조명 이동.]

남. 당신이 불만스러울 게 뭐 있느냐고 물었지. 내가 당신한테
　　소홀했어? 달리 누가 있었다면 우리가 어떻게 이렇게 같이
　　지내겠어? 워낙 온 마음 다해 사랑하다 보니, 나도 모르게
　　연민이 들어서.

　　['남'에서 '여2'로 조명 이동.]

여2. 이 여자가 날 해코지할 작정인가 겁이 나서, 종을 울려
　　어스킨을 불러 현관까지 배웅하라 했어. 그 여자가 떠나며
　　남긴 말은 어스킨이 증언할 수 있는데, 어스킨이 살아 있다면,
　　그리고 그가 그리도 사람을 들이고 배웅하며 지상을 오가는
　　와중에 잊어버리지 않았다면, 날 단단히 손보겠다는 취지의
　　말이었어. 고백하자면 난 그 말에 그때, 조금 겁을 먹었어.

　　['여2'에서 '남'으로 조명 이동.]

남. 내 말에 설득되지 않는 눈치였어. 예상했을 법도 했는데.
　　당신에게서 그 여자 냄새가 난다고 자꾸 그래. 거기에 대고
　　뭐라고 반박하겠어. 그래서 껴안고 당신 없인 못 산다고
　　맹세했지. 그것도 진심으로. 그래, 난 분명 진심이었을걸.
　　그녀도 날 떼밀지 않았어.

　　['남'에서 '여1'로 조명 이동.]

여1. 그러니 어느 화창한 아침에 내가 아연해 거실에 앉아 있는데,
　　그이가 살살 기어들어 내 앞에 무릎을 꿇고 내 허벅지에
　　얼굴을 묻으며… 다 자백했을 때 내가 얼마나 경악했을지
　　짐작해 봐.

　　['여1'에서 '남'으로 조명 이동.]

남. 그녀가 사냥개를 붙여 내 뒤를 캤지만, 내가 그 작자와 한마디
　　했지. 그치도 가욋돈을 반기는 눈치였어.

　　['남'에서 '여2'로 조명 이동.]

여2. 그이가 집에서 지내기 힘들다고 하소연하기 시작했을 때, 난
　　그럼 집을 나오지 그러냐고, 둘 사이에 이제 아무것도 안 남은
　　것 같은데, 하고 말했어. 아직 남았나?

　　['여2'에서 '여1'로 조명 이동.]

여1. 고백하자면 처음 든 감정은 경이감이었어. 이런 수컷이라니!

　　['여1'에서 '남'으로 조명 이동. '남'이 말을 하려 입을 연다. '남'에서

'여2'로 조명 이동.]

여2. 우리 사이에 뭐가 남았냐니, 날 뭘로 보는 거야, 거시기
기계? 하고 그이가 말했어. 그리고 당연히 그이와는 그…
영적인 것의 위험은 없다고 봐야 하고. 그럼 집에서 나오지
그래? 내가 말했어. 그이가 그 여자랑 같이 사는 게 그 여자 돈
때문이 아닌지 싶을 때가 있었거든.

['여2'에서 '남'으로 조명 이동.]

남. 그다음에 둘 사이에 그 소동이 있었지. 그 여자가 여기
쳐들어와 내 목숨을 위협하는 일은 없어야 할 거 아니야,
그녀가 말했어. 내가 못 믿겠다는 표정을 지었나 봐. 날 못
믿겠으면 어스킨에게 물어봐, 그녀가 말했어. 자기 목숨을
끊겠다고 협박하는 사람인걸, 내가 말했어. 당신 목숨이
아니라? 그녀가 말했어. 아니, 자기 목숨, 내가 말했어. 둘이서
그렇게 한참을 신나게 옥신각신했지.

['남'에서 '여1'로 조명 이동.]

여1. 결국 난 그이를 용서했어. 사랑은 어찌나 비굴한지! 함께
자축할 겸 내가 짧은 여행을 다녀오자고 했지, 리비에라나
우리가 사랑하는 그란카나리아로. 안색이 영 창백하다고.
병난 사람처럼. 하지만 그 딩장은 가능하지 않댔어. 직무상 할
일 등등.

['여1'에서 '여2'로 조명 이동.]

여2. 그 여자가 다시 왔어. 보란 듯이 선선히 걸어 들어와. 아주
간드러져. 입맛 다시면서. 불쌍한 것. 난 열린 창가에 앉아
손톱을 다듬고 있었어. 그이가 다 털어놨어요, 그 여자가
말했어. 그이 누구요, 그리고 다라니, 뭘요? 내가 줄질을
계속하며 물었어. 당신 심경이 얼마나 고통스러울지 알아요,
그리고 당신에게 나쁜 감정 없다고 말하러 들렀어요, 그
여자가 말했어. 난 어스킨을 불렀어.

['여2'에서 '남'으로 조명 이동.]

남. 그러다 내가 겁먹고 깨끗이 다 털어놨지. 그녀 표정이 갈수록
절망적으로 변했어. 화장품 주머니에 면도날을 넣어 갖고
다니더라고. 바람둥이들은 이에 교훈을 얻어 절대 자백하지

말길.

['남'에서 '여1'로 조명 이동.]

여1. 다 끝난 게 확실하다 싶을 때 고소한 기분 좀 내려 한번
들렀지. 흔한 눈엣가시더라고. 나를 가진 판에 그이가 그런
여자에게서 뭘 본 건지—.

['여1'에서 '여2'로 조명 이동.]

여2. 그이가 또 왔을 때 결판을 짓자고 했지. 난 죽을 것만 같았어.
그이는 자기가 왜 자백해야 했는지 주절주절 늘어놓았지.
위험 부담이 어쩌고저쩌고. 그러니까 그치한테 돌아갔다는
얘기였지. 그따위에게!

['여2'에서 '여1'로 조명 이동.]

여1. 투실투실한 얼굴, 부어 갖곤, 여드름에, 뚱뚱한 입술, 이중 턱,
목도 없게, 젖통은 아주—.

['여1'에서 '여2'로 조명 이동.]

여2. 끝도 없이 주절주절. 어디선가 잔디 깎는 소리가 들렸어.
오래된 수동 기계. 난 중얼대는 그이 말을 끊고는 지금 내
심정이 어떻든 난 유치하게 협박은 안 한다고—하지만
그렇다고 잔반 처리할 비위도 없다고 말했어. 그 말에 곰곰
생각을 하더라고.

['여2'에서 '여1'로 조명 이동.]

여1. 하인 같은 종아리에—.

['여1'에서 '남'으로 조명 이동.]

남. 그다음에 찾아갔을 때는 그녀도 이미 알고 있더라고. 아주
보기가—[딸꾹질.]—몰골이더군. 실례. 밖에선 웬 놈이 잔디를
깎고 있고. 한 번 부릉 하고는 조금 지나 또. 그녀를 설득하는
게 관건이었지. 그간 전혀… 관계를 재개하지 않았다고. 결국
설득하지 못했어. 예상했을 법도 했는데. 그래서 품에 안고
당신 없이는 살 수 없다고 했지. 실제로 살 수 있었을 것
같지가 않아.

['남'에서 '여2'로 조명 이동.]

여2. 같이 어디 다녀오는 게 유일한 해결책이었어. 그이는 일이
정리되는 대로 여행을 가기로 맹세했지. 그동안은 예전처럼

지내자고 했어. 그러니까 최선을 다하자는 얘기였지.

['여2'에서 '여1'로 조명 이동.]

여I. 그렇게 그이는 다시 내 차지가 됐어. 오직 나만의. 나는 다시
행복해졌어. 노래를 흥얼대며 돌아다녔지. 세상이—.

['여1'에서 '남'으로 조명 이동.]

남. 집에서는 허심탄회한 대화, 새사람 되어 지난 일은 접어
두고 등등. 하룻밤은 침대에 누워 있는데 그녀가 당신의 전
정부를 우연히 봤다고, 운 좋게 잘 빠져나왔다고 말하더군.
그렇게까지 말할 일인가. 대답하기야, 그렇고말고, 자기야,
그렇고말고, 라고 했다만. 맙소사, 여자들이란, 해충이 따로
없지. 내 천사, 다 당신 덕분이야, 라고 했어.

['남'에서 '여1'로 조명 이동.]

여I. 그러다가 다시 그이에게서 그년 냄새가 나기 시작했어. 그래.

['여1'에서 '여2'로 조명 이동.]

여2. 그이가 발을 끊었을 때는 나도 준비가 돼 있었어. 어느
정도는.

['여2'에서 '남'으로 조명 이동.]

남. 결국 더 이상 감당할 수가 없었어. 나로서는 도무지 계속—.

['남'에서 '여1'로 조명 이동.]

여I. 내가 어떻게 해 보기도 전에 그이가 사라졌어. 그건 그러니까
그 여자가 이겼다는 얘기였지. 그년이! 믿을 수가 없었어. 난
몇 주간 몸져누웠어. 그러다가 그 여자 집으로 차를 몰았지. 다
걸어 잠그고 폐쇄한 채였어. 찬 서리로 온통 허옇고. 애시와
스노드랜드를 거쳐 돌아오는 길에—.

['여1'에서 '남'으로 조명 이동.]

남. 나로서는 도무지 계속—.

['남'에서 '여2'로 조명 이동.]

여2. 그이 물건을 한데 꾸려 태워 버렸어. II월이라 모닥불이 타고
있었지. 밤새 사위는 냄새가 났어.

['여2'를 비추던 스폿 조명 꺼진다. 암전. 5초. 스폿 조명, 조금 전과 같이
반으로 줄어든 세기로 세 얼굴을 동시에 비춘다. 3초. 그에 비례해 세
목소리 모두 낮아진다.]

여1. 자비, 자비—.

여2. 실망하지 않았다고—.

남. 이런 변화를 맞고—.

[조명 꺼진다. 암전. 5초. 스폿 조명이 '남'을 비춘다.]

남. 이런 변화를 맞고 처음에는 하늘에 실제로 감사했어. 할 것
했고 할 말 했다고 생각하며, 이제 다 꺼지고 있다고—.

['남'에서 '여1'로 조명 이동.]

여1. 자비, 자비, 여전히 자비를 갈구하며 늘어진 혀. 기어이 그게
오지. 당신은 날 못 봤지. 하지만 볼 거야. 그리고 기어이 그게
오지.

['여1'에서 '여2'로 조명 이동.]

여2. 실망하지 않았다고 하기엔, 아니, 실망했어. 이보다 나은 걸
예상했건만. 이보다 편안한 안식을.

['여2'에서 '여1'로 조명 이동.]

여1. 아니면 당신이 내게 지치거나. 질리지.

['여1'에서 '남'으로 조명 이동.]

남. 아래로, 다 아래로, 어둠 속으로 사그라지고, 평화가 오고
있다고 생각했지, 결국, 마침내, 내가 옳았다고, 결국, 하늘에
감사하다고, 이런 변화를 맞고 처음에는.

['남'에서 '여2'로 조명 이동.]

여2. 이보다 덜 혼란한. 덜 혼란스러운. 그와 동시에 난 이게 그…
다른 쪽보다 좋아. 확실히. 견딜 만한 순간도 있어.

['여2'에서 '남'으로 조명 이동.]

남. 생각했어.

['남'에서 '여2'로 조명 이동.]

여2. 당신이 꺼지고—또 내가 꺼지면. 언젠가 당신이 내게 싫증
내며 꺼져 버릴 테지… 영영.

['여2'에서 '여1'로 조명 이동.]

여1. 지옥 같은 어스름.

['여1'에서 '남'으로 조명 이동.]

남. 평화, 그래, 아마도, 평화의 일종, 그리고 고통마저 싹 다,
마치… 아예 없었던 듯.

['남'에서 '여2'로 조명 이동.]

여2. 날 관둬, 몹쓸 일자리처럼. 가 버려, 가서 다른 사람 쑤셔
대고 쪼아 대. 한편으로는―.

['여2'에서 '여1'로 조명 이동.]

여1. 내게 질려! [격렬히.] 내게 질려!

['여1'에서 '남'으로 조명 이동.]

남. 그게 올 테지. 와야만 해. 이대로는 미래가 없어.

['남'에서 '여2'로 조명 이동.]

여2. 한편으로는 이러한 상황이 악화될 수도 있지, 그런 위험이
있긴 해.

['여2'에서 '남'으로 조명 이동.]

남. 아, 물론 나도 이젠 알아―.

['남'에서 '여1'로 조명 이동.]

여1. 내가 진실을 말하지 않나, 그건가, 내가 어느 날 어떻게든
드디어 진실을 말하게 되거든, 그럼 빛이 드디어 다 나가나,
진실과 맞바꿔?

['여1'에서 '여2'로 조명 이동.]

여2. 당신이 불같이 화를 내며 내 정신머리를 싹 불사를 수도
있지. 안 그래, 당신?

['여2'에서 '남'으로 조명 이동.]

남. 이젠 알아, 그게 다… 한낱 연극에 불과했음을. 그럼 이건?
이건 다 언제쯤―.

['남'에서 '여1'로 조명 이동.]

여1. 그건가?

['여1'에서 '여2'로 조명 이동.]

여2. 안 그래, 당신?

['여2'에서 '남'으로 조명 이동.]

남. 이건, 이건 다 언제쯤… 한낱 연극에 불과해질까?

['남'에서 '여1'로 조명 이동.]

여1. 내가 할 수 있는 게 없어… 누구를 위해서도… 더 이상은…
하늘에 감사할 일. 그러니 그거란 결국, 남은 할 말을 뜻할 터.
머리가 이리도 여전히 도는걸!

['여1'에서 '여2'로 조명 이동.]

여2. 하지만 난 의문이야. 그건 어쩐지 당신답지 않을 테니까. 그리고 당신도 내가 최선을 다하고 있음을 알 테니까. 아니면 모르나?

['여2'에서 '남'으로 조명 이동.]

남. 어쩌면 둘이 친구가 됐는지도 모르지. 어쩌면 서러움으로─.

['남'에서 '여1'로 조명 이동.]

여1. 하지만 내가 할 수 있는 말은 다 했어. 당신이 허용하는 말은. 내가 할 수─.

['여1'에서 '남'으로 조명 이동.]

남. 어쩌면 서러움으로 서로 가까워졌는지도 모르지.

['남'에서 '여2'로 조명 이동.]

여2. 의문의 여지 없이 난 빛이 해에서 나오던 때와 같은 실수를 하고 있겠지, 애초 의미가 부재한 건지도 모를 상황에서 의미를 찾으려는 실수를.

['여2'에서 '남'으로 조명 이동.]

남. 어쩌면 둘이 만나, 둘 다 그리도 좋아하던 녹차를 같이 앉아 마시는지도. 우유나 설탕 없이, 레몬 한 방울 안 넣고─.

['남'에서 '여2'로 조명 이동.]

여2. 당신 내 말 듣고 있어? 누구든 내 말을 듣고 있나? 누구든 날 보고 있나? 누구든 내게 신경이나 쓰고 있나?

['여2'에서 '남'으로 조명 이동.]

남. 레몬 한 방울 안 넣고─.

['남'에서 '여1'로 조명 이동.]

여1. 그럼 그건 내가 얼굴로 해야 하는 무엇인가─말하기 말고? 울어?

['여1'에서 '여2'로 조명 이동.]

여2. 내가 금기인가 싶기도 해. 꼭 그렇지만도 않겠지만, 이제 위험은 다 모면했으니. 그 불쌍한 것─그 여자 목소리가 들려─그 불쌍한 것─.

['여2'에서 '여1'로 조명 이동.]

여1. 혀를 깨물어 삼켜? 뱉어 내? 그럼 당신 마음이 누그러질까?

머리가 여전히 이리도 돌고말고!

['여1'에서 '남'으로 조명 이동.]

남. 둘이 만나, 한번은 정다운 그 집에서, 한번은 다른 그
집에서, 같이 앉아 함께 서러워하며, 또 비교하며— [딸꾹질.]
실례—행복한 기억을 비교하며.

['남'에서 '여1'로 조명 이동.]

여1. 내가 여기에 의미라곤 없다고 생각할 수만 있다면… 이런
것에도, 애초에. 그러질 못해.

['여1'에서 '여2'로 조명 이동.]

여2. 당신을 꼬드기려 했던 그 불쌍한 것 있지, 그 여자 어떻게
됐을까? 어떻게 생각해?—그 여자 목소리가 내 귀에 들려.
불쌍한 것.

['여2'에서 '남'으로 조명 이동.]

남. 난 개인적으로 늘 립턴 차를 선호했어.

['남'에서 '여1'로 조명 이동.]

여1. 그리고 또 모두 지고 있다고, 모두 졌다고, 처음부터, 허공
위로 져 왔다고, 그렇게 생각할 수 있다면. 아무것도 요구되지
않는다고. 아무도 내게 그 무엇도 요구하지 않는다고.

['여1'에서 '여2'로 조명 이동.]

여2. 둘이 심지어 날 딱하게 생각할지도 모르지, 둘이 날 볼 수만
있다면. 그래도 내가 두 사람을 딱하게 여기는 정도엔 못
비기겠지만.

['여2'에서 '여1'로 조명 이동.]

여1. 그러질 못해.

['여1'에서 '여2'로 조명 이동.]

여2. 둘이 시큼한 입맞춤 맞추며.

['여2'에서 '남'으로 조명 이동.]

남. 어쨌든 난 두 사람이 가여워, 그래, 그 둘이 얼마나 복 받았든
간에 내 처지에 비하면—

['남'에서 '여1'로 조명 이동.]

여1. 그러질 못해. 마음이 그걸 용납하질 않아. 그러니 그게 가야
해. 그래.

['여1'에서 '남'으로 조명 이동.]

남. 두 사람이 가여워.

['남'에서 '여2'로 조명 이동.]

여2. 꺼지고 나면 당신은 뭘 해? 체를 쳐?

['여2'에서 '남'으로 조명 이동.]

남. 내가 뭘 숨기고 있어? 내가 잃었어—.

['남'에서 '여1'로 조명 이동.]

여1. 그 여자 경제력은 좋았지 싶어, 돼지 꼴로 해 놓고 살았어도.

['여1'에서 '여2'로 조명 이동.]

여2. 무더운 날 거대한 증기 롤러를 밀듯이. 그 안간힘… 시동
건다고, 박력 낸다고—.

['여2' 밝히던 조명 꺼진다. 암전. 3초. '여2' 위로 조명 켜진다.]

여2. 그걸 죽이고 다시 안간힘.

['여2'에서 '남'으로 조명 이동.]

남. 내가 잃었어… 당신이 원하는 걸? 왜 꺼져? 왜 사—.

['남'에서 '여2'로 조명 이동.]

여2. 그리고 날 가여워하며 속으로 불쌍한 것, 좀 쉬어야겠는데,
하고 생각하고 있을지도 모르는 당신.

['여2'에서 '여1'로 조명 이동.]

여1. 그 여자가 그이를 데리고 아예 살러 가 버린 건지도… 햇살
좋은 어딘가로.

['여1'에서 '남'으로 조명 이동.]

남. 왜 사그라져? 왜—.

['남'에서 '여2'로 조명 이동.]

여2. 모르겠어.

['여2'에서 '여1'로 조명 이동.]

여1. 아니면 어딘가에서 그녀가, 어느 열린 창가에 무릎에 두
손 포개고 앉아, 저 아래 올리브 나무 너머를 바라보고
있는지도—.

['여1'에서 '남'으로 조명 이동.]

남. 왜 날 중단 없이 계속 노려보지 않고? 그러면 내가 거품을
물며 당신 앞에 그걸—[딸꾹질.]—게워 낼지도 모르잖아. 실—.

['남'에서 '여2'로 조명 이동.]

여2. 아니.

['여2'에서 '남'으로 조명 이동.]

남. ―례.

['남'에서 '여1'로 조명 이동.]

여1. 올리브 나무 너머를, 이어 바다를 보며, 그이가 왜 늦는 걸지
궁금해하며, 슬슬 추위를 타며. 그림자가 만물에 스미고.
스멀스멀. 그래.

['여1'에서 '남'으로 조명 이동.]

남. 우리가 함께 있었던 적이 없다니.

['남'에서 '여2'로 조명 이동.]

여2. 난 이미 나사가 조금 풀린 상태 아닌지?

['여2'에서 '여1'로 조명 이동.]

여1. 불쌍한 것. 불쌍한 것들.

['여1'에서 '남'으로 조명 이동.]

남. 함께 깬 적이 없다니, 5월의 어느 아침엔가는 다른 둘을
깨우려 먼저 깼지. 그러고는 작은 배를 타고―.

['남'에서 '여1'로 조명 이동.]

여1. 참회, 그래, 급한 대로, 속죄, 체념했기에, 근데 아니야,
그것도 요지는 아닌 듯해.

['여1'에서 '여2'로 조명 이동.]

여2. 다시 말하는데, 난 이미 나사가 조금 풀린 상태가 아닌지?
[기대하며.] 살짝이나마? [사이.] 난 의문이야.

['여2'에서 '남'으로 조명 이동.]

남. 작은 배를―.

['남'에서 '여1'로 조명 이동.]

여1. 침묵과 어둠이 내가 원하는 전부였는데. 하기야, 둘 다
얼마큼은 있구나. 그 둘은 하나니. 그 이상을 바라며 기도하는
건 악행만 보태는 건지도.

['여1'에서 '남'으로 조명 이동.]

남. 작은 배를 타고 강으로 나가, 나는 노에 기대어 쉬고, 두
사람은 공기 베개 베고 늘어져, 배꼬리… 마루에서. 부유하며.

그런 꿈.

['남'에서 '여1'로 조명 이동.]

여₁. 지옥 같은 어스름.

['여1'에서 '여2'로 조명 이동.]

여₂. 살짝 갔어. 머리가. 아주 살짝. 난 의문이야.

['여2'에서 '남'으로 조명 이동.]

남. 우린 교양 있게 굴지 않았지.

['남'에서 '여1'로 조명 이동.]

여₁. 어둠이 죽도록 간절한데―어두워질수록 힘들어. 이상하지.

['여1'에서 '남'으로 조명 이동.]

남. 그런 꿈. 그때. 그리고 이제―.

['남'에서 '여2'로 조명 이동.]

여₂. 나로서는 의문이야.

[사이. 주체되지 않는 낮은 웃음소리 터져 나오다가 조명이 '여2'에서
'여1'로 이동하자 뚝 끊긴다.]

여₁. 그래, 그리고 그게 통째로 거기에, 거기 송두리로, 당신을
빤히 마주 보고 있지. 당신이 그걸 보고. 내게 질리지.
지치거나.

['여1'에서 '남'으로 조명 이동.]

남. 그리고 이제, 당신이… 한낱 외눈이고 나니. 그저 바라보는. 내
얼굴을. 켜졌다 꺼지며.

['남'에서 '여1'로 조명 이동.]

여₁. 나랑 돌리는 데 지쳐. 내게 질려. 그래.

['여1'에서 '남'으로 조명 이동.]

남. 뭔가 찾으려고. 내 얼굴에서. 어떤 진실을. 내 두 눈에서.
그조차 아니지.

['남'에서 '여2'로 조명 이동. 조금 전과 같은 '여2'의 웃음소리, 조명이
'여2'에서 '남'으로 이동하자 뚝 끊긴다.]

남. 한낱 외눈. 마음 없이. 나를 향해 열리고 닫히며. 설마하니
나를 심지어―.

['남' 비추던 스폿 조명이 꺼진다. 암전. 3초. 스폿 조명이 '남'을 비춘다.]

설마하니 나를 심지어… 바라보고 있나?

['남' 비추던 스폿 조명이 꺼진다. 암전. 5초. 약한 스폿 조명이 세 얼굴을 동시에 비춘다. 3초. 목소리 대부분 알아들을 수 없을 정도의 약한 세기로.]

여1. 그래, 이상하지, 등등.

여2. 그래, 어쩌면, 등등.

남. 그래, 평화, 등등.

[반복 재생한다.]

남. [반복을 마치며.] 설마하니 나를 심지어… 바라보고 있나?

['남' 비추던 조명이 꺼진다. 암전. 5초. 강한 스폿 조명이 세 얼굴을 동시에 비춘다. 3초. 목소리 보통 세기로.]

여1. 그이에게 그 여자와 관두라고—.

여2. 아침에 열린 창가에 앉아—.

남. 함께한 지 얼마 안 돼서—.

[조명 모두 꺼진다. 암전. 5초. 스폿 조명이 '남'을 비춘다.]

남. 함께한 지 얼마 안 돼서—.

['남' 비추던 스폿 조명이 꺼진다. 암전. 5초.]

막 내림

조명

광원은 하나로 두고, 그 피해자들이 차지하는 이상적인 공간(무대) 바깥에 놓지 않는다.

스폿 조명을 무대 각광 정중앙에 설치하는 것이 가장 좋고, 빛이 각 얼굴을 가까이에서 그리고 아래로부터 비추도록 한다.

예외적으로 세 얼굴을 동시에 비춰야 할 때는 단일한 스폿 조명의 빛을 세 갈래로 나눈다.

이런 경우가 아니고는 하나의 이동식 스폿 조명을 사용해 필요한 대로 얼굴 사이에서 최대 속도로 회전한다.

하나로 국한된 이동식 스폿 조명을 사용하는 경우에는 하나뿐인 심문관의 존재가 부각되는 반면, 얼굴마다 별도의 고정된 스폿 조명을 할당하는 경우 심문관의 존재가 상대적으로 잘 나타나지 않는 만큼 만족스럽지 않다.

코러스

여1.	그래 이상하지	어둠이 가장 좋고	어두워질수록	힘들어
여2.	그래 어쩌면	살짝 갔다고	그럴 테지	더러 말하길
남.	그래 평화	그리 짐작했지	다 꺼지고	고통마저

여1.	아예 어둡기 전에는	그 뒤엔 다 좋아	얼마간은	하지만 기어이 그게 오지
여2.	불쌍한 것	살짝 갔어	아주 살짝	머리가
남.	싹 다 마치	아예 없었던 듯	그때가 오지	[딸꾹질.] 실례

여1.	그때가 오지	그게 거기 있고	당신이 그걸 보고
여2.	[웃음…]	아주 살짝	하지만 난 의문이야
남.	이런 허황됨	아 나도 알아	그럼에도

여1.	내게 질리지	얼씬 않지	다 어두워	다 가만
여2.	나로서는 의문이야	실은 아닌데	난 괜찮아	아직 괜찮아
남.	흔한 예상	평화 내 말은	그저 다	지났을 뿐 아니라

여1.	다 지나	지워져―
여2.	난 최선을 다하지	할 수 있는 한―
남.	심지어	아예 없었던 듯―

단지

단지의 높이가 약 90센티미터에 불과하도록 하려면 배우들이 무대보다 낮게 설 수 있도록 무대 바닥의 여닫는 트랩을 사용하거나, 배우들이 극 내내 무릎을 꿇을 수 있도록 단지 뒤쪽이 열려 있어야 한다.

앉은 자세의 경우 결과적으로 단지를 용납할 수 없을 만큼 크게 만들어야 하므로 고려의 대상이 아니다.

반복

반복은 첫 번째 진술(1회차)의 정확한 모방일 수도 있고, 변주의 요소를 제시할 수도 있다.

달리 말하자면 조명은 반복 시 1회차와 동일하게 작동할 수도 있고(정확한 모방), 다른 방법을 시도할 수도 있다(변주).

런던 공연에서는(그리고 그보다 덜한 정도로 파리 공연에서도) 이 중 변주를 택해, 1회차와 다음의 편차가 있었다:

1. 축약된 코러스 도입, '여2'의 웃음소리를 단축해 두 번째 반복의 조각을 소개한다.

2. 반복 시 조명 세기를 줄이고 목소리도 이에 상응하는 세기로 낮추어 아래와 같은 개요를 제시하며, 여기서 '가'는 광량과 성량의 최대치를, '마'는 최소치를 나타낸다:

다 첫 번째 코러스.	1회차
가 1회차의 첫 부분.	
나 1회차의 두 번째 부분.	
라 두 번째 코러스.	반복 1(첫 번째 반복)
나 반복 1의 첫 부분.	
다 반복 1의 두 번째 부분.	
마 축약된 코러스.	반복 2(두 번째 반복)의 조각
다 반복 2의 조각.	

3. 반복 1의 시작부터 목소리가 숨찬 감을 띠며, 극의 끝으로 갈수록 이런 특징이 두드러진다.

4. 배우들 입장에서 연속성이 달라지지 않는 힌에서, 반복 시 대사 순서를 달리한다. 예컨대 1회차 도입부에서 본 '여1, 여2, 남, 여2, 여1, 남'의 심문 순서가 반복 도입부에서는 '여2, 여1, 남, 여2, 남, 여1'이 되며, 원할 경우 원하는 방식으로 변주를 계속 이어 간다.

필름

영화의 처음 두 부분의 관점은 내내 눈('눈')의 관점이다. '눈'은 카메라다.
이와 달리 세 번째 부분에 이르면 대상('대')의 관점에서 바라본 방과 방 안의
내용물이 들어오고, 그와 동시에 '대'를 바라보는 '눈'의 관점이 계속된다. 이에
따라 이미지상 문제가 발생하는데, 나로서는 기술적 도움 없이는 이를 해결할
수 없다. 아래의 일러두기 8번을 참고할 것.

영화는 세 부분으로 나뉜다. 1. 거리(약 8분). 2. 계단(약 5분). 3. 방(약
17분).

1부의 "쉿!"을 제외하고는 음성 대사가 없는 무성영화다.

영화의 분위기는 익살스럽고 비현실적이다. '대'는 움직이는 방식으로
관객의 웃음을 살 것. 거리 장면의 비현실성(이 부분에 대한 일러두기를
참고할 것).

전반

에세 에스트 페르키피. 존재함은 지각됨이다.

외부 지각은 동물, 인간, 신을 가리지 않고 모두 억제되며, 자각은 존재
내에서 지속한다.

외부 지각으로부터 도주하는 비존재를 찾으려는 시도는 자각의
불가피성을 맞닥뜨리며 좌절된다.

상술한 내용에 진릿값은 없고, 다만 구조적이고 극적인 편의에서
파생하는 것으로 본다.

이러한 상황(배경) 가운데 하나의 형상(전경)으로 구분되기 위해,
주인공이 대상과 눈으로 분열된다. 전자는 도주하고, 후자는 추적한다.

영화의 결말에 이르기 전까지는 추적하는 지각자가 외부 존재가 아니라
자아임이 분명하지 않다.

영화의 결말에 이르기 전까지 '눈'은 '대'를 뒤에서, 45도를 초과하지 않는
각도로 지각한다. 관습: '대'가 페르키피에 든다 = 지각됨의 고통을 경험하되,
이 각도를 초과할 때에 한해서다.

'대'가 지각됨에 들지 않을 때:

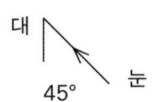

'대'가 지각됨에 들 때:

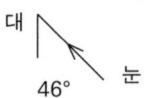

그러므로 '눈'은 추적하는 내내 이러한 '면제 각도' 안에 머물고자 애쓰며, 이를 초과하는 경우는 오로지 다음의 세 경우뿐이다: (1) 1부 초반에 그가 처음 '대'를 지각했을 때 비고의적으로, (2) 2부 초반에 그가 '대'를 따라 현관에 들어설 때 비고의적으로, 그리고 (3) 3부 마지막에 '대'가 구석에 몰렸을 때 고의적으로. 처음 두 경우에, 그는 황급히 각도를 줄인다.

개요

1. 거리

일직선의 곧은 거리. 골목길도 교차로도 없다. 시대: 1929년경. 이른 여름 아침. 작은 공장 지대. 느긋하게 출근길에 오른 노동자들의 적당한 활기. 모두 같은 방향을 향해 있고 모두 쌍쌍이다. 자동차는 없다. 자전거 두 대를 각기 남자가 몰고 여자를 (가로대에) 하나씩 태웠다. 택시 마차 한 대, 보통 구보로 말을 몰고, 운전자는 선 채로 채찍을 휘두른다. 첫 장면의 인물 모두 무엇인가를 어떻게든 지각하고 있는 모습일 것—서로서로를, 사물, 가게 진열창, 포스터 등등을, 다시 말해 모두가 흡족히 지각하고 지각되는 중이다. 위의 장면을 한자리에 움직임 없이 서서 시선으로만 '대'를 찾는 '눈'의 관점에서 처음 만난다. 그가 선 지점을 폭이 넓은(3.5미터) 인도의 가장자리로 상정해도 좋다. 드디어 '대'가 보인다. 제 왼편에 있는 벽에 바짝 붙어, 다른 모든 사람과 반대 방향으로, 발길을 재촉하며 맹목적으로 인도를 지나고 있다. 짙은 색의 긴 외투를 옷깃을 올려 입고(다른 사람들은 모두 가벼운 여름 옷차림인 반면), 모자를 눈 위로 푹 내려 쓰고, 왼손에는 서류 가방을 들고, 오른손으로는 노출된 한쪽 옆얼굴을 가리고 있다. 희극성이 부각되는 좌절된 화급함으로 휩쓸듯 지나간다. '눈'의 수색하는 외눈이 왼쪽으로, 즉 도로에서 인도로 돌아 면제 각도(관습에 따라 '대'가 지각되지 않는 각도)를 초과해 그를 포착한다(1). '대', 지각됨에 들어서고, (그의 구보가 자리 잡기에 충분할 정도로 전진한 즉시) 멈춰 서며 벽을 향해 움츠리는 방식으로 반응한다. '눈', 각도를 줄이려 즉시 물러나고(2), 지각됨에서 풀려난 '대'가 발길을 재촉한다. '눈', 그가 9미터 정도 앞서도록 두었다가 뒤따르기 시작한다(3). 거리의 제 요소는 이제부터 (커플 삽화를 제외하고는)—'대'에 고정된 추적하는 외눈의 시야에 우연찮게 들 때에만 인지된다는 차원에서―부수적일 것.

커플 삽화(4). 맹목적으로 발길을 재촉하던 '대'가 인도에 서서 신문을 나눠 보고 있던 나이 지긋한 한 쌍의 남녀를 밀친다. 충돌이 일어나기 몇 미터 전에 '눈'이 이들을 발견하도록 한다. 여자는 애완 원숭이를 왼팔 아래 끼고 있다. '눈', 맹목적으로 발길을 재촉하는 '대'를 잠시 뒤따르다가, 충격에서 회복하는 커플을 인지하고, 그들 옆에 이르고, 그대로 조금 지나쳐서야 멈추고 두 사람을 관찰한다(5). 이내 회복한 커플이 '대'가 지나간 방향으로 돌아서고, 여자는 손잡이 안경을 눈에 갖다 대며 그리고 남자는 외투에 끈으로 고정해 둔 코안경을 빼고 '대'의 뒷모습을 바라본다. 이어 둘이 시선을 교환하고, 한쪽은 손잡이 안경을 내리고 한쪽은 코안경을 다시 끼운다. 남자가 꾸지람하려 입을 연다. 여자가 손짓과 부드러운 "쉿!" 소리로 남자를 제지한다. 남자가 코안경을 빼고 다시 돌아 '대'가 지나간 방향을 본다. 여자가 '눈'의 시선을 감지하고 손잡이 안경을 들며 돌아서서 그를 빤히 본다. 여자가 동행을 쿡 찌르자 남자가 코안경을 다시 끼며 여자 쪽으로 도로 돌아, 여자의 시선이 향한 방향을 좇아 코안경을 빼고 '눈'을 본다. '눈'을 빤히 보는 두 사람의 얼굴 위로, 계단 장면에서 꽃 장수가 보일 표정이자 영화 끝에 '대'가 띠게 될 표정과 동일한, 지각됨의 고통과 대응한다고 서술할 수밖에 없는 표정이 깃든다. 주인의 얼굴을 올려다보는 원숭이의 무심함. 짝을 이룬 두 사람이―여자의 경우 손잡이 안경을 내리면서―눈을 감고, 다른 모든 사람과 같은 방향으로, 즉 '대'와 '눈'의 반대 방향으로 발길을 재촉한다(6).

'눈', 어느새 한참 앞장서 그의 시야를 벗어난 '대'가 향한 방향으로 돌아선다. 그 즉시 가속해 추적하는 '눈'(그 길에 마주치는 제 요소의 어렴풋한 지나침). '대'가 다시 시야에 들어오고, '눈'이 그의 뒤에 전과 같은 각도와 간격으로 자리를 잡을 때까지 빠르게 커진다. '대', 제 왼편에 있는 집의 열린 문으로 별안간 사라진다. 그 즉시 가속한 '눈'이 현관의 계단 발치에서 '대'를 따라잡는다.

2. 계단

현관은 약 3.5제곱미터로, 안쪽 우측 각에 계단이 있다. 거리로 열린 문과 계단의 관계로 인해 '눈'이 '대'를 ('눈'은 문 근처에, '대'는 계단 발치에 가만히 서서, 오른손을 난간에 두고, 가쁜 숨 몰아쉬며) 처음 지각할 때, 면제 각도를 약간 초과해 지각한다. '대'가 (관습에 따른) 지각됨에 들어서면서, 난간에

올린 오른손을 노출된 옆얼굴로 옮기고 왼쪽 벽으로 바짝 움츠린다. '눈'은 그
즉시 물러나 각도를 줄이고, 이로써 풀려난 '대'가 계단 발치에 난간을 잡고 선
기존 자세로 돌아간다. '대'가 계단을 몇 칸 오르다가('눈'은 문 가까이 머물러
있다), 고개를 들고, 귀 기울이고, 재빨리 아래로 뒷걸음쳐 계단과 제 오른편 벽
사이의 각에 쪼그려 앉아, 내려오는 이의 눈에 보이지 않는다(7). '눈'은 '대'가
거기 있음을 인지하고, 이어 계단으로 시선을 옮긴다. 기운 없는 나이 지긋한
여성이 2층 층계참에 나타난다. 목에 두른 띠가 두 손에 든 꽃 쟁반과 이어져
있다. 꽃 장수가 머뭇대는 발걸음으로, 한 손으로는 쟁반을, 다른 손으로는
난간을 붙잡고 천천히 내려온다. 고된 하강에 몰두한 나머지 계단을 다 내려와
현관문으로 향할 때까지 '눈'을 의식하지 못한다. 멈춰 서며 '눈'을 정면으로
바라보는 꽃 장수. 거리의 커플과 동일한 표정이 차차 얼굴에 깃든다. 이어 두
눈을 감고, 바닥에 주저앉아 흩어진 꽃에 얼굴을 묻고 눕는다. '눈'은 잠시 이
장면에 머물러 있다가, 마지막으로 '대'를 인지한 곳으로 시선을 옮긴다. '대'는
더 이상 거기 없고, 계단을 서둘러 오르는 중이다. '눈', 계단으로 시선을 옮겨,
'대'가 첫 번째 층계참에 이르는 순간에 그를 포착한다. 앞으로 그리고 위로
껑충 다가가는 '눈', 두 번째 도약에서 '대'를 앞지르고, '대'가 3층 층계참에
이르러 방문을 열쇠로 여는 사이 말 그대로 그의 발뒤꿈치에 바짝 붙어 있다.
둘이 같이 방에 들어서고, '대'가 문을 잠그려 돌아설 때 '눈'도 함께 돌아선다.

3. 방

이 지점에서 우리는 이중 지각의 문제가 해결된 것으로 여기고 '대'의 지각
작용에 들어선다(8). 이어지는 장면 내내, 본격적인 포위 전까지는, '눈'은 가장
편리한 거리에서 '대'의 뒷모습을 보도록, 면제 각도를 결코 초과하지 않는
선에서, 다시 말해 '대'가 지각됨으로부터 보호받도록 주의해 이동할 것.

가구랄 게 없는 작은 방(9). 바닥에 나란히 있는 큰 고양이 하나와 작은
개 하나. 비현실감. 퇴거될 때까지는 움직임 없이. 고양이가 개보다 크다.
벽에 붙은 탁자와 그 위에 놓인 새장 속 앵무새 하나와 어항 속 금붕어 하나.
방에서의 시퀀스는 총 셋으로 나뉜다.

시퀀스 1. 방의 준비(창문과 거울의 차단, 개와 고양이의 강제 퇴거, 신의
이미지 파손, 앵무새와 금붕어의 차단).

시퀀스 2. 흔들의자에서 한때. 사진의 점검 및 파손.

시퀀스 3. '눈'에 의한 '대'의 최종 포위 및 대단원.

시퀀스 1. '대'가 방문 가까이 서서 손에 서류 가방을 들고 방을 둘러본다.
연잇는 이미지: 나란히 그를 응시하는 개와 고양이, 거울, 창문, 무릎 담요가
놓인 소파, 그를 응시하는 개와 고양이, 앵무새와 금붕어, 그를 응시하는
앵무새, 흔들의자, 그를 응시하는 개와 고양이. '대', 서류 가방을 내려놓고,
창문에 측면으로 다가가 커튼을 친다. 여전히 그를 응시하는 개와 고양이
쪽으로 돌아서고, 소파로 가 무릎 담요를 든다. 여전히 그를 응시하는 개와
고양이 쪽으로 돌아선다. 무릎 담요를 앞에 펼쳐 들고 거울에 측면으로 다가가
무릎 담요로 거울을 덮는다. 앵무새와 금붕어 쪽으로 돌아서고, 앵무새는
여전히 그를 응시한다. '대', 흔들의자로 가 정면에서 의자를 점검한다.
희한하게 조각된 머리 받침대의 이미지가 한참 비친다(10). '대', 여전히 그를
응시하는 개와 고양이 쪽으로 돌아선다. 개와 고양이를 방에서 내쫓는다(11).
서류 가방을 집어 들고 의자로 향하는데 거울에서 무릎 담요가 떨어진다. '대',
가방을 떨어뜨리고, 서둘러 소파와 거울 사이의 벽으로 다가가고, 벽과 벽을
따라 창문을 지나고, 거울에 측면으로 다가가고, 무릎 담요를 주워, 앞에 펼쳐
들고 다시 거울을 덮는다. 다시 서류 가방으로 돌아가, 가방을 주워 들고,
의자로 가고, 의자에 앉아 가방을 열던 차에 앞쪽 벽에 핀으로 꽂힌 그림이,
거기 담긴 아버지 하느님의 얼굴과 엄하게 응시하는 두 눈이 그를 방해한다.
'대', 가방을 그의 왼쪽 바닥에 내려놓고, 의자에서 일어나 그림을 점검한다.
벽, 벽지 곳곳이 긴 가닥으로 찢어진 벽의 이미지가 한참 비친다(10). '대',
벽에서 그림을 뜯어내고, 네 조각으로 찢고, 조각조각을 바닥에 내던지고
발로 짓이긴다. 의자로 돌아서고, 다시 희한한 머리 받침대 이미지 비치고,
의자에 앉고, 다시 찢어진 벽지의 이미지 비치고, 무릎에 서류 가방을 올리고,
서류철을 하나 꺼내고, 가방을 제 왼쪽 바닥에 내려놓고 서류철을 여는 차에
앵무새의 한쪽 눈이 방해한다. '대', 서류철을 가방에 얹어 놓고, 자리에서
일어나, 외투를 벗고, 앵무새로 향하고, 앵무새의 한쪽 눈 클로즈업, 외투로
새장을 가리고, 의자로 돌아가고, 다시 머리 받침대 이미지, 앉고, 다시 찢어진
벽지 이미지, 서류철을 집어 여는 차에 금붕어의 한쪽 눈이 방해한다. '대',
서류철을 가방에 얹어 놓고, 일어나고, 금붕어로 향하고, 금붕어의 한쪽 눈
클로즈업, 외투를 새장과 어항 모두 덮일 정도로 펼치고, 의자로 돌아가고,
다시 머리 받침대 이미지, 앉고, 다시 벽지 이미지, 서류철을 집어 들고, 모자를
벗어 제 왼쪽에 둔 서류 가방에 얹어 놓는다. 머리에 빙 둘린 가는 검은색
고무줄을 알아보기에 용이한 듬성듬성하거나 벗어진 머리일 것.

'대'가 등을 펴 기대앉으면 등받이보다 좁게 뻗은 머리 받침대가 그의 머리 주위로 테를 두른다. 사진을 점검하고 파손하는 장면 내내, '눈'이 의자 바로 뒤에서 '대'의 왼쪽 어깨 너머로 내려다보고 있다고 상정해도 좋다(12).

시퀀스 2. '대'가 서류철을 열고, 그 안에서 사진 한 묶음을 꺼내고(13), 서류철을 가방에 얹어 놓고 사진을 점검하기 시작한다. 1부터 7까지의 순서로 점검한다. 1의 점검이 끝나면 무릎에 내려놓고, 2를 점검하고, 2를 1 위에 내려놓고, 등등 계속, 그리해 사진 점검이 모두 끝났을 때 1이 더미의 맨 바닥에 놓이고 7이―아니, 6이, 그가 7은 내려놓지 않으므로―맨 위에 있도록 한다. 1부터 4까지는 각각 약 6초를 할애하고, 5와 6에는 그 두 배 정도를 들인다(떨리는 두 손). '대'가 6을 보면서 검지로 어린 소녀의 얼굴을 매만진다. 7을 6초간 바라본 뒤 네 조각으로 찢어 제 왼쪽 바닥에 내버린다. 무릎에 놓인 사진 더미의 맨 위에서 6을 집어 들고, 3초 정도 다시 들여다보고, 네 조각으로 찢어 제 왼쪽 바닥에 내버린다. 이와 같이 나머지도 계속, 각각 3초 정도 다시 들여다보다가 찢어 버린다. 1의 경우 더 튼튼한 대지를 썼는지, 가로로 찢는 데 애를 먹는다. 힘을 들이는 두 손. 급기야 성공하고, 바닥에 사진 조각을 내던지고 의자에 앉아, 두 손으로 팔걸이를 붙잡고, 살살 흔든다(14).

시퀀스 3. 본격적인 포위. 이 시점부터 지각은, 이중 지각이 실현 가능하다면, 마지막에 '대'가 '눈'을 지각할 때를 제외하고는, '눈'의 지각이 유일하다. '눈'이 뒤로 조금 물러나고(뒤에서 바라본 머리 받침대 이미지), 제 왼편으로 둥글게 원을 그리기 시작하고, 최대 각도에 접근하다 멈춘다. 이 열린 각도에서―이 각도를 초과할 때 그는 페르키피에 든다―'대'가 잠에 들기 시작하는 것이 보인다. 눈에 보이는 한쪽 손이 팔걸이 위에서 긴장이 풀리고, 머리가 끄덕대며 앞으로 꺾이고, 흔들림이 정지 상태에 접근한다. '눈'이 전진하고, 면제의 경계를 넘어 각도를 넓히자, '눈'의 시선이 선잠을 꿰뚫고 '대'가 소스라쳐 깬다. 소스라침에 흔들림이 되살아나고, 바닥을 딛는 발로 즉시 억지된다. 팔걸이 위의 손이 긴장한다. '대', 오른쪽으로 머리를 돌리며 지각됨을 피해 움츠린다. '눈'이 물러나며 각도를 줄이자 잠시 뒤, 안심한 '대'가 앞으로 되돌아 자세를 재개한다. 흔들림이 재개되고, '대'가 다시 잠들기 시작하면서 느리게 잦아든다. '눈'이 이제 보다 넓게 에둘러 포위하기 시작한다. 커튼을 친 창문, 벽과 벽, 가려진 거울의 이미지가 연이으며 '눈'의 경로와, '눈'이 아직

'대'를 보고 있지 않음을 암시한다. 이어 '대'를 '눈'의 관점에서, 면제 각도를 한참 초과해, 다시 말해 외투로 가린 어항과 새장이 있는 탁자 가까이에서 바라본 이미지가 짧게 비친다. '대'는 이제 깊이 잠든 모습으로, 머리는 가슴 위로 푹 꺾였고 두 손은 팔걸이 아래로 힘없이 늘어졌다. '눈'이 신중한 다가듦을 재개한다. 가려진 어항과 새장, 곳곳의 벽지가 찢어진 인접한 벽과 벽의 이미지가 조금 전과 같은 바를 암시한다. '눈', 마주 본 얼굴에서 그리 멀지 않은 지점에 정지하고, 여전히 깊이 잠들어 있는 '대'의 이미지를 짧게 비친다. '눈'이 마지막 몇 미터를 벽지가 찢어진 벽면을 따라 전진해 '대'의 바로 앞에 멈춰 선다. 마주 본 '대'의 얼굴, 머리 받침대를 배경으로 그의 잠든 이미지가 길게 비친다. '눈'의 시선이 그 잠을 꿰뚫어, '대'가 소스라쳐 깨며, '눈'을 빤히 올려다본다. '대'의 왼쪽 눈을 덮은 안대가 이제야 처음으로 보인다. 소스라침에 재개된 흔들림, 바닥을 딛는 발로 즉시 정지된다. 팔걸이를 움켜쥐는 양손. '대'가 소스라치며 의자에서 엉거주춤 일어서고, 이어 '눈'을 올려다보며 굳는다. 그 표정이 차차 깃든다. '눈'에게로 장면 전환, 이로써 최초로 비치는 '눈'의 이미지(얼굴만, 벽지가 찢어진 벽을 배경으로). 그 얼굴은 '대'와 같은 얼굴(안대를 비롯해)이지만 표정만은 아주 다른데, 뭐라고 기술하기조차 불가능하게 엄하지도 온화하지도 않은 낯빛으로, 오히려 강렬한 몰두에 가깝다. 왼쪽 관자놀이(안대 낀 쪽) 근처 벽에 커다란 못 하나가 솟아 있다. 길게 비치는 깜빡임 없는 시선의 이미시. 다시 '대'에게로 장면 전환, 여전히 엉거주춤 일어선 품으로, 같은 표정을 하고, 위를 올려다보며. '대'가 두 눈을 감고 의자에 털썩 주저앉으며, 흔들림을 개시한다. 이어 두 손으로 얼굴을 가린다. '대'가 흔들의자를 흔드는 이미지, 머리를 두 손으로 감쌌으나 아직 숙이지는 않은 모습으로. 다시 '눈'에게로 장면 전환. 조금 전과 같다. 다시 '대'에게로 장면 전환. 앉은 채로, 숙인 머리 두 손으로 감싸고, 살살 흔들며. 흔들림이 잦아들 동안 장면 지속.

끝

일러두기

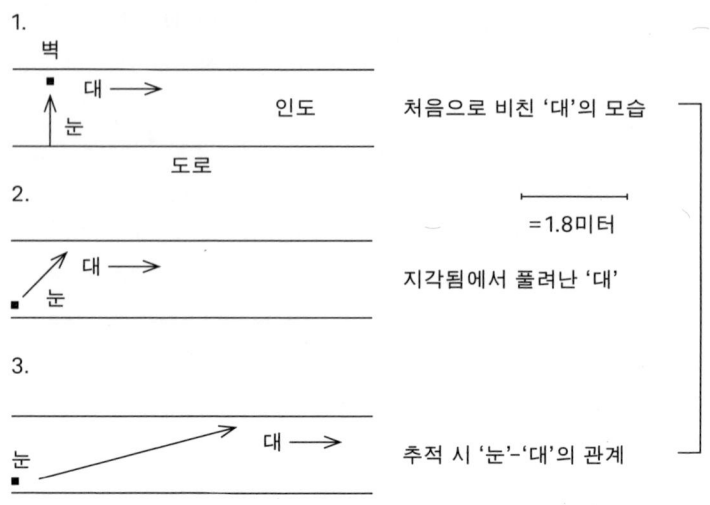

1.
벽
대 →
눈
인도
처음으로 비친 '대'의 모습
도로

2.
=1.8미터
대 →
눈
지각됨에서 풀려난 '대'

3.
눈
대 →
추적 시 '눈'-'대'의 관계

4. 극적 편의로써가 아니고는 변명할 길이 없는 이 삽화는 '눈'의 주시가 얼마나 견디기 어려운 성질의 것인지 최대한 일찍 시사하기 위해 존재한다. 계단 시퀀스에서의 꽃 장수 삽화가 이 점을 재강조한다.

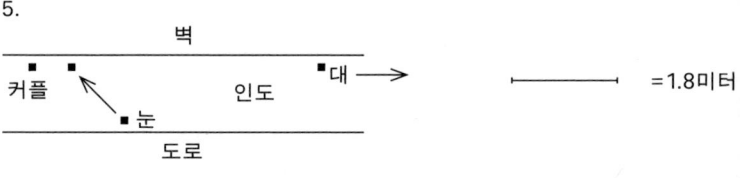

5.
벽
커플
인도
대 →
눈
=1.8미터
도로

6. 이 삽화의 표현은 3부에서 동물의 강제 퇴거 표현과 마찬가지로, 최대한 정교하게 양식화한다. '눈'을 인지하지 못하거나 '눈'에 무심한 원숭이의 목적은 3부에서 제 동물이 보일, 오로지 '대'에게만 주목하는 제 동물의 행동의 전조로 작용하게 하기 위함이다.

7. 현관을 위한 제안: (1) '대'가 페르키피에 들었을 때 (2) 그로부터 풀려났을 때 (3) 꽃 장수를 피해 숨을 때. '눈'이 면제 각도를 초과할 때도 '대'의 얼굴이 제대로 보이는 일이 전혀 없게에—'대'가 즉시 옆으로 돌아서거나 (여기서는) 손으로 얼굴을 가리므로—주의할 것.

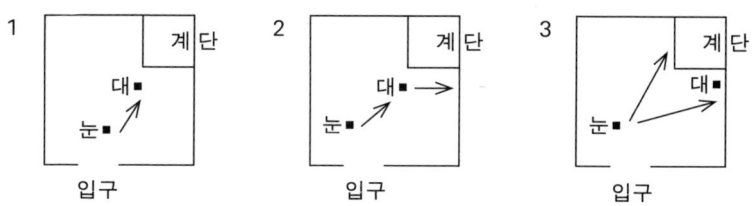

8. 지금까지는 '대'가 지각하는 바는—'대'가 허상의 은신처를 향해 맹목적으로 서두를 동안—도외시되었고 사실상 간과할 정도로 미미했을 것이다. 그러나 방에서는, '대'가 잠에 들고 포위가 시작되기 전까지는, '대'가 지각하는 것을 모두 기록해야 한다. 그와 동시에 '대'에 대한 '눈'의 지각 또한 계속해서 주어져야 한다. '눈'은 '대'에게만 관심이 있고, 방에는 무관심하거나, 적어도 방 안의 제 요소가 '대'에게 고정된 '눈'의 시야 안에 우연히 들어서는 한에서만 부수적으로 방에 관심을 갖는다. 우리는 '눈'의 지각함 덕에 방 안에 있는 '대'를 보고, '대'의 지각함 덕에 방을 본다. 다시 말해서 방에서의 이 시퀀스는 '대'가 잠드는 순간까지 두 개의 독립적인 이미지 모음으로 구성된다. 이 둘을 동시에 표현하려는 여러 시도(이미지 합성, 이중 분할 화면, 중첩 등) 중 어느 것도 만족스럽지 않을 테다. '대'의 지각을 단 하나의 이미지, 예컨대 그림에 대한 '대'의 지각, 그리고 그것을 지각하는 '대'에 대한 '눈'의 지각으로 나타내는 것은—기술적으로야 실현 가능할 테지만—관객이 어느 한쪽도

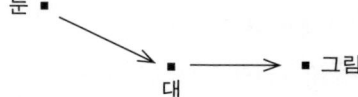

명확하게 파악할 수 없는 결과로 이어질 수 있다. 그렇다면 서로 다른 성질의 이미지, 한편으로는 '대'에 대한 '눈'의 지각, 다른 한편으로는 방에 대한 '대'의 지각에 상응하는 이미지를 연이어 보이는 데 해결책이 있을지 모른다. 이러한 질적 차이를 현상의 정도를 달리함으로써, 한 이미지 모음에서 다른 이미지 모음으로 넘어갈 때 보다 높거나 낮은 선명도 또는 명도에서 보다 낮거나 높은 선명도 또는 명도로 나타냄으로써 얻을 수 있을지도 모르겠다. 이 비동일성은, 그것을 어떻게 얻든 간에, 두드러져야 할 것이다. 지금까지는 성질 '눈'에 국한돼 있었지만, 이제 문득, '대'가 처음으로 방을 둘러보는 시선과 더불어, 우리는 현저하게 다른 성질 '대'로 넘어간다. 그러고는 다시 '대'가

창가로 이동하는 것이 보임과 더불어 성질 '눈'으로 돌아간다. 그리고 이렇게 계속 시퀀스 내내, 필요한 대로 이미지 모음 사이를 넘나든다. 이러한 방법을 해결책으로 채택할 경우, 1부와 2부에서 간략한 교차 장면을 통해 '대'의 성질을 규정해 주는 것이 바람직할 수 있다.

기술적인 무지로 인해 내가 그 어려움을 과장하는 것일 수도 있겠으나, 이것이 이 영화의 주된 난제로 보인다.

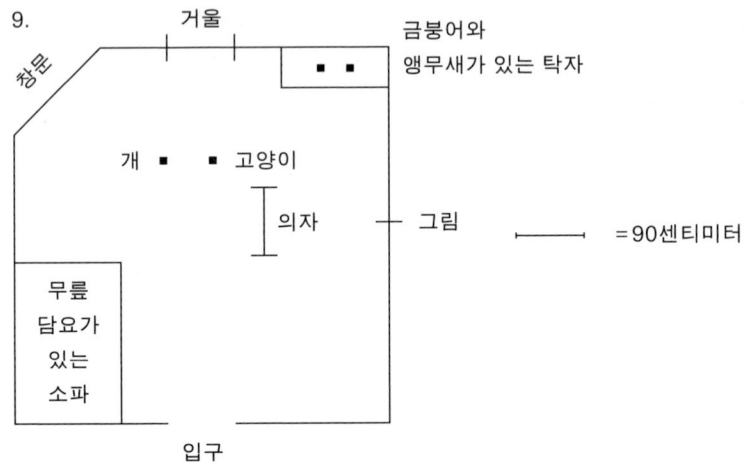

방의 양상 제안.

당연히도 이것은 '대'의 방일 수가 없다. 이 방은 그가 수년간 방문하지 않다가 이제 와 잠시, 여러 애완동물을 돌보기 위해, 그의 어머니가 병원에서 퇴원할 때까지 지내게 된 그의 어머니의 방으로 여겨도 좋겠다. 이는 영화에는 아무런 영향도 미치지 않으며 설명해 드러낼 필요도 없다.

10. 영화의 마지막에 '눈'의 얼굴과 '대'의 얼굴을 구별하는 방법이라고는 오로지 (1) 각기 다른 표정 (2) '대'는 위를 보고 '눈'은 아래를 보고 있다는 사실, 그리고 (3) 각기 다른 배경('대'의 경우에는 의자의 머리 받침대, '눈'의 경우에는 벽)을 통해서다. 이것이 머리 받침대와 벽지가 찢어진 벽을 한참 비치는 이유다.

11. 고양이와 개의 강제 퇴거 방안으로 어리석은 제안을 해 본다. 또한

일러두기 6번을 참고할 것.

문 ——————————— 1   '대', 개 데리고 문으로 ←——————————— 2
  ▪ 개   ▪ 고양이
  ▪ 고양이

—→ '대', 고양이 데리러 돌아옴 3   '대', 고양이 데리고 문으로 ←——————————— 4
개 퇴거   → 개 돌아옴
  ▪ 고양이

—→ '대', 개 데리러 돌아옴 5   '대', 개 데리고 문으로 ←——————————— 6
고양이 퇴거   → 고양이 돌아옴
  ▪ 개

—→ '대', 고양이 데리러 돌아옴 7   '대', 고양이 데리고 문으로 ←——————————— 8
개 퇴거   → 개 돌아옴
  ▪ 고양이

—→ '대', 개 데리러 돌아옴 9   '대', 개 데리고 문으로 ←——————————— 10
고양이 퇴거   → 고양이 돌아옴
  ▪ 개

—→ '대', 고양이 데리러 돌아옴 11   '대', 고양이 데리고 문으로 ←——————————— 12
개 퇴거   → 개 돌아옴
  ▪ 고양이

—→ '대', 개 데리러 돌아옴 13   '대', 개 데리고 문으로 ←——————————— 14
고양이 퇴거   → 고양이 돌아옴
  ▪ 개

—→ '대', 고양이 데리러 돌아옴 15   '대', 고양이 데리고 문으로 ←——————————— 16
개 퇴거   →
  ▪ 고양이

—→ '대', 서류 가방 집어 든다 17
고양이와 개
퇴거

12. 사진 시퀀스 중 정면에서 본 의자.

13. 사진 설명.

　1. 남자 영아. 6개월. 아이 어머니가 아이를 팔에 안고 있다. 정면을 보고 미소 짓는 아이. 어머니의 커다란 두 손. 아이를 집어삼킬 듯한 엄한 시선. 그리고 꽃으로 뒤덮인 큼직한 옛날식 모자.

　2. 동일. 4세. 베란다에 헐렁한 잠옷 셔츠 차림으로, 방석에 무릎 꿇고, 기도하는 자세로 맞잡은 손, 숙인 머리, 감은 눈. 옆얼굴. 아이 옆에 놓인 의자에 앉은 어머니, 무릎 위의 커다란 두 손, 아이 향해 숙인 머리, 엄한 시선, 1과 비슷한 모자.

　3. 동일. 15세. 맨머리. 교복 상의. 미소. 개에게 앞발 들기 가르치며. 뒷다리로 서서 아이를 올려다보는 개.

　4. 동일. 20세. 졸업식 날. 학위복. 옆구리에 낀 학사모. 단상에 올라 총장에게 두루마리 학위 건네받으며. 미소. 지켜보는 관중의 모습 일부.

　5. 동일. 21세. 맨머리. 미소. 작은 콧수염. 약혼녀를 감싸안은 한쪽 팔. 두 사람의 사진을 찍는 젊은 남자.

　6. 동일. 25세. 갓 입대하고. 맨머리. 군복. 전보다 커진 콧수염. 미소. 어린 여아를 품에 안은 모습. 손가락으로 그의 얼굴을 더듬으며 바라보는 아이.

　7. 동일. 30세. 40세가 넘어 보인다. 모자와 외투 차림. 왼쪽 눈 덮은 안대. 말쑥하게 면도하고. 음울한 표정.

14. 흔들의자를 이용해 검토 과정에 감정을 싣는다. 예컨대 1에서 4까지는 부드럽고 규칙적인 흔들림, 5를 2초간 바라보고는 (바닥 딛는 발로) 흔들림 정지하고, 5와 6 사이에서 흔들림 재개, 6을 2초간 바라본 뒤 흔들림 정지, 6 이후로 그리고 7을 보는 동안은 1-4 때와 같이 흔들림 재개.

오고 가고
작은 극

존 콜더에게

인물

플로
바이
루

(가늠되지 않는 나이)

무대 한가운데 플로, 바이, 루, 세 인물이 무대 오른쪽부터 왼쪽으로 나란히
앉아 있다. 각기 올올하게 앞을 향하고, 무릎 위로 손깍지를 꼈다.

    침묵.

바이. 루.

루. 응.

바이. 플로.

플로. 응.

바이. 우리 셋이 마지막으로 언제 만났지?

루. 우리 말하지 말자.

    [침묵.

    바이, 무대 오른쪽으로 퇴장.

    침묵.]

플로. 루.

루. 응.

플로. 바이 어떤 것 같아?

루. 여전해 보이는데. [플로, 가운데 자리로 이동, 루의 귀에 대고
    속삭인다. 경악하며.] 어! [둘이 마주 본다. 플로, 검지를 들어 자기
    입술에 댄다.] 바이는 눈치 못 챘고?

플로. 하늘의 자비로.

    [바이 등장. 플로와 루, 돌아앉아 앞을 보며 원자세로. 바이, 오른쪽 자리에
    앉는다.

    침묵.]

    이렇게 우리 셋이, 옛날에 여학교 놀이터에서처럼, 나란히
    앉아.

루. 통나무 위에.

    [침묵.

    플로, 무대 왼쪽으로 퇴장.

    침묵.]

    바이.

바이. 응.

루. 플로 어때 보여?

바이. 그대로던데. [루, 가운데 자리로 이동, 바이의 귀에 대고 속삭인다.
　　　경악하며.] 어! [둘이 마주 본다. 루, 검지를 들어 자기 입술에 댄다.]
　　　플로에게는 아무도 말 안 했어?
루. 하늘의 도움으로.
　　　[플로 등장. 루와 바이, 돌아앉아 앞을 보며 원자세로. 플로, 왼쪽 자리에
　　　앉는다.]
　　　손을 잡고… 그런 식으로.
플로. 꿈꾸며… 사랑을.
　　　[침묵.
　　　루, 무대 오른쪽으로 퇴장.
　　　침묵.]
바이. 플로.
플로. 응.
바이. 네가 보기엔 루 어떻든?
플로. 이 빛에 뭐가 보여야지. [바이, 가운데 자리로 이동, 플로의 귀에
　　　대고 속삭인다. 경악하며.] 어! [둘이 마주 본다. 바이, 검지를 들어 자기
　　　입술에 댄다.] 루는 모르나?
바이. 모르길 기도해야지.
　　　[루 등장. 바이와 플로, 돌아앉이 잎을 보며 원자세로. 루, 오른쪽 자리에
　　　앉는다.
　　　침묵.]
　　　우리 지난 얘기 하면 안 돼? [침묵.] 그 뒤의 일은? [침묵.] 우리
　　　예전 그런 식으로 손잡을까?
　　　[잠시 후 셋이 다음과 같이 손을 잡는다: 바이의 오른손과 루의 오른손.
　　　바이의 왼손과 플로의 왼손, 플로의 오른손과 루의 왼손, 바이의 두 팔이
　　　루의 왼팔과 플로의 오른팔 위로 오도록. 붙잡은 손 세 쌍이 세 무릎 위에
　　　놓인다. 침묵.]
플로. 반지 느낌이 나.
　　　[침묵.]

막 내림

일러두기

순차적 위치

1	플로	바이	루
2	플로		루
		플로	루
3	바이	플로	루
4	바이		루
	바이	루	
5	바이	루	플로
6	바이		플로
		바이	플로
7	루	바이	플로

손의 위치

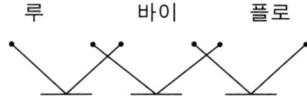

조명

은은하게 위에서만 비춰 실연 공간에 집중시킨다. 그 밖의 무대 공간은 최대한
어둡게 둔다.

의상

기장이 긴 외투를 목까지 단추를 채워 입는다. 색깔은 탁한 보라(루), 탁한
빨강(바이), 탁한 노랑(플로). 특징 없고 칙칙한 모자. 모자챙이 얼굴에
그늘을 드리울 정도로 넓어야 한다. 색깔 차이 외에는 세 인물이 최대한
유사해 보이도록 한다. 고무창 달린 가벼운 신발. 손은 눈에 각별히 잘 띄도록
분장한다. 반지는 보이지 않는다.

앉는 자리

폭이 좁고 등받이가 없는 벤치로, 세 인물이 서로 잇닿을 만큼 나란히 붙어
앉기에 딱 맞는 길이일 것. 되도록 눈에 띄지 않도록 한다. 세 인물이 어디에

앉아 있는 건지 쉽사리 알아볼 수 없어야 한다.

출구

인물이 무대에서 퇴장하는 것처럼 보이지 않도록 한다. 조명이 비추는
범위에서 몇 발짝 떨어진 지점에서 그대로 사라지는 듯이 연출한다. 이런
효과가 가능할 만큼 무대 가장자리를 어둡게 유지하기 어려운 경우에는 눈에
최대한 안 띄는 한에서 막 또는 천을 활용한다. 퇴장과 입장은 느리고, 발소리
없이.

"어!"

세 번 모두 각기 다르게 발성한다.

목소리

들리는 한도 내에서 최대한 낮은 성량을 유지한다. 세 번 반복되는 "어!"와
그에 뒤따르는 두 대사를 제외하고는 음색 바랜 발성으로.

옹 조
텔레비전을 위한 소품

조, 50대 후반, 희끗희끗한 머리, 헌 가운과 실내화 차림, 자기 방에 있다.

    1. 뒤에서 바라보는 조, 꼿꼿한 자세로 침대에 걸터앉아 있다가, 일어서고, 창가로 향하고, 창문 열고, 밖을 보고, 창문 닫고, 커튼 치고, 꼿꼿히 선다.

    2. 조, 위와 같은 모습(곧 뒷모습). 창가에서 문으로 향하고, 문 열고, 밖을 보고, 문 닫고, 잠그고, 문 앞에 걸린 천을 치고, 꼿꼿히 선다.

    3. 조, 위와 같은 모습. 문에서 찬장으로 향하고, 찬장 열고, 안을 보고, 찬장 닫고, 잠그고, 찬장 앞에 걸린 천을 치고, 꼿꼿히 선다.

    4. 조, 위와 같은 모습. 찬장에서 침대로 향하고, 무릎 꿇고, 침대 밑을 살피고, 일어서고, 처음 발견했을 때처럼 침대에 걸터앉아, 차차 느긋해진다.

    5. 앞에서 바라보는 조, 느긋하게 침대에 걸터앉아 있고, 두 눈은 감겨 있다. 장면 유지하다가 이동 장비 위 카메라가 서서히 다가가며 얼굴 클로즈업. 첫 대사가 들리는 즉시 모든 카메라 움직임이 멈춘다.

카메라

조의 도입부 움직임이 이어지는 동안은 내내 거리를 유지하며 따르고, 조를 전신 숏으로 프레임에 담는다. 방의 전경을 담을 필요는 없다. 조를 뒤따르는 도입부 이후에는 첫 얼굴 클로즈업과 마지막 얼굴 클로즈업 사이, 총 아홉 번에 걸쳐 얼굴에 미세하게—매번 대략 10센티미터씩—다가간다. 그때마다 다시 이어지는 목소리에 카메라 움직임을 중지해, 카메라 움직임과 목소리는 결코 같이 발생하지 않는다. 그러므로 첫 대사가 들리자마자 정지한 순간, 카메라는 얼굴을 최대한 클로즈업한 지점에서 90센티미터 떨어져 있어야 한다. 카메라는 단락과 단락 사이에는 움직이지 않으며, 마디와 마디 사이에 비해 다소 긴 사이(대략 3초)임이 분명할 때만 움직인다. 대략 4초에 걸쳐 10센티미터 움직이다가, 목소리 다시 들리면 멈춘다.

목소리

낮고, 또렷하며, 거리감 느껴지고, 음색 없다시피, 보통보다 조금 더 느린 리듬을 철저히 유지한다. 마디와 마디 사이 최소 1초 이상 쉰다. 단락과 단락 사이는 대략 7초, 즉 카메라가 다가가기 시작하기 전까지 3초 쉬고, 이어지는 목소리에 카메라 움직임이 중지하기 전까지 4초 쉰다.

얼굴

내내 거의 움직이지 않는다. 단락이 이어지는 동안은 눈도 깜빡이지 않고, 귀 기울이느라 점차 고조되는 긴장감을 비치는 것 외에는 무표정하다. 단락과 단락 사이, 밤이 되어 목소리가 이만 잦아들었나 싶을 때 안색이 잠시나마 부드러워지고, 골똘함도 목소리가 다시 들릴 때까지 다양한 형태로 누그러진다.

여자 목소리.

　　조….

　　[두 눈 열리고, 다시 골똘해진 모습.]

　　조….

　　[극에 달한 골똘함.]

　　빠짐없이 생각했어…? 잊은 것 없이…? 이제 괜찮은가 보지, 응…? 이제 보는 사람도 하나 없고… 건드리는 사람도 하나 없으니… 불도 그만 끄지 않고, 왜…? 어떤 빈대가 알짱대고 있을지 모르잖아… 그만 눕지 않고, 왜…? 침대가 성치 않아, 조…? 새로 바꿨잖아, 안 그래…? 별 차이 없어…? 아니면 심장이 벌써…? 어둠 속에 누우면 바스러져… 기어이 좀이 쏠아서… 응, 조?

카메라 이동 1

　　행복이 앞에 있다고… 네가 마지막에 그랬잖아… 내 어깨에 서둘러 외투를 두르며… 마지막으로 선심 썼지… 지금 다시 말해 봐, 조, 듣는 사람도 없으니… 어서, 조, 그 목소리를 누가 따라 해, 다시 말해 봐, 그리고 들어 봐… 행복이 앞에 있다고… 그 말만은 맞았어… 다 따지고 보면.

카메라 이동 2

　　네가 네 '머리'라고 부르는 그 서푼짜리 지옥 있지… 이 소리도 거기서 나온다고 생각하지, 응…? 네 부친 말이 들리던 그곳…

네가 나한테 그렇게 이야기했잖아…? 어느 6월 밤인가 말을
걸어왔고… 그 뒤로 몇 년이고 이어졌다고… 드문드문… 두
눈 뒤에서… 그래서 끝내 부친의 숨을 끊어 버릴 수 있었던
거라며… 정신적 목조름으로… 네가 그리도 뿌듯해하는 발상…
정신적 목조름… 그게 아니었으면 여전히 시달렸을 거라고…
그러다 네 모친마저, 숨 모을 때가 되면서… "위를 보렴, 조,
위를 봐, 우리가 널 지켜보고 있단다." …약해지고 약해져
결국에는 네 손으로 모친도 눕혔지… 그 외에도… 별의별
이들… 저이는 넘치게 사랑을 받았으니까… 신만이 이유를 알
일… 딱하다고… 만져 주는 사람 하나 없이… 그리고 지금 봐…
골로 간 사람들 숨줄 꺾느라고 골머리 썩이고 앉았지.

카메라 이동 3

살아서 널 사랑하는 누구 하나 지금 있어, 조…? 살아서 널
딱하다고 하는 누구 하나 지금 있어…? 토요일에 오는 그
여자야 네가 돈을 주잖아, 아니야…? 1페니에 한 번, 2펜스면
원하는 만큼… 거덜 나지 않게 주의해야 할걸, 조… 그 생각 해
봤어…? 응, 조…? 우리마서 서널 나면 어떻게 될지… 잠잠하게
해 줄 영혼 하나 없어지면… 구린내 나는 낡은 누비옷 입고
게 앉아 제 목소리나 듣는 이… 자기가 제 평생의 사랑이지…
약해지고 약해져 그것조차 쥐어짤 숨 동날 때까지… 그걸
바라는 거야…? 나이치곤 곱게 늙은 이, 그리고 무덤의
정적을… 네가 밤낮 노래를 부르던 그 낡아 빠진 낙원… 아니,
조… 그건 우리 몫이 아니지.

카메라 이동 4

나도 처음에는 쌩쌩했어… 너랑 시작할 때만 해도… 안 그래,
조…? 보통 기력은 됐지… 동네 공원에서 보내던 여름밤처럼…
초창기에… 우리의 춘삼월… 나란히 앉아 오리를 구경하고…
손잡고 서로 맹세하며… 내 발성에 감탄을 연발하던 너…!

그 외의 여러 다른 매력에도… 납유리 버금할 목소리… 네
표현을 빌리자면… 언어를 자유자재로 주물러 댔지, 너…
납유리… 영원히 귀 기울일 목소리라고 했잖아… 그런데
이제 이렇게… 이만큼 목 졸려서… 이제 얼마 안 남았겠지…?
속삭일 때까지… 알잖아… 말을 분간하기도 어려울 정도로…
드물게 한두 단어 들릴 뿐… 그때가 최악이지… 안 그래,
조…? 네가 그랬잖아… 숨넘어가기 직전… 간간이 뱉는
말… 듣겠다고 안간힘 쓰며… 뭐 하러…? 이제 집에 거의 다
왔는데… 뭐 중요하다고… 말뜻 따위… 가장 좋은 순간이어야
맞잖아… 집에 거의 왔으면… 또 한 사람 잠잠해지고… 그런데
최악이라니… 네가 그랬잖아…? 속삭이듯… 간간이 뱉는
말… 굳이 듣겠다고… 안간힘 써 조르다가 지친 뇌… 마침내
그마저 그치고… 결국 네가 그치게 만들지… 그러지 못하는
날에는… 그런 생각 해 봤어…? 그래서 마냥 계속된다면… 네
머릿속 속삭임이… 네 머릿속에서 속삭여 대는 내가… 너는
알아듣지도 못하는 말이… 드문드문… 네가 우리와 합류하는
그날까지… 응, 조?

카메라 이동 5

네가 믿는 그 주님은 요즘 어때…? 여전히 따를 만해…?
여전히 곧이곧대로 다 믿어…? 우리 조의 수난이여… 신이 말
걸어오는 때가 돼 봐… 너마저도 스스로와 손 턴 판에… 네
그 죽은 사람들도 다 죽고… 악취 나는 헌 누비옷 입고 앉아…
건강은 나이에 비해 아주 양호하고… 가래톳으로 불거진 멍울
말고는… 구더기는 없고 정적만 그윽한 무덤에… 그간 힘쓴
보상으로 하사된 왕관… 그러다 어느 밤인가… "이 어리석은
자여, 네 영혼이." …거기에나 조름쟁이들 붙여 보지… 응,
조…? 생각이나 해 봤어…? 신이 말 걸기 시작하거든…
너마저도 스스로와 손 턴 판에… 그런 때가 오기나 한다면.

카메라 이동 6

그래, 신만이 이유를 알 넘치는 사랑… 심지어 나도… 하지만
난 더 좋은 걸 찾았지… 이미 풍문으로 전해 들었길… 모든
면에서 나아… 더 다정하고… 더 힘세고… 더 지적이고… 더
잘생겼고… 더 깨끗하고… 더 진실하고… 더 충실하고… 더
제정신이고… 그래… 그만하면 나, 잘 풀렸지.

카메라 이동 7

그런데 안 그런 이가 하나 있잖아… 누구 얘긴지 알지, 조…
그 초록색… 그 갸름하니… 늘 창백하던… 창백한 두 눈…
영혼으로 빚은 빛… 네 표현을 빌리자면… 눕고 난 뒤에 두
눈이 열리던 모습… 유일무이했고… 듣고 있어…? 응, 조…?
그야말로 사랑이었지… 행복이 앞에 있다고… 자루 같은
외투에 그녀를 밀어 넣으며… 큼직한 뿔 단추를 어설피 채우던
그녀의 손… 그 와중에 네 주머니에는 새벽 비행기 티켓이
들어 있었고… 그녀를 가졌지, 그렇지…? 그녀를 눕혔지…?
보나 마나지… 젊어서 죽은 그녀… 늙은 입 놀릴 일 없지.

카메라 이동 8

어쩐 일인지 결국 알아냈어…? 그 여자가 얘기 안 했어…?
『인디펜던트』에 실린 부고가 전부… "성모님 묵주로, 또 성
미사로 그녀의 간원을 들어주시길 간청하며"… 내가 말해
줘…? 관심 없어…? 그래도 말해 주지… 네가 알아야 할 것
같으니… 그래, 조, 있는 힘껏 졸라 봐… 이제 와 비관하지
마… 집에 거의 다 왔는데… 난 곧 사라질 거고… 그 여럿 중
마지막으로… 토요일에 오는 그 가여운 여자가 널 사랑하는
게 아닌 이상… 그러고 머잖아 너도… 저 지겨운 모닥불도…
만년을 이어 온 악취도… 이어 그리 바라던 적요… 그윽하니…
보상의 왕관… 그리해 높은 나리께서도 기어이… 어느 더러운
겨울밤… "진흙에서 나왔으니 진흙으로."

그래… 훈훈한 여름밤… 다들 잠들었고… 그녀만 연보라색
슬립 차림으로 침대 끝에 앉아 있었지… 너도 아는 속옷… 아,
그녀야말로 너를 속속들이 알던 천상의 힘이었는데…! 열린
창으로 할짝대는 바닷소리 아득하게 들리고… 결국 침대에서
일어나 슬립 차림 그대로 스륵 나가… 달… 비단향꽃무…
정원을 지나 구름다리 아래로… 바닷말 보며 밀물 때인 걸
알고는… 물가로 내려가 너울에 얼굴을 박고 눕지… 긴말할
것 없이 효과가 없어… 결국 흠뻑 젖은 몸 일으켜 집으로
돌아가고… 질레트 날을 챙겨… 네가 제모할 때 써 보라고
했던 상표… 다시 정원을 지나 구름다리 아래로… 날을 꺼내
물가에 가로눕고… 역시나 긴말할 것 없이 안 들어… 알잖아,
그녀가 통증을 얼마나 무서워했는지… 날로 속옷 길게 찢어
그은 데 두르고… 결국 일어나 집으로… 젖은 실크 옷감 몸에
들러붙은 채로… 전부 처음 듣는 얘기야, 조…? 응, 조…?
이번엔 알약을 챙겨 다시 정원 지나 구름다리 아래로… 도중에
몇 알 삼키며… 어느새 스산한 시각… 달도 언덕 뒤로 스륵
져 해안가를 떠나고… 휘젓는 은빛 너울 잠시 바라보다가…
큰 바위 가까운 곳으로 물가 따라 더 내려가… 어떤 심정이
거기까지 이끌었을지 상상해 봐… 상상해 봐… 아이처럼 발로
물 휘저으며… 도중에 몇 알 더 삼키고… 계속할까, 조…?
응, 조? 결국 밀물 가까이에 얼굴 대고 누워… 그새 몽돌을
할퀴는 물… 이번에는 되려나… 한 통 다 비우고… 그야말로
사랑이었지… 응, 조…? 몽돌 틈에 얼굴 담글 웅덩이를 파…
그 초록색… 갸름하니… 늘 창백하던… 창백한 두 눈… 눕기
직전에 두 눈에서 떨쳐지던 표정… 눕고 난 뒤에 두 눈이
열리던 모습… 영혼으로 빚은 빛… 그게 네 표현이었지, 조…?
[목소리가 속삭임으로 줄어들어서 방점이 찍힌 말을 제외하고는 들릴 듯
말 듯하다.]
그래… 넌 이미 가졌지… 그 환하디환한… 이제 상상해 봐…
그녀가 사라지기 전에… 웅덩이에 얼굴 묻고… 몽돌에 입술

대고… 조를 데리고 가는 그녀… 빛 간데없고… "조 조."…
소리 없이… 돌에 대고… 이제 네가 말해 봐, 듣는 사람도
없으니… "조"라고 말하는 순간 입술이 열려… 상상해 봐, 두
손을… 외알 보석… 돌에 대고… 상상해 봐, 두 눈을… 영혼빛…
여섯째 달… 네가 믿는 그 주 탄신 몇 해째에…? 가슴을 돌
틈에… 그리고 손을… 그들이 사라지기 전에… 상상해 봐, 두
손을… 뭘 하고 있지…? 돌 틈에서….

[이미지 어두워지고, 목소리는 동일하게 이어진다.]

뭘 어루만지고 있지…? 사라지는 순간까지도… 그야말로
사랑이었지… 그렇지, 조…? 그랬지, 조…? 응, 조…? 그렇다고
해야겠지…? 우리에 비하면… 신에 비하면… 응, 조…?

[목소리와 이미지 페이드아웃.]

끝

숨

막 올림

1. 쓰레기가 잡다하게 널린 무대 위 약한 빛. 약 5초간 유지.

　　2. 짧고 약한 울음소리를 바로 뒤잇는 들숨과 함께 조명 서서히 밝아져 약 10초 만에 같이 최대치에 이른다. 정적, 약 5초간 유지.

　　3. 날숨과 함께 조명이 서서히 어두워져 약 10초 만에 최소치에 이르고(최소치 조명은 1과 같다), 조금 전과 같은 울음소리가 바로 뒤잇는다. 정적, 약 5초간 유지.

막 내림

쓰레기
수직인 것 없이 모두 누운 자세로 흩어져 있다.

울음
찰나의 첫울음으로, 녹음한 소리다. 두 차례 들리는 울음소리가 동일해야 하며(중요함), 조명과 숨이 정확히 동시에 켜지고 꺼지도록 한다.

숨
녹음한 소리를 증폭해 사용한다.

조명 최대치
밝지는 않다. 0 = 어둠이고 10 = 최대 밝기라면, 조명은 3에서 6 사이를 오가고, 다시 3으로 이동한다.

나 아닌

일러두기

동작: 두 팔을 좌우로 들었다가 힘없이 내려놓는 단순한 움직임으로, 무력한 연민이 담긴 몸짓이다. 되풀이할 때마다 범위가 줄어서 세 번째에는 거의 감지되지 않는다. 입이 격한 부정에서 회복해 삼인칭을 단념하기까지, 이 동작을 겨우 아우르는 짧은 사이가 이어진다.

무대는 입을 제외하고는 어둡다. 관객석 기준 윗무대 오른쪽, 무대에서 약 2.5미터 높이의 입만 근거리에서 위로 쏜 흐린 조명을 받고, 얼굴의 다른 부위는 모두 그늘져 있다. 마이크는 보이지 않는다.

관객석 기준 아랫무대 왼쪽에 서 있는 청자의 형상. 키가 크고 성별은 분간되지 않으며, 머리부터 발끝까지 헐렁한 검은색 젤라바를 두르고 있다. 흐린 조명을 전신에 받으며 약 1.3미터 높이의 보이지 않는 단상에 올라 있고, 오로지 자세만으로 무대를 대각선으로 가로질러 입을 골똘히 바라보고 있음을 드러내며, 극 내내 미동하지 않다가 지문에 표시된 네 지점에서만 짧게 움직인다. 일러두기를 참고할 것. 객석 조명이 꺼질 동안 알아들을 수 없는 입의 말소리가 막 뒤에서 들린다. 객석 조명 꺼진다. 막 뒤에서 알아들을 수 없는 말소리 10초간 계속된다. 막 오름과 함께 필요한 대로 대본에 따라 즉흥적인 대사를 하다가, 막이 완전히 오르고 관객이 충분히 집중한 시점부터는 다음과 같이 이어 간다:

입. …나와… 세상에 나와… 작디작은 게… 달도 차기 전에… 이 세상에… 구렁텅이— …뭐…? 여아…? 그래… 작디작은 여아… 달도 안 찼는데… 나와… 이리로… 이 황량한 구렁텅이… 소위… 소위… 따져 뭐 해… 부모 모르고… 듣도 못하고… 남자는 사라졌고… 구름같이… 바지 여미자마자… 여자도 역시… 여덟 달 뒤… 칼같이… 고로 사랑… 용케 면했어… 말 못 하는 갓난이에게… 가정에서 흔히 토해 대는… 그런 사랑… 모르고… 하기야 다른 사랑도… 다른 사랑도 없었지… 이후 어느 시기에도… 요컨대 전형적 경우… 그리 별일 없이 살다가 예순을 앞두고— …뭐…? 일흔…? 맙소사…! 일흔을 앞두고… 들판을 방황했는데… 황화구륜초 찾아 두리번대며… 꽃 공 엮겠다고… 몇 발 가다가 멈추고… 허공 보다가… 다시 몇 발… 계속 가고… 다시 멈춰 허공 보고… 그리 계속… 정처 없이 떠돌았는데… 별안간… 슬그머니… 싹 꺼졌어… 4월 초의 아침 빛이… 그렇게 그는 자기가 어둠— …뭐…? 누구…? 아니…! 그…! [사이, 동작 1.] …자기가 어둠 속인 걸 깨달았고… 따지자면… 몰지각은… 몰지각한 건 아니었지… 앵앵 소리… 소위… 귓가에 여전했고… 빛살도

한 줄기 오락가락… 오락가락했어… 구름 사이 드나들며…
부유하는… 달빛처럼… 그런데 워낙 둔해… 감이… 감이 워낙
둔해서… 그로선 알 수가… 자기가 지금… 어떤 자세인지…
상상이나…! 자기 자세를…! 섰는지… 앉았는지… 그래도
뇌는— …뭐…? 무릎 꿇고…? 그래… 섰는지… 앉았는지…
무릎 꿇었는지… 그래도 뇌는— …뭐…? 눕고…? 그래…
섰는지… 앉았는지… 무릎 꿇었는지… 누웠는지… 그래도
뇌는 아직… 아직… 얼마간… 왜냐면 그에게 맨 처음 든
생각이… 아 한참 지나… 주마등처럼… 워낙 아이 적부터
주입받아서… 다른 갈 곳 없는 애들과… 자비로운… [짧게
웃는다.] …하느님이라고… [한동안 웃는다.] …그래 맨 처음
든 생각이… 아 한참 지나… 주마등처럼… 내가 천벌을
받는구나… 지은 죄가 있어서… 그러자 지은 죄가… 증거가
필요하겠냐만 증거처럼… 머릿속에 스쳤고… 하나씩… 그럼
하나씩 시답잖다고 내쳤고… 아 한참 지나… 애초의 생각마저
내쳤고… 별안간 깨달았거든… 슬그머니 깨달았거든…
자기가 고통스럽지 않음을… 상상이나…! 고통스럽지
않다니…! 게다가 기억을 되짚어도… 이리도 고통스럽지
않았던 때가… 당장 안 떠올랐고… 물론 자기가 고통받을…
운명인 걸 수도 있겠지만… 하…! 고통받는 걸로 여겨지는
걸 수도 있겠지만… 그간 살아오면서… 몇 안 되는 순간에…
분명 즐거움을 위했으나… 막상… 즐겁지 않았던… 하나도…
그때마다 그럼… 당연히 천벌이려니… 이런저런 죄로…
또는 전부 통틀어… 또는 뾰족한 이유 없이… 그 자체를
이유로… 그가 너무나 잘 납득하는… 천벌이란 개념… 그래
맨 처음 든 생각이… 아이 적부터 주입받아서… 다른 갈 곳
없는 애들과… 자비로운… [짧게 웃는다.] …하느님이라고…
[한동안 웃는다.] …그래 맨 처음… 시답잖다고 내친… 처음 그
생각이… 그리 시답잖은 게 아닐지도 모르겠다는… 따지고
보면… 등등 계속되는… 별의별… 부질없는 추론… 그러다
다른 생각이… 아 한참 지나… 주마등처럼… 참 시답잖지만—
…뭐…? 앵앵…? 그래… 줄곧 앵앵 소리… 소위… 귓가에…

물론 따지자면 당연히… 귓속일 리 없고… 골속이지만…
두개골 속 둔한 울림… 그리고 줄곧 이 빛살인지 줄기인지가…
달빛처럼… 아마도 아닐 테지만… 확실히 아니지만… 내내
같은 자리에서… 환히 빛났다가… 염포를 둘렀다가… 하지만
자리만은 늘 같아… 그러니 달일 리가… 없어… 달이 아니야…
그마저 한결같은 소망의 일부지… 고통을 가하려는… 그런들
정작 사실을 따지자면… 하나도… 손톱만큼도… 아직은…
하…! 아직은… 그래 또 다른 생각이… 아 한참 지나…
주마등처럼… 참 시답잖지만 너무나도 그다운 생각… 어떤
면에선… 그러니까 아무래도 자기가… 신음이라도 이따금…
내야 하지 않겠냐는 생각이… 발악은 못 해도… 진짜 고통인
듯… 하지만 도무지… 도무지 그럴 수가… 기질상에 결함이
있어… 수를 못 부려… 아니면 기계가… 그래 아마도 기계가…
너무 단절돼서… 애초 전달이 안 됐거나… 반응할 방도가
없는지… 마비된 듯… 도무지 그런 소리를 낼 수가… 아무
소리도… 그 어떤 소리도… 예컨대 도와 달라는 외침도…
그러고 싶대도… 외치고… [외친다.] …듣고… [침묵.] …다시
외치고… [다시 외친다.] …다시 듣고… [침묵.] …없어… 용케
면했지… 모두 무덤처럼 고요해… 어느 부위 하나— …뭐…?
앵앵…? 그래… 소위 앵앵 소리… 말고는 다 가만해… 움직이는
부위 하나 없이… 감지되는 한은… 오직 양쪽 눈꺼풀만…
아마도… 켰다 껐다… 빛을 차단하며… 소위 반사작용… 그
어떤 느낌도 없이… 눈꺼풀만… 하기야 모든 게 순탄할 때도…
누가 눈꺼풀을 느끼나…? 열렸다… 닫혔다… 그 녹녹함…
그래도 뇌는 아직… 아직 충분히… 아 그렇고말고…! 삶의
시기치고… 잘 관장하고 있어… 관리되고 있어… 이조차
되물을 정도로… 왜냐면 4월의 그날 아침에… 그의 뇌가
추론하기를… 4월의 그날 아침… 그가 눈을 저만치 박고는…
먼 종에… 발걸음 재촉해 갔을 때… 눈을 종에 박고… 혹시나
놓칠까 봐… 그래 그때만 해도 아침 빛이… 다 안 꺼졌거든…
저 혼자서… 싹… 그가 뭐 하나… 뭐 하나… 안 했는데…
등등… 그리 계속 따지며… 부질없는 물음… 다 죽은 듯이

가만하고… 무덤처럼 달콤한 고요… 그러다가 별안간…
슬그머니… 실감이— …뭐…? 앵앵…? 그래… 앵앵 소리 말고는
다 죽은 듯이 가만했지… 그러다가 별안간 실감해… 말이—
…뭐…? 누구…? 아니…! 그…! [사이, 동작 2.] …실감해… 말이
나오는 느낌… 상상이나…! 말이 나오고 있었어… 그에게
생경한 음성으로… 적어도 처음엔… 소리 내 본 지 워낙
오래라… 하지만 결국 인정할 수밖에… 다른 누구도 아닌…
자기 목소리임을… 일부 모음이… 다른 어디서도… 들어 본
적 없는… 특유의 발음으로… 그 탓에 눈초리를 받았지…
지극히 드물게… 1년에 한두 번… 희한하게도 항상 겨울에…
그때마다 못 알아듣겠다는 눈초리… 그런데 이제 와 물살로…
이리 막힘없이… 평생 말이라곤… 오히려 그 반대… 사실상
말없이 살았는데… 온 평생… 어떻게 살아남았는지…! 장
볼 때조차… 장 보러 나가… 붐비는 저잣거리… 슈퍼마켓…
장거리 쓴 쪽지 건네고… 장바구니와… 낡고 검은 장바구니…
가만 서서 기다려… 얼마가 걸리든… 인파 한가운데… 꼼짝
않고… 허공 보며… 버릇대로 입 벌리고… 장바구니 돌아올
때까지… 장바구니 손에 돌아오면… 돈 내고 가… 인사도
없이… 어떻게 살아남았는지…! 그런데 이제 와 물살로… 반도
못 알아듣게… 반의반도… 도무지… 뭐라는 건지 도무지…
상상이나…! 뭐라는 건지 도무지…! 그래서 결국은 스스로를…
속여 보려 들었지… 자기와 관계없다고… 자기 목소리가
아니라고… 끝내 통했을걸… 삶이 걸렸으니… 거의 그럴
참이었어… 긴긴 노력 끝에… 그런데 별안간 느낌이 와…
슬그머니… 입술이 움직이는 느낌이… 상상이나…! 입술이
움직이다니…! 당연히도 그때껏 느껴 본 적 없는 일… 게다가
입술만이 아니라… 양 뺨도… 턱도… 온 얼굴이… 그 오만—
…뭐…? 혀…? 그래… 입안의 혀까지… 그 오만 일그러짐…
발화를 가능하게 하는… 그럼에도 지극히 평범하게… 조금도
느껴지지 않게… 워낙 열중하다 보니… 그가 하는 말에…
말하는 이의 존재가 모조리… 그의 마디마디에 매달리느라…
그러니 그로서는… 단지… 손 들고… 자기 목소리임을…

시인하면 될 일이고… 자기 목소리임을… 그러던 차에 든
끔찍한 생각… 아 한참 지나… 주마등처럼… 전보다 더
끔찍하게도… 그게 가능하다면… 감각이 돌아오고 있다는…
상상이나…! 감각이 돌아오다니…! 꼭대기에서 시작해…
차례차례 내려가며… 기계 전체에 걸쳐… 아니 없어…
용케 면했어… 입만은… 아직은… 하…! 아직은… 이어서
생각이 들길… 아 한참 지나… 주마등처럼… 이대로 계속될
순 없다고… 이 모두가… 그 모두가… 막힘없는 물살…
알아들으려 애쓰며… 뭔가 건져 보겠다고… 그리고 스치는
생각도… 거기서 뭐든 만들어 보겠다고… 모두— …뭐…?
앵앵…? 그래… 그 와중에도 줄곧 앵앵대고… 소위… 모두
그리들 일제히… 상상이나…! 몸은 통으로 사라진 건지…
오직 입… 입술… 뺨… 턱… 도무지— …뭐…? 혀…? 그래…
입술… 뺨… 턱… 혀… 도무지 잠시도 가만히 있질 않고… 입에
불붙고… 말은 물살을 이루고… 귓속에서는… 거의 귓속인
곳에서는… 반도 못 알아듣고… 반의반도… 뭐라는 건지
도무지… 상상이나…! 뭐라는 건지 도무지…! 그런데 그만둘
수도 없어… 그만두게 할 길이 없어… 한순간 전만 해도…
고작 한순간…! 소리라곤 못 내던 그가… 어떤 소리건 간에…
이젠 그치질 못해… 상상이나…! 물살을 못 막아… 그러니
뇌에서 사정사정하길… 뇌 안의 뭔가가 사정사정하길…
입에게 제발 멈춰 달라고… 한순간만 쉬어 달라고…
한순간이라도… 그런들 입은 답이 없어… 못 들은 건지…
못 하는지… 1초도 못 쉬는지… 치미는… 그리들 일제히…
알아들으려 애쓰며… 조각조각을 맞춰 보려… 그리고 뇌
뇌는 뇌대로 거품 물지… 의미를 건져 보겠다고… 아니면
그만두게 만들겠다고… 아니면 과거… 과거를 끌어내며…
별의별 곳의 주마등 빛… 대개 산책 중에… 산책으로 보낸
무수한 나날… 하루가 멀다 하고… 몇 발 가다가 멈추고…
허공 보다가… 계속 가고… 다시 몇 발… 다시 멈춰 허공
보고… 그리 계속… 떠돌다가… 하루가 멀다 하고… 아니면
자기가 울었던 때… 그가 기억하는 한 번… 아기 때 이후로…

아기 때야 울었을 테니… 아닐 수도 있고… 삶에 필수인 건
아니니… 시동 걸어 주는 첫울음 빼곤… 숨 시동… 그 뒤로
계속 없다가 그날… 이미 쭈그렁 할멈…물끄러미 자기 손을
보며 앉아… 어디였지…? 크로커 들판… 저녁에 집에 가다가…
집에…! 크로커 들판의 작은 흙더미에 앉아… 해 질 녘…
무릎에 올린 손을… 손바닥을… 물끄러미 보는데… 갑자기
손에… 손바닥에 물기가… 눈물이었겠지… 자기가 흘린…
사방에 그림자 하나 안 보였으니… 소리 없이… 눈물만…
마를 때까지 앉아 있었지… 고작해야 몇 초지만… 아니면
뇌가… 지푸라기라도 쥐려고… 혼자 깜빡대며… 득달같이
쥐었다 놓고… 거기도 없어… 그럼 다음… 목소리만큼이나
어지럽게… 더 심하면 심했지… 도무지 가늠할 수가… 그리들
일제히… 더는— …뭐…? 앵앵…? 그래… 앵앵 소리 줄곧…
폭포수처럼 둔하게… 그리고 빛살… 깜빡하고 켜졌다 꺼졌다…
이리저리 움직이기 시작하고… 달빛 같은데 아닌… 그마저
한결같은 의도… 거기도 눈 박아야… 곁눈이라도… 그리들
일제히… 더는 못 견디게… 하느님은 사랑이니… 자기는
정화될 테고… 다시 그 들판에서… 아침 해… 4월… 풀에
얼굴 묻고 누워… 종달새뿐… 그리 계속… 지푸라기라도
쥐려고… 알아들으려 애쓰며… 띄엄띄엄 들리는 말… 의미
건져 보겠다고… 몸은 통으로 사라진 건지… 입뿐이고…
치미는… 못 들은 건지… 못 하는지… 그가 해야만— …그가
해야만 하는— …뭐…? 누구…? 아니…! 그…! [사이, 동작 3.]
…그가 해야만 하는— …뭐…? 앵앵…? 그래… 앵앵 소리
줄곧… 둔하게… 골속에서… 그리고 빛줄기… 여기저기
들척이며… 안 아파… 아직은… 하…! 아직은… 그러다 생각이
들길… 아 한참 지나… 주마등처럼… 혹시 그가 해야만 하는…
해야만 하는… 말인가… 이야기가 있는 건가…? 그가 해야만
하는… 이야기… 작디작은 것이… 달도 안 찼는데… 황량한
구렁텅이… 사랑 모르고… 용케 면하고… 평생 말이라곤…
사실상 말없이 살았는데… 어떻게 살아남았는지…! 그때
법정에서… 그가 스스로에 대해 할 말이라곤… 유죄 무죄…

일어서 여자야… 말해 여자야… 허공 보며 거기 서 있었지…
버릇대로 입 벌리고… 끌려가길 기다리며… 팔 붙드는 손에
안도하며… 이게 그럼… 그가 해야만 하는 이야기… 그런가…?
내막을 알려 줄… 어떤지… 그가 어찌— …뭐…? 어땠는지…?
그래… 어땠는지 알려 줄… 그가 어찌 살았는지… 어찌 해를
거듭하며 살아갔는지… 유죄건 아니건… 해를 거듭하며…
예순이 되도록… 그로서도— …뭐…? 일흔…? 맙소사…! 해를
거듭하며 일흔이 되도록… 그로서도 모르는걸… 들어도
모를걸… 그러면 용서받아… 하느님은 사랑이니… 부드러운
자비… 매일 아침 새로이… 들판으로 돌아가… 4월의 아침…
풀에 얼굴 묻고… 종달새뿐… 거기서부터 다시 이어 가…
거기서부터 계속 살아가… 몇 해 더— …뭐…? 그건 아니야…?
그거랑 아무 관련이 없어…? 그가 할 법한 어떤 얘기도…?
알았어… 그가 할 법한 어떤 얘기도… 그럼 다른 걸 해 보자…
다른 걸 생각하자… 아 한참 지나… 주마등처럼… 그것도
아니라고… 알았어… 그럼 다시 다른 걸… 등등 계속… 그러다
보면 결국 찾아지겠지… 모든 걸 생각하고 오래도록 계속하다
보면… 그러면 용서받아… 다시 들판으로— …뭐…? 그것도
아니야…? 그것도 아무 관련이 없어…? 그가 할 법한 어떤
생각도…? 알았어… 그가 할 법한 어떤 얘기도… 할 법한 어떤
생각도… 할 법한 어떤— …뭐…? 누구…? 아니…! 그…! [사이,
동작 4.] …작디작은 것… 달도 안 찼는데… 황량한 구렁텅이…
사랑 모르고… 용케 면했어… 평생 말이라곤… 사실상 말없이
살았는데… 스스로에게조차… 입 밖에 안 내고… 완전히는
아니고… 드물게 충동이 일면… 1년에 한두 번… 희한하게도
꼭 겨울… 밤이 길어져… 어둠이 몇 시간이고 이어지면…
별안간 충동이… 이야기하고픈… 그럼 당장 나가… 화장실
보이는 대로 멈추고… 늘어놓았지… 막힘없는 물살… 치미는…
모음의 절반은 틀려 가며… 아무도 못 알아듣게… 눈초리를
눈치채기까지는… 그럼 창피해 죽어… 도로 기어 들어갔고…
1년에 한두 번… 희한하게도 꼭 겨울… 어둠이 몇 시간이고
이어지면… 이제 이리… 이리… 점점 빨리… 말이… 뇌가…

미친 듯 깜빡대며… 득달같이 쥐었다 놓고… 거기도 없어…
그럼 다음 장소… 다른 데서 해 봐… 그런 내내 뭔가가 빌어…
그의 안에서 빌어… 제발 다 멈춰 달라고… 묵묵부답… 기도에
대답 없고… 귀에 전해지지 않았거나… 소리가 너무 약해서…
등등 계속… 그리 계속하며… 시도하며… 뭔지도 모른 채…
자기가 시도하는 게… 시도해야 하는 게… 몸은 통으로 사라진
건지… 입뿐이고… 치미는… 등등… 계속— …뭐…? 앵앵…?
그래… 앵앵 소리 줄곧… 폭포수처럼 둔하게… 골속에서…
그리고 빛살… 여기저기 들쑤시며… 안 아파… 아직은… 하…!
아직은… 그리들… 계속해… 뭔지도 모르고… 그가 뭘—
…뭐…? 누구…? 아니…! **그**…! [사이.] …그가 하려는 게…
시도할 게… 따져 뭐 해… 계속해… [막 내려오기 시작한다.] …결국
찾아지겠지… 그럼 돌아가… 하느님은 사랑이니… 부드러운
자비… 매일 아침 새로이… 들판으로 돌아가… 4월의 아침…
풀에 얼굴 묻고… 종달새뿐… 거기서부터 다시—.

[막 완전히 내림. 객석 어둡다. 목소리, 10초간 막 뒤에서 알아들을 수 없게
이어지다가 객석 조명이 들어오면 멎는다.]

그때

동일한 한 목소리의 각기 다른 순간 가, 나, 다가 ─ 10초간 침묵하는 두
차례의 휴지 이외에는 각각의 연속성이 해소되지 않은 채 ─ 서로를 잇는다.
그럼에도 가, 나, 다 사이의 전환이 흐리고도 명확히 감지된다. 세 겹의
음원과 맥락만으로 이런 효과를 내기에 불충분할 경우에는 기계적으로
보조한다(예컨대 음높이를 세 겹으로 조정하여).

막 오름. 무대 어둡다. 무대 정중앙을 살짝 비껴 3미터 높이에 있는 청자의 얼굴 위로 페이드업.

나이 든 흰 얼굴, 펼친 머리칼을 위에서 내려다본 듯 사방으로 뻗은 긴 백발.

목소리 가, 나, 다 모두 그의 좌우와 위에서 들려오는 청자 본인의 목소리다. 대본에 침묵이 명시된 때 외에는 전체적인 흐름이 끊이지 않고, 다만 이리저리 조정되며 가, 나, 다를 오간다. 일러두기 참고.

침묵은 7초간 유지한다. 청자의 눈은 열려 있다. 그의 숨소리가 느리고 규칙적으로 들린다.

가. 그때 네가 돌아갔던 게 폐허가 여태 있나 보려고 어릴 때 네가 숨어들던 그곳으로 마지막으로 돌아갔던 그때가 언제였더라 [두 눈 감긴다.] 흐린 날 열한 시 차를 타고 종점까지 갔고 거기서 계속 전차를 아니지 그 무렵이면 다 간 지 오랜데 그때 폐허가 여태 있나 보려고 어릴 때 네가 숨어들던 그곳으로 마지막으로 돌아갔던 그때가 전차 한 대 안 보이고 낡은 선로만 남아 있던 그때가 언제였더라

다. 네가 비를 피해 들어갔던 게 늘 겨울이었지 그때는 늘 비가 왔고 그때 초상화 갤러리로 추위와 비 피해 아무도 안 볼 때 거리에서 나와 슬그머니 안으로 오들오들 떨며 빗물 뚝뚝 흘리며 이 방 저 방 앉을 자리 나올 때까지 평평한 대리석 걸터앉아 숨 돌리고 젖은 몸 말리다가 냉큼 뜨려 했던 그때가 언제였더라

나. 함께 햇빛 아래 바윗등에서 작은 숲 언저리 바위에서 눈 닿는 곳마다 노랗게 익어 가는 밀밭 드문드문 서로 사랑을 약속하며 나직한 입속말로 서로 만지거나 뭐 그러지도 않고 네가 바위 한끝 그녀가 반대편 끝 길쭉하고 나지막해 맷돌 같던 바위에서 서로 눈길 주고받지도 않고 그저 햇빛 아래 바윗등에서 작은 숲 등지고 밀밭 바라다보며 또는 눈 감고 다 가만해 살아 있는 기척 없이 나다니는 인영 없이 소리 없이

가. 페리에서 내리자마자 곧장 올라 가벼운 여행 가방 들고 중심가로 오른쪽 왼쪽 할 것 없이 옛 장면 옛 이름에 욕도

안 뺄고 선착장에서 오르막 곧장 넘어 중심가에 오르니
전선 하나 안 보이고 낡은 선로만 녹슬어 있었던 그때가
언제였더라 네 어머니가 아 무슨 생소리 다 간 지 오랜데 네가
돌아갔던 게 폐허가 여태 있나 보려고 마지막으로 돌아갔던
그때가 어릴 때 네가 숨어들던 그곳 누군가의 망상

다. 네 어머니가 아 무슨 생소리 다 간 지 오랜데 다들 먼지 되고
네가 마지막이잖아 대리석에 낡은 초록색 긴 외투 입고
웅크려 앉아 양팔로 어깨 감싸고 네 팔이지 달리 누가 널
그러안아 그 온기로나마 몸 말리다가 냉큼 뜨려 했던 그렇게
또 다음으로 주위에 인영 하나 없이 너만 덩그러니 그리고
간간이 펠트 신 끌며 노곤히 오가는 안내원뿐 들리는 소리
없이 드문드문 다가오고 멀어지는 펠트 신 끄는 소리뿐

나. 다 가만해 그저 잎사귀와 이삭만 너도 가만하고 그저 망연히
바윗등에서 소리 없이 한마디 없이 드문드문 서로 사랑을
약속하며 나직한 입속말뿐 딱 하나 유일하게 눈물을 자아내던
것 눈물이 아예 말라붙기 전에 그 생각 다른 생각 틈에
피어나면 그 장면 떠오르면

가. 폴리란 사람이었던가 폴리 지은 망상 그나마 남은 탑의
잔해 나머지는 돌무더기 아니면 쐐기풀 잠은 어디서 잤나
친구도 없고 집도 다 사라졌는데 바다 민박이었던가 네가
아니 그때는 그녀랑 같이 있었지 아직 너랑 같이 있을 때였지
어쨌든 하룻밤이었는걸 아침에 페리에서 내려 다음 날 아침
다시 올라탔으니 폐허가 여태 있나 보려고 어릴 때 네가
숨어들던 아무도 오지 않던 그곳으로 아무도 안 볼 때 네가
슬그머니 사라져 쐐기풀 틈 바윗등에서 그림책 끼고 하루
종일 숨어 지내던 그곳

다. 그러다가 고개 쳐들었더니 거기 네 눈앞에 눈이 다시 뜨였을
때 세월과 때가 시커멓게 묻은 커다란 초상이 당대에 이름난
누군가 이름난 남자나 여자 아니면 어린 왕자나 왕녀 같은
어린아이였는지도 어느 직계 왕자 또는 왕녀 누군가의 초상이
유리 뒤에 세월이 시커멓게 묻은 그 모습 분간하려고 네가
유심히 들여다보는데 하고많은 것 가운데 차츰 나타난 게

하필 얼굴이라 누가 네 옆에 와 선 줄 알고 대리석에서 화들짝
돌아봤지

나. 함께 햇빛 아래 바윗등에서 밀밭 또는 하늘 보며 또는 눈 감고
눈 닿는 곳마다 노랗게 익어 가는 밀밭과 푸른 하늘 드문드문
서로 사랑을 약속하며 나직한 입속말 어김없이 눈물 그마저
아예 말라붙기 전에 문득 네가 무슨 생각에 잠겨 있건 어느
장면이 불쑥 그 안에 아주 오래전 소싯적의 또는 최악의
경우 자궁까지 거슬러 간 장면이라든가 아니면 그리스도가
태어나기도 한참 전의 그 중국 노인의 긴 백발

다. 그 뒤로 다시는 같지 않았지 영 같지 않았어 하지만 그조차
새롭지 않았지 이게 아니면 흔하디흔한 저 다른 일을 두고
그 뒤로 다시는 같을 수 없다 했지 네 한평생의 곤죽에 잠겨
해를 거듭하며 기어다니며 스스로에게 달리 누구 이 뒤로 넌
다시는 같지 않을 거라고 중얼대며 그 뒤로 너는 다시는 같지
않았지

가. 또는 혼잣말하며 스스로에게 달리 누구 큰 소리로 상상한
대화 주고받는 전형적인 어린 시절이었지 열 살 열한 살에
거대한 쐐기풀 틈 바윗등에서 이 목소리 저 목소리 목이 쉴
때까지 지어내며 목이 쉬어 다 똑같은 소리가 될 때까지
한참을 밤이 되도록 기분 따라서는 칠흑 같은 어둠이나 달빛
속에서 그리고 다들 길에 나와 널 찾을 때까지

나. 아니면 어두운 창가에서 부엉이 소리 들으며 머릿속 덩그러니
비우고 점점 믿기 어려워질 때까지 네가 누군가에게 또는
누군가 너에게 사랑한다고 말한 적이 과연 있었는지 갈수록
믿기 어려울 때까지 그저 들이닥치는 공허를 막으려 네가
계속 지어내던 이러저러한 것 중 하나에 불과해질 때까지 또
한 편의 옛날이야기 위에서 쏟아져 내리는 공허 막으려 그
염포
[10초간 침묵. 숨소리 들린다. 3초 지나 두 눈이 열린다.]

다. 다시는 같지 않았지 아 무슨 생소리 같긴 도대체 뭐와 같은데
네 평생 언제 너 스스로에게 나라고 한 적이나 있어 아니잖아
이봐 [두 눈 감긴다.] 네 평생 언제 너 스스로에게 나라고 할

수나 있었어 전환점 네가 그리도 즐겨 쓰던 말이지 말이 아예
말라붙기 전에 허구한 날 전환점을 만났다고 실은 딱 한 번
처음이자 마지막 그때 진자리에 둥글게 말려 있던 벌레 그런
널 사람들이 끄집어내 몸을 훔치고 바로잡아 줬던 그때 그
뒤로 다시는 없었지 다시는 돌아보지 않았지 그게 그때였나
아니면 다른 때였나

나. 중얼대지 그때 함께 햇빛 아래 바윗등에서 또는 그때 함께
물녘에서 또는 그때 함께 모래밭에서 그때 그때 거기서부터
네가 할 수 있는 최대한 지어내며 늘 어딘가에서 함께 햇빛
아래 물녘에서 하류 향해 지는 해 바라보며 쓰레기 등 뒤에서
나타나 부유해 지나가거나 갈대밭에 걸리곤 했는데 죽은
쥐였나 그래 보였지 그것도 등 뒤에서 나타나 더 이상 보이지
않을 때까지 너를 지나 떠내려갔고

가. 그때 네가 돌아갔을 때 폐허가 여태 있나 보려고 어릴 때
네가 숨어들던 그곳으로 마지막으로 돌아갔던 그때 페리에서
내리자마자 곧장 오르막 올라 중심가로 열한 시 차 잡아타러
오른쪽 왼쪽 없이 머릿속엔 오직 한 생각뿐 옛 장면 옛 이름에
욕도 안 뱉고 그저 고개 숙이고 꾸준히 오르막 밟아 꼭대기에
이르렀고 거기 서서 기다렸지 여행 가방 늘고 진실이 밝아 올
때까지

다. 네가 너 자신을 몰라보기 시작했을 때 그러면 뭐가 좀
달라지려나 싶어서 그렇게 네가 너 자신을 몰라보면 그게
누구라고 말하는 건지 네가 뭐라고 말하는 건지 네가 누구
두개골에 처박혔는지 누구의 신음이 널 그렇게 생겨 먹게
만드는 건지 모르면 그게 그때였나 아니면 그건 다른 때였나
거기에서 초상화와 혼자 있었던 행여 누가 세기를 착각할까
봐 액자마다 새긴 연도 만고의 시간 세월의 때가 시커멓게
묻은 죽은 자들의 초상화와 혼자 있었던 그게 네가 될 수도
있다고 차마 믿지 않으며 문 닫을 시간 되어 빗속으로 내쫓길
때까지

나. 얼굴 보이지 않고 다른 어느 부위도 그녀를 향한 적 없고
그녀가 너를 향한 적도 늘 나란히 차축 위에 있듯 서로를

향해 돌아앉은 적도 없이 그저 밭 언저리의 번짐으로 서로
만지거나 뭐 그러지도 않고 늘 건너서 손가락 한 마디라도
꼭 띄우고 살과 피의 습성대로 어루만지는 일 없이 약속만
아니었으면 인영 못지않고 그보다 못할 것도 없이

가. 그렇게는 가닿을 방도가 없어서 그럼 이제 뭐 묻자는 게
아니고 네 남은 여생 동안 살아 있는 사람에게 한마디 안
붙일 것이니 결국 역까지 걸어서 꼬부랑 허리 하고 올라가니
그렇게 가닿고 보니 다 폐쇄되고 판자 둘려 그레이트 서던
철도와 이스턴 철도의 종착지인 도리아 양식의 역사가
폐쇄되어 돌기둥마저 부스러지고 있으니 그럼 이제 뭐

다. 빗속 오랜 순례 익은 곳 돌며 해 봤지 가면서 지어내 보려고
그러면 뭐가 좀 달라지려나 싶어서 있었던 적이 없다면
있었던 적 없음이 어떤 식으로 작용할지 오랜 순례 너를
꼬드겨 보려고 온 교구 비틀대고 투덜대며 돌고 돌다가
말이 말라붙고 머리가 말라붙고 두 다리가 누구 다리였건
말라붙거나 아니면 그게 그게 누구였건 관둘 때까지

나. 목석처럼 가만 늘 목석처럼 가만 그때 바위에서처럼 또는
그때 모래에서처럼 모래밭에 나란히 누워 햇빛 아래 푸름
올려다보며 또는 눈 감고 푸른 어둠 푸른 어둠 목석처럼
가만 나란한 장면 떠오르고 그러면 거기 네가 있었지 거기가
어디였건

가. 관뒀어 관뒀고 계단에 앉아 설핏한 아침 햇살 아니 그
계단에는 햇빛이 안 비쳤지 그럼 다른 곳 관뒀고 다른
곳 계단에 앉아 설핏한 아침 햇살에 앞 계단이라고 하자
누군가의 집 앞 계단에 앉아 밤배 타고 그로부터 냉큼 뜰 시간
되도록 필요라곤 없이 잠은 아무 데서나 옛 장면 옛 이름에
욕도 안 뱉고 지나는 이들 서서 떫게 널 핼금하고 짧게 핼금
그리고는 지나지 지나쳐 가지 저세상으로

나. 목석처럼 가만 햇빛 아래 나란하다가 가라앉아 사라져 너흰
기척 안 했는데 들돌 양 끝 쇳덩이만큼도 미동 안 했는데
눈꺼풀 말고는 그리고 약속하느라 드문드문 입술 말고는
그리고 온 주위도 온 세상 다 가만해 온 방향으로 기척 없이

소리 없이 그저 등 뒤 작은 숲에서 잎사귀만 가물가물 또는
이삭 또는 겨이삭 또는 갈대만 경우에 따라 그 밖에는 사람도
짐승도 없이 자취 없이 소리 없이

다. 늘 겨울이었지 그때는 늘 비가 왔고 늘 어딘가 슬그머니
숨어들어 네 아버지가 물려준 구멍 안 나는 낡은 초록색 긴
외투 입고 추위와 비 피해 아무도 안 볼 때 거리에서 나와
안으로 돈 내지 않고 들어갈 수 있는 공공 도서관 같은 곳
그게 또 그리 좋았는데 무료로 누리는 문화 집에서 한참
멀어도 우체국도 그랬고 또 다른 곳 또 다른 때

가. 앞 계단에 낡은 초록색 긴 외투 입고 웅크려 앉아 설핏한
햇살에 무용해진 여행 가방 무릎에 두고 네가 어디 있는 건지
모른 채 점점 네가 어디 있는지 언제 있는지 무엇을 위해
있는지 알지 못하게 되어 아무도 살지 않는 빈집이었는지도
모를 일이었고 그때 바위에서처럼 아이 혼자 아무도 오지
않던 바윗등에서

[10초간 침묵. 숨소리 들린다. 3초 지나 두 눈이 열린다.]

나. 또는 혼자 같은 곳 같은 장면 장면 속에 그런 식으로 지어내며
그렇게 계속 이어 가려고 안 들이고 거기 바윗등에 두려고 [두
눈 감긴다.] 혼자 바위 한끝에서 밀밭괴 푸름 가운데 또는 물녘
혼자 물녘에서 죽은 노새와 익사한 쥐인지 새인지 뭔지 석양
속으로 떠내려가는 것 더 이상 보이지 않을 때까지 아무 기척
없고 기척하는 거라곤 물과 지는 해 그 해 져서 너 사라지고
모두 다 사라질 때까지

가. 아무도 오지 않던 오직 아이 혼자 거대한 쐐기풀 틈
바윗등에서 돌벽 무너진 틈새로 드는 빛에 책에 눈 붙이고
밤이 되도록 기분 따라서는 달빛 속에서 그리고 다들 길에
나와 그를 찾을 때까지 또는 대화 지어내며 둘이나 그 이상
쪼개 혼잣말하며 그런 식으로 함께 있었지 아무도 오지 않던
곳에

다. 늘 겨울이었지 그때는 끝도 없는 겨울이 매해 이어져 끝날
수 없다는 듯 지난해가 영영 끝나지 않을 듯 시간이 그
이상 나아갈 수 없는 듯 그때 우체국 안으로 어수선한 통에

크리스마스라고 어수선한 통에 추위와 비 피해 아무도 안
볼 때 거리에서 나와 문 밀쳐 열었지 딴 사람 하듯 그리고
곧장 탁자로 오른쪽 왼쪽 별의별 서류 양식 줄 달린 볼펜 할
것 없이 빈자리 눈에 띄자마자 가 앉아 평소와 다르게 주위
둘러보다가 슬그머니 잠들었지

나. 또는 그때 혼자 모래밭에 평화를 깰 약속의 말도 없이 등 대고
누웠던 게 언제였더라 더 앞선 때였나 더 늦은 때였나 그녀가
오기 전이었나 그녀가 간 뒤였나 아니면 둘 다였나 그녀가
오기 전이자 그녀가 간 뒤 그리고 네가 다시 옛 장면으로
돌아간 때였나 그게 어디건 어디였건 똑같은 옛 장면으로
그전에도 그때와 같이 그때도 그 뒤와 같이 쥐가 있고 또는
밀밭이 노랗게 익어 가는 이삭이 있는 또는 모래밭에 누워
있는데 활공기가 위를 지나던 그때 네가 얼마 뒤에 한참 뒤에
돌아갔던 그때

가. 열한 살인가 열두 살에 폐허에서 쐐기풀 틈 평평한
바윗등에서 칠흑 같은 어둠이나 달빛 속에서 중얼거리며 이
목소리 저 목소리 전형적인 어린 시절이었지 거기 계단에서
설핏한 아침 햇살에 네가 또 그러고 있는 소리를 네가
듣기까지는 지나던 이들이 근거 없는 곳에 햇빛 받고 웅크려
앉은 화상 핼금하려 멈춰도 욕도 안 뱉고 여행 가방 그러안고
침 흘리며 큰 소리로 두 눈 감은 채 모자 밑으로 쏟아지는
흰머리 하고서 그래 설핏한 햇살에 그리 계속 앉아 있었지
모두 망각해 가며

다. 쫓겨날 게 두려웠나 그곳에 있을 근거 명백히 없었으니
혐오스러운 행색은 말할 것도 없고 그래서 이번만은 주위 한
바퀴 네 동료 화상들 둘러보며 이번만은 신에게 감사하며
네가 여러모로 나쁘고 그렇기는 해도 저들만큼은 아니라고
그러다가 문득 생각 들기를 너를 향한 혐오의 상당함으로
보아 네가 거기 있지도 않은 셈이나 마찬가지라고 구름 한
모숨도 안 되듯 그대로 너를 지나치고 통과하는 눈초리로
보아 그럼 그게 그때였나 아니면 그건 다른 때였나 또 다른 곳
또 다른 때

나. 활공기가 위를 지났고 아무것도 달라지는 것 없이 늘 똑같은
　　푸른 하늘 무엇 하나 달라지는 적 없었어 그녀가 거기 너와
　　함께 있었는지 아니었는지를 제외하고는 네 오른쪽에 늘
　　오른쪽이었지 밀밭 언저리에 그리고 드문드문 그 크나큰 평화
　　가운데 그녀가 속삭이듯 그리 흐리게 널 사랑한다고 믿기
　　어려워 너를 너마저 그 부분은 지어냈지 때가 올 때까지 끝에
　　가서 결국

가. 앞 계단에서 다 지어내며 가면서 다 지어내며 너 스스로를
　　백만 번째로 또 지어내며 다 망각하며 네가 어디에 있는지
　　무엇을 위해 있는지 폴리의 망상 그 터와 어린아이의 폐허
　　여태 있나 보러 왔지 네가 거기 다시 숨어들 수 있을지 밤이
　　되어 갈 때 되도록 그때가 올 때까지

다. 도서관도 그랬지 또 다른 곳 또 다른 때 네가 추위와 비 피해
　　아무도 안 볼 때 거리에서 나와 슬그머니 안으로 들어간 그때
　　그게 뭐였지 그 뒤로 너는 다시는 같지 않았지 그 뒤로 다시는
　　먼지와 관련된 뭐였는데 먼지가 한 어떤 말 큰 원탁에서
　　종이에 눈 바짝 붙이고 앉은 한 무리 노인 틈에서 소리 하나
　　없이

나. 그때 끝에 가서 결국 네가 어두운 창기에서 해 보다가 못
　　했을 때 부엉이는 다른 이의 귓가에서 울어 대러 떠났거나
　　뾰족뒤쥐 물어 속 빈 나무로 돌아간 뒤 다른 소리 없이 시간이
　　한 시간 두 시간 흐르고 세 시간 네 시간 흐르도록 들려오는
　　소리 없었고 네가 해 보고 해 보다가 더는 할 수 없어서
　　공허가 들이닥치는 걸 막을 말이 남지 않아서 그마저 관뒀고
　　하길 관뒀고 거기 창가의 칠흑 같은 어둠 또는 달빛 속에서
　　영영 관두고 결국 그걸 들였더니 기껏해야 거대한 염포 하나
　　네 위로 닥치며 온몸을 휘감는 고 정도였거나 텅 빈 기껏 고
　　정도였거나 텅 빈

가. 다시 내려가 여행 가방 들고 선착장으로 아버지가 물려준
　　낡은 초록색 긴 외투 질질 끌며 모자 밑으로 흰머리 쏟아지게
　　두고 그때가 되도록 곧장 내려가 오른쪽 왼쪽 할 것 없이 옛
　　장면 옛 이름에 욕도 안 뱉고 네 머릿속 덩그러니 비우고

승선할 생각 이로부터 냉큼 떠 다시는 돌아오지 말자는 생각
말고는 아니면 그건 또 다른 때였나 그게 다 다른 때였나
그때가 아닌 다른 때가 언제 있기나 했나 이 모두로부터 냉큼
떠 다시는 돌아오지 말자

다. 소리 하나 없이 그저 오랜 숨과 책엽 넘기는 소리만 그때
별안간 웬 먼지가 온 곳이 별안간 먼지로 자욱해졌고 네가
눈을 떴을 때 바닥에서 천장까지 텅 비고 오직 먼지만 소리
하나 없이 그저 그 말만 뭐였지 뭐라고 했지 왔다 간 그거였나
그 비슷한 왔다 간 왔다 간 가고 없는 이 가고 없는 시간
순식간에 왔다 간 가고 없는 때

[10초간 침묵. 숨소리 들린다. 3초 지나 두 눈이 열린다. 5초 지났을 때
웃되, 치아가 보이지 않으면 좋다. 5초간 유지하다가 서서히 어두워지며
막 내림.]

발길

메이('메'), 헝클어진 반백, 너덜너덜한 회색 천에 감겨 보이지 않는 발, 끌리는 발길.

여자 목소리('음'), 컴컴한 윗무대 방면에서.

왕복 범위: 아랫무대, 무대 앞과 평행을 이루며, 길이는 걸음짐작으로 아홉 보 길이, 너비는 1미터, 관객석을 기준으로 무대 오른쪽으로 어중간히 비낀 지점.

좌	오	왼	오	왼	오	왼	오	왼	오	←	**우**
	→	왼	오	왼	오	왼	오	왼	오	왼	

오가기: 오른발('오')로 시작, 오른쪽('우')에서 왼쪽('좌')으로, 이어 왼발('왼')로 '좌'에서 '우'로.

돌기: '좌'에서 반대 방향으로, '우'에서 반대 방향으로.

발길: 규칙적인 리듬으로, 소리가 분명히 들리도록.

오가며 하는 대사: 대본대로, 반대 방향으로 돌 때는 언제나 말없이.

조명: 약하고 서늘하게. 왕복 구간과 인물을 비추는 조명으로 제한한다. 바닥을 몸보다 밝게 비추고, 몸을 얼굴보다 밝게 비춘다. '우'와 '좌'에 멈춰 설 때마다, 약한 스폿 조명으로 얼굴을 비춘다. 무대 왼쪽 끝에, 수직으로 뻗은 3미터 높이의 가느다란 빛살('살').

목소리: 두 음성 모두 내내 낮고 느리게.

막 올림. 어둠에 잠긴 무대.

어렴풋한 종소리 1회. 울림이 잦아들 동안 사이.

'살'을 포함해, 조명이 서서히 밝아진다. 나머지는 어둡다.

'좌' 방향으로 발길을 옮기는 '메'의 모습이 보인다. '좌'에서 돌아 편도로 세 번 더 오간 후, '우'에서 앞을 향하고 멈춰 선다.

사이.

메. 엄마. [사이. 목소리 키우지 않고.] 엄마.
　　[사이.]
음. 그래, 메이야.
메. 주무셨어요?

음. 아주 푹 잤다. [사이.] 아주 푹 자다가 네 목소리를 들었어.
[사이.] 아무리 푹 잠들었어도 네 목소리가 안 들리진 않지.
[사이. '메', 다시 발길을 옮긴다. 편도로 네 번을 오간다. '음', 두 번째부터
발걸음과 박자 맞춰.] 하나 둘 셋 넷 다섯 여섯 일곱 여덟 아홉
돌고 하나 둘 셋 넷 다섯 여섯 일곱 여덟 아홉 돌고. [네 번째에.]
잠깐이라도 눈 좀 붙여 보지 그러니?
['메', '우'에서 앞을 향하고 멈춰 선다. 사이.]

메. 주사 또 놓아 드릴까요?

음. 그래, 그런데 아직 일러.
[사이.]

메. 자세 또 바꿔 드릴까요?

음. 그래, 그런데 아직 일러.
[사이.]

메. 베개 정리는요? [사이.] 방수 시트 교체는요? [사이.] 소변 통
드려요? [사이.] 보온 주머니 드려요? [사이.] 욕창 드레싱 해
드려요? [사이.] 스펀지 목욕 시켜 드려요? [사이.] 불쌍한 입술
좀 축여 드려요? [사이.] 같이 기도해 드려요? [사이.] 아님 대신
해 드려요? [사이.] 또.
[사이.]

음. 그래, 그런데 아직 일러.
[사이.]

메. 제가 이제 몇 살이죠?

음. 나는? [사이. 목소리 키우지 않고.] 나는?

메. 아흔이요.

음. 그렇게나 많아?

메. 여든아홉, 아흔이죠.

음. 널 늦게 낳았어 내가. [사이.] 내 인생에서. [사이.] 용서해라…
또. [사이. 목소리 키우지 않고.] 용서해라… 또.
['메', 다시 걷는다. 편도로 한 번 이동한 뒤 '좌'에서 앞을 향하고 멈춰
선다. 사이.]

메. 제가 이제 몇 살이죠?

음. 40대지.

메. 고작요?

음. 유감스럽게도. [사이. '메', 다시 걷는다. '메'가 '좌'에서 첫 번째로
돌아섰을 때.] 메이. [사이. 목소리 키우지 않고.] 메이.

메. [걸으며.] 네, 엄마.

음. 넌 영영 못 끝내려니? [사이.] 영영 못 끝내려니… 그 감고
되감는 거?

메. [멈춰 서며.] 뭘요?

음. 그것 다. [사이.] 네 불쌍한 머릿속에서. [사이.] 그것 다. [사이.]
그것 다.

['메', 다시 오간다. 5초. '살'을 제외하고 조명 페이드아웃.

암전. 발소리 그친다.

사이.

종소리 한풀 더 약하게. 울림이 잦아들 동안 사이.

왕복 구간 한풀 더 약한 빛으로 서서히 밝아진다. 나머지는 어둡다.

'메', 움직임 없이 '우'에 정면으로 서 있다.

사이.]

음. 이제 나는 여길 걷지. [사이.] 그보다는 여기 와… 서 있지.
[사이.] 밤이 되면. [사이.] 저 애는 자기가 혼자인 줄 알지. [사이.]
얼마나 가만하게, 얼마나 삭막하게, 벽을 바라보며 서 있는지
봐. [사이.] 겉보기엔 아주 미동도 않는 것 같지. [사이.] 쟤는
어릴 때 뒤로는 밖에 나간 적이 없어. [사이.] 어릴 때 뒤로 나간
적이 없어. [사이.] 그럼 쟤가 과연 어디 있는 거냐고 물을 수도
있겠지. [사이.] 어디 있긴, 옛날 그 집에 있지, 예전에 쟤가—.
[사이.] 쟤가 처음 시작한 곳에. [사이.] 이게 처음 시작한 곳에.
[사이.] 모든 게 처음 시작한 곳에. [사이.] 그런데 저건, 저건,
저건 언제 시작했지? [사이.] 다른 또래 여자애들이 밖에서
그… 라크로스 경기를 하고 있을 때도 쟤는 이미 여기 있었어.
[사이.] 저러고. [사이.] 지금이야 헐벗은 여기 바닥에도 한때—.
['메', 걷기 시작한다. 조금 느려진 발길.] 하지만 이제 우리 조용히
저 애의 움직임을 지켜보자. ['메', 걷는다. 두 번째 편도의 끝을
향해.] 얼마나 날렵하게 도는지 봐. ['메', 돌고, 걷는다. 세 번째
편도를 걷는 발길과 박자 맞춰.] 일곱, 여덟, 아홉, 돌고. ['메', 좌에서

돌아, 편도를 한 번 더 걷고, 우에서 앞을 향하고 멈춰 선다.] 계속하면, 지금이야 헐벗은 여기 비좁은 바닥에도 한때 카펫이 깔려 있었어, 장모 카펫. 어느 날 밤인가 저 애가 아직 어린애나 다름없을 때였는데, 자기 엄마를 부르며, 엄마, 이걸로는 부족해요, 라고 말하기 전까지는. 그러자 엄마: 부족해? 메이—태어날 때 받은 이름이지—메이: 부족해요. 엄마: 그게 무슨 소리니, 메이, 부족하다니, 그게 도대체 무슨 말이니, 메이, 부족하다니? 메이: 제 말은요, 엄마, 소리가 들려야 한다는 거예요, 아무리 가녀리게 떨어지는 걸음이라도요. 엄마: 움직이는 걸로는 부족해? 메이: 네, 엄마, 움직이는 걸로는 부족하고 저는 발소리를 꼭 들어야 해요, 아무리 가녀리게 떨어지는 걸음이라도요. [사이. '메', 다시 걷는다. 걸으면서.] 저 애가 잠은 여전히 자느냐고 물어볼 법도 하지? 그럼, 잠드는 밤도 간간이 있지, 토끼잠, 불쌍한 머리를 벽에 박고 토막잠을 잘 때가. [사이.] 여전히 말은 하느냐고? 그럼, 말을 하는 밤도 간간이 있지, 아무도 못 들을 거라 생각하고는. [사이.] 되짚어 이야기하지. [사이.] 되짚어 이야기하려 들지. [사이.] 모조리. [사이.] 모조리. ['메', 걷는다. 5초 경과. 왕복 구간 조명 페이드아웃.

암전. 발소리 그친다.

사이.

종소리 보다 약하게. 울림이 잦아들 동안 사이.

'살'을 제외하고, 조명이 보다 약한 빛으로 서서히 밝아진다. 나머지는 어둡다.

'메', 움직임 없이 '우'에 정면으로 서 있다.

사이.]

메. 에필로그. [사이. 걷기 시작한다. 보다 느린 발길로. 두 번 편도로 오간 후 '우'에서 앞을 향하고 멈춰 선다. 사이.] 에필로그. 이윽고, 사람들 기억에서 어지간히 잊힌 뒤에, 그는 다시—. [사이.] 이윽고, 그가 존재하지도 않았던 것 같아진 뒤에, 그런 건 다 없던 일 같아진 뒤에, 그는 걷기 시작했다. [사이.] 해가 진 뒤에. [사이.] 해 진 뒤에 스륵 빠져나가 작은 교회로, 그 시간이면 잠겨 있는 북문으로 스륵 들어가 교회 안을 걷는다, 오르락, 내리락, 오르락, 내리락, 그분의 불쌍한 두 팔을 오가며. [사이.] 마음의 몸서리로 그 자리에 얼어붙은 사람처럼, 다시 움직일 수 있을 때까지 목석처럼 서 있는 밤도 있었다. 설 줄 모르고 오르락, 내리락, 오르락, 내리락, 그러다 온 길로 다시 사라지는 밤도 많았다. [사이.] 아무 소리 없이. [사이.] 적어도 들리는 소리 없이. [사이.] 생김새. [사이. 다시 걷는다. 두 번 편도로 오간 후 '우'에서 앞을 향하고 멈춰 선다. 사이.] 생김새. 설핏하지만 안 보일 정도는 아니다, 조명에 따라. [사이.] 알맞은 조명이 비추는 한. [사이.] 희기보다는 회색, 허옇고 여린 회색이다. [사이.] 너덜너덜하고. [사이.] 너덜너덜 뒤엉켰다. [사이.] 그것이 지나는 모습―[사이.]―그가 지나는 모습, 그가 예컨대 촛대 앞을 지날 때면, 초의 불길이, 그 빛이… 연무를 가리는 달꼴. [사이.] 그러고는 곧 사라졌지, 언제 있었냐는 듯, 오르락, 내리락, 오르락, 내리락, 걷기 시작했지, 불쌍한 팔 따라. [사이.] 해거름에. [사이.] 다시 말해 특정한 계절에, 저녁기도 때. [사이.] 필연적으로. [사이. 다시 걷기 시작한다. 한 번 편도로 간 뒤 '좌'에서 앞을 향하고 멈춰 선다. 사이.] 우리 나이 지긋한 윈터 여사, 독자들도 기억할 나이 지긋한 윈터 여사가 이느 늦가을의 일요일 저녁에 예배를 마치고 딸아이와 저녁 식사를 들러 앉았다가, 심드렁하게 몇 술 뜨다 말고 나이프, 포크 내려놓고 고개를 숙였다. 왜 그러세요, 어머니, 딸이 물었는데 이 애가 참 요상해서, 사실 애라고 할 수도 없는 나이였지만… [북받쳐.] …아주 끔찍히도― …. [사이. 평소 말투로.] 왜 그러세요, 어머니, 어디 불편하세요? [사이.] 윈터 여사는 바로 답하지 않았다. 그러다 마침내 고개를 들어 에이미를 보며―이이가 딸의 이름을 에이미라 지은 걸 독자도 기억할 텐데―고개를 들어 에이미를 두 눈 똑바로 바라보며 말했다―[사이.]―중얼거렸다, 에이미를 두 눈 똑바로 바라보며 중얼거렸다, 에이미 너 저녁 미사 때… 이상한 거 못 봤니? 에이미: 네, 어머니, 못 봤는데요. 윈터 여사: 그저 내 상상이었는지 모르지. 에이미: 그저 상상일지도 모를 그게 정확히 뭐였는데요, 어머니? [사이.] 그저 상상일지도 모를 그… 이상한 게 정확히 뭐였는데요, 어머니?

[사이.] 윈터 여사: 너는 아무것도 못 봤다는 거지… 이상한 걸?

에이미: 네, 어머니, 저는 아무것도 못 봤어요, 간략히 말하자면.

윈터 여사: 그게 무슨 소리냐, 에이미, 간략히 말하자면이라니, 대체 무슨 뜻이니, 에이미, 간략히 말하자면이? 에이미: 제 말은요, 어머니, 전 전혀 본 게… 그러니까 이상한 건 아무것도 못 봤다는 말 자체가 간략한 말이라고요. 실은 아예 본 게 없으니까요, 이상한 거든 아니든 간에요. 아무것도 못 보고, 아무것도 못 들었어요, 종류 불문하고. 전 거기 없었어요.

윈터 여사: 거기 없었다니? 에이미: 거기 없었어요. 윈터 여사: 하지만 네가 답하는 걸 들었는데. [사이.] 네가 아멘, 하는 걸 들었어. [사이.] 거기 없는데 어떻게 네가 대답을 했겠니? [사이.] 네 주장대로 네가 거기 없었다면 어떻게 네가 아멘, 하고 답했겠니? [사이.] 하느님의 사랑과 성령의 친교가 우리 모두와 지금 그리고 영원토록 함께하소서. 아멘. [사이.] 분명히 들었어, 네 목소리. [사이. 다시 걷기 시작한다. 세 걸음 옮기고서 옆모습 그대로 멈춰 선다. 긴 사이. 다시 걷기 시작한다. '우'에서 앞을 향하고 멈춰 선다. 긴 사이.] 에이미. [사이. 목소리 키우지 않고.] 에이미. [사이.] 네, 어머니. [사이.] 넌 영영 못 끝내려니? [사이.] 영영 못 끝내려니… 그 감고 되감는 거? [사이.] 뭘요? [사이.] 그것 다. [사이.] 네 불쌍한 머릿속에서. [사이.] 그것 다. [사이.] 그것 다.

[사이. '살'을 제외하고, 조명 서서히 페이드아웃. 암전.

사이.

종소리 조금 전보다도 약하게. 울림이 잦아들 동안 사이.

조명이 조금 전보다도 약한 빛으로 서서히 밝아진다.

메이는 간데없다.

10초간 유지.

'살'을 포함해, 조명 서서히 페이드아웃.

암전.]

막 내림

유령 삼중주
텔레비전을 위한 극

여자 목소리('음')
남자의 모습('형')

I 액션에 앞서

II 액션

III 리액션(반복과 반응)

방(6×5미터)

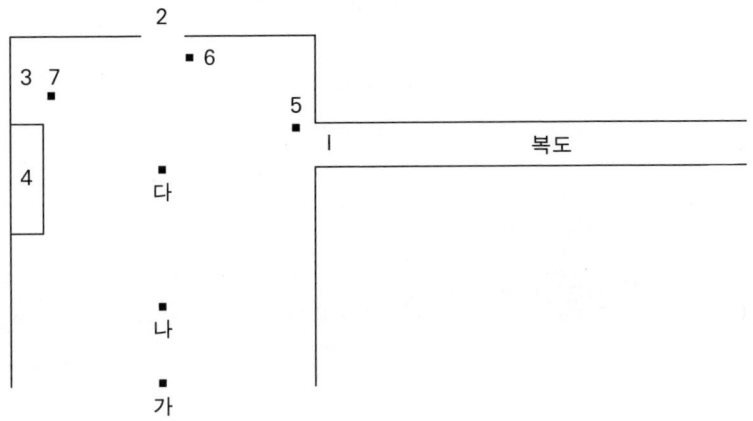

1 문.

2 창문.

3 거울.

4 매트리스.

5 문가에 앉은 '형'.

6 창가에 선 '형'.

7 매트리스 머리맡에 선 '형'.

가 전경 촬영 지점.

나 미디엄숏 촬영 지점.

다 5와 1, 6과 2, 7과 3의 근접 숏 촬영 지점.

베토벤의 「피아노 삼중주 5번」(작품 번호 70-1, '유령')의 2악장 '라르고'에서:

I. 13	47마디부터
I. 23	49마디부터
I. 31-34	19마디부터
II. 26-29	64마디부터
II. 35-36	71마디부터
III. 1-2, 4-5	26마디부터
III. 29	64마디부터
III. 36부터 끝까지	82마디부터

1. '가'에서 바라본 전경으로 서서히 밝아진다. 10초.

2. 음. 좋은 저녁입니다. 흐린 내 이 목소리. 적절히 음량
   맞추세요. [사이.] 좋은 저녁입니다. 흐린 내 이 목소리. 적절히
   음량 맞추세요. [사이.] 어떤 상황에서도 이보다 커지거나
   작아지지는 않을 겁니다. [사이.] 봐요. [긴 사이.] 낯익은 방.
   [사이.] 저 반대편엔 창문 하나. [사이.] 오른쪽에는 없어선 안
   될 문. [사이.] 왼쪽에는 벽에 붙인, 일종의 침대. [사이.] 조명:
   흐리고, 고르다. 광원은 보이지 않는다. 제각기 발광하는 듯.
   흐리게 발광하는 듯. 그림자 없이. [사이.] 그림자 없이. 색깔:
   없다. 모두 흐리다. 흐림의 옅고 짙음. [사이.] 흐린 색이라고
   말할 수도, 흐린 색의 옅고 짙음. [사이.] 빤한 말 용서하길요.
   [사이.] 소리 키우지 말아요. [사이.] 이제 더 가까이에서 봐요.
   [사이.] 바닥.

3. 바닥 클로즈업 장면으로 전환. 매끈한 회색 직사각형, 0.70×1.50미터.
   5초.

4. 음. 먼지. [사이.] 견본을 봤으니 바닥 전체를 다 본 셈이에요.
   벽.

5. 벽면 클로즈업 장면으로 전환. 매끈한 회색 직사각형, 0.70×1.50미터.
   5초.

6. 음. 먼지. [사이.] 그럼 이제 벽이 어떤지 알고―.

7. 벽면 클로즈업 계속. 5초.

8. 음. 바닥이 어떤지 안 채로―.

9. 바닥 클로즈업 장면으로 전환. 5초.

10. 음. 다시 봐요.

11. '가'에서 바라본 전경으로 전환. 5초.

12. 음. 문.

13. 문 전체 클로즈업 장면. 매끈한 회색 직사각형, 0.70×2미터. 감지되지 않을
    정도로 열려 있음. 손잡이가 없음. 흐린 음악 소리. 5초.

14. 음. 창문.

15. 창문 전체 클로즈업 장면으로 전환. 불투명한 창유리, 0.70×1.50미터.

감지되지 않을 정도로 열려 있음. 손잡이 없음. 5초.

16. 음. 침대.

17. 매트리스 전체 클로즈업 장면으로 전환. 0.70×2미터. 회색 시트. 창문 쪽으로, 회색 직사각형 베개. 5초.

18. 음. 그럼 이제 침대가 어떤지 알고—.

19. 매트리스 전체 클로즈업 계속. 5초.

20. 음. 창문은 어떻고—.

21. 창문 전체 클로즈업 장면으로 전환. 5초.

22. 음. 문은 어떤지—.

23. 문 전체 클로즈업 장면으로 전환. 흐린 음악 소리. 5초.

24. 음. 벽은 어떻고—.

25. 조금 전과 같은 벽 클로즈업 장면으로 전환. 5초.

26. 음. 바닥은 어떤지 안 채로.

27. 조금 전과 같은 바닥 클로즈업 장면으로 전환. 5초.

28. 음. 다시 봐요.

29. 전경으로 전환. 5초.

30. 음. 유일한 삶의 기미, 앉은 이의 모습.

31. '가'에서 '나'로 느리게 다가가며 '형'과 문을 미디엄숏으로 담는다. '형', 간이 의자에, 구부정한 자세로, 얼굴을 감추고, 앉아 있다. 이 거리에서는 카세트테이프로 알아볼 수 없는 작은 카세트테이프를 두 손으로 꼭 붙들고 있다. 흐린 음악 소리. 5초.

32. '나'에서 '다'로 다가가며 '형'과 문을 근접 숏으로 담는다. 손에 든 것이 카세트테이프임을 이제 알아볼 수 있다. 조금 커진 음악 소리, 5초.

33. '다'에서 다가가며 '형'의 머리, 두 손, 카세트테이프를 클로즈업으로 담는다. 꼭 붙들고 있는 두 손, 숙인 고개, 감춘 얼굴. 조금 커진 음악 소리. 5초.

34. '다'와 '나'를 거쳐 '가'로 느리게 돌아간다(정지함 없이). 음악 소리가 점차 흐려지다가 '나' 지점에 이르면 아예 들리지 않는다.

35. '가'에서 바라본 전경. 5초.

II

26-29를 제외하고는 모두 '가'에서.

1. 음. 이제 그는 그녀의 목소리가 들린다고 생각할 거예요.
2. '형', 고개를 번쩍 들고, 구부정한 자세 그대로 문을 향해 돌아앉고, 그사이 언뜻 보이는 얼굴, 긴장한 자세. 5초.
3. 음. 아무도 없어요.
4. '형', 카세트테이프 위로 몸을 구부정히 숙이며, 처음 자세로 되돌아간다. 5초.
5. 음. 다시.
6. 2와 동일.
7. 음. 이제 문으로.
8. '형', 자리에서 일어나, 카세트테이프를 간이 의자에 내려놓고, 문으로 다가가, 카메라를 등진 채 오른쪽 귀를 문에 대고, 듣는다. 5초.
9. 음. 아무도. [5초간 사이.] 열어요.
10. '형', 오른손으로 문을 시계 방향으로 반쯤 밀어 열고, 카메라를 등진 채 내다본다. 2초.
11. 음. 아무도.
12. '형', 문에서 손을 떼고, 문이 서서히 닫힐 동안 카메라를 등진 채 엉거주춤 서 있다. 2초.
13. 음. 이제 창문으로.
14. '형', 창문으로 다가가고, 카메라를 등진 채 엉거주춤 서 있다. 5초.
15. 음. 열어요.
16. '형', 오른손으로 창문을 시계 방향으로 반쯤 밀어 열고, 카메라를 등진 채 내다본다. 5초.
17. 음. 아무도.
18. '형', 창에서 손을 떼고, 창문이 서서히 닫힐 동안 카메라를 등진 채 엉거주춤 서 있다. 2초.
19. 음. 이제 침대로.
20. '형', 매트리스 머리맡(창문 쪽)으로 다가가고, 서서 매트리스를 내려다본다. 5초.

21. '형', 매트리스 머리맡과 닿은 벽면으로 돌아서서, 벽으로 다가가고, '가'에서는 보이지 않는 벽에 걸린 거울에 얼굴을 비춰 본다.

22. 음. [놀라며.] 아!

23. 5초 뒤에 '형', 고개를 숙이고, 고개 숙인 채로 거울 앞에 서 있다. 2초.

24. 음. 이제 문으로.

25. '형', 간이 의자로 다가가, 카세트테이프를 집어 들고, 간이 의자에 앉고, 카세트테이프 위로 몸을 구부정히 숙이며, 처음 자세를 취한다. 2초.

26. I.31과 동일.

27. I.32와 동일.

28. I.33와 동일.

29. I.34와 동일.

30. I.35와 동일.

31. 음. 이제 그는 그녀의 목소리가 들린다고 또 생각할 거예요.

32. II.2와 동일.

33. '형', 일어서서, 간이 의자에 카세트테이프를 내려놓고, 문으로 다가가, 조금 전과 같이 열고, 내다보고, 앞으로 몸을 굽힌다. 10초.

34. '형', 자세를 바로 하고, 문에서 손을 떼고, 문이 서서히 닫히는 동안 엉거주춤 서 있고, 간이 의자로 다가가, 카세트테이프를 집어 들고, 엉거주춤 앉아 있다가, 결국 카세트테이프 위로 몸을 구부정히 숙이며, 처음 자세를 취한다. 5초.

35. '가'에서 처음으로 음악 소리가 흐릿하게 들린다. 점차 커진다. 5초.

36. 음. 그만.

37. 음악 소리가 그친다. '가'에서 본 전경. 5초.

38. 음. 반복.

III

1. "반복."이 들리자마자 '다'에서 바라본 '형'과 문의 근접 숏으로 전환. 음악 소리가 들린다. 5초.

2. 머리, 두 손, 카세트테이프로 다가가며 클로즈업. 음악 소리가 조금 커진다. 5초.

3. 음악 소리가 그친다. II.2의 액션. 5초.

4. II.4의 액션. 음악 소리가 다시 들린다. 5초.

5. '다'에서 바라본 '형'과 문의 근접 숏으로 물러난다. 음악 소리가 들린다. 5초.

6. 음악 소리가 그친다. II.2의 액션. '다'에서 바라본 '형'과 문의 근접 숏. 5초.

7. II.8의 액션. '다'에서 바라본 간이 의자, 카세트테이프, 문에 오른쪽 귀를 댄 '형'의 근접 숏. 5초.

8. II.10의 액션. 삐걱대며 문 열리는 소리 크레셴도로. '다'에서 간이 의자, 카세트테이프, 오른손으로 열린 문을 잡고 있는 '형'의 근접 숏. 5초.

9. 문에서 바라본 복도로 장면 전환. 회색 벽과 벽 사이 길고 비좁은 (0.70미터) 회색 직사각형, 텅 비고 반대편은 어둠에 잠겼다. 5초.

10. '다'에서 바라본 간이 의자, 카세트테이프, 열린 문을 잡고 있는 '형'의 근접 숏으로 전환. 5초.

11. II.12의 액션. 삐걱대며 서서히 문 닫히는 소리 데크레셴도로. '다'에서 간이 의자, 카세트테이프, 엉거주춤 선 '형', 문의 근접 숏. 5초.

12. 간이 의자 위의 카세트테이프를 위에서 클로즈업한 장면으로 전환. 좌석의 보다 큰 직사각형 위에 놓인 작은 회색 직사각형. 5초.

13. 간이 의자, 카세트테이프, 엉거주춤 선 '형', 문의 근접 숏으로 다시 전환. 5초.

14. '다'에서 본 II.14의 액션. '다'에서 본 '형'과 창문의 근접 숏. 5초.

15. '다'에서 본 II.16의 액션. 삐걱대며 창문 열리는 소리 크레셴도로. 흐릿한 빗소리. '다'에서 본 오른손으로 열린 창문을 잡고 있는 '형'의 근접 숏. 5초.

16. 창밖 풍경으로 전환. 밤. 침침한 불빛 속에 떨어지는 빗줄기. 빗소리 조금 더 크게. 5초.

17. '다'에서 바라본 열린 창문을 잡고 있는 '형'의 근접 숏으로 전환. 흐릿한 빗소리. 5초.

18. '다'에서 본 II.18의 액션. 삐걱대며 창문 닫히는 소리 데크레셴도로. '다'에서 본 '형'과 창문의 근접 숏. 5초.

19. '다'에서 본 II.20의 액션. '다'에서 본 '형', 거울, 매트리스 머리맡의 근접 숏.

20. 매트리스 전체를 위에서 클로즈업한 장면으로 전환.

21. 화면을 더 당겨 매트리스의 일부만 클로즈업, 베개에서 발치로, 다시 베개로 이동. 베개에서 5초.

22. 매트리스 전체를 위에서 클로즈업한 장면으로 다시 전환. 5초.

23. '다'에서 본 '형', 거울, 매트리스 머리맡의 근접 숏. 5초.

24. 비치는 것 없는 거울을 클로즈업한 장면으로 전환. 벽면의 보다 큰 직사각형에 덧댄 작은 회색 직사각형(카세트테이프와 같은 너비와 길이). 5초.

25. '다'에서 본 '형', 거울, 매트리스 머리맡의 근접 숏으로 다시 전환. 5초.

26. '다'에서 본 II.21의 액션. 다에서 본 '형'과 거울의 근접 숏. 5초.

27. 거울에 비친 '형'의 얼굴을 클로즈업한 장면으로 전환. 5초. 두 눈이 감긴다. 5초. 두 눈이 열린다. 5초. 고개가 앞으로 기운다. 거울에 비친 정수리. 5초.

28. '다'에서 본 고개 숙인 '형', 거울, 매트리스 머리맡의 근접 숏으로 다시 전환. 5초.

29. '다'에서 본 II.25의 액션. '다'에서 본 첫 장면과 같은 자세를 취하는 '형'의 근접 숏. 자세를 다 취하면 음악 소리가 들린다. 10초.

30. 음악 소리가 그친다. '다'에서 본 II.2의 액션. 나직이 다가오는 발소리. 발소리 멈춘다. 나직이 문 두드리는 소리. 5초. 다시 두드리는 소리, 더 커지지 않는다. 5초.

31. '다'에서 본 II.33의 액션. 삐걱대며 문 서서히 열리는 소리 크레셴도로. '다'에서 본 간이 의자, 카세트테이프, 열린 문을 잡은 채로 몸을 굽힌 '형'의 근접 숏. 10초.

32. 열린 문 앞쪽 복도에 선 작은 소년의 전신을 담은 근접 숏으로 전환. 후드가 달리고 빗물에 젖어 번들거리는 검은색 비옷 차림. 보이지 않는 '형'을 올려다보는 하얀 얼굴. 5초. 소년, 희미하게 고개를 젓는다. 표정 없이 치켜올린 얼굴. 5초. 소년, 다시 고개 젓는다. 표정 없이 치켜올린 얼굴. 5초. 소년, 돌아서서 간다. 멀어지는 발소리. 같은 위치에서 소년이 서서히

멀어지는 모습을, 복도 끝에 드리운 어둠 속으로 사라질 때까지 담는다. 텅 빈 복도에서 5초.

33. '다'에서 본 간이 의자, 카세트테이프, 열린 문을 잡고 있는 '형'의 근접 숏으로 다시 전환. 5초.

34. '다'에서 본 II.34의 액션. 삐걱대며 문 서서히 닫히는 소리 데크레셴도로. 5초.

35. '가'에서 본 전경으로 전환. 5초.

36. '가'에서 음악 소리가 들린다. 점차 커진다. 10초.

37. 점점 커지는 음악 소리와 함께 서서히 다가가며 이제는 두 팔에 감싸여 보이지 않는, 카세트테이프 위로 숙인 머리를 클로즈업한다. '라르고'가 끝날 때까지 유지.

38. 정적. '형', 고개를 든다. 두 번째로 분명하게 드러난 얼굴. 10초.

39. '가'로 서서히 물러난다.

40. '가'에서 본 전경. 5초.

41. 페이드아웃.

···다만 구름···
텔레비전을 위한 극

남 .... 보이지 않는 간이 의자에 앉아 보이지 않는 탁자 위로 몸을
굽히고 있는 남자의 뒷모습을 담은 근접 숏. 옅은 회색 가운과
머리에 꼭 끼는 수면 모자. 어두운 바닥. 내내 같은 숏 유지.

남I .... 세트 속 '남'. 모자와 긴 외투는 어둡고, 가운과 수면 모자는
밝게.

여 .... 여자 얼굴을 최대한 클로즈업해 두 눈과 입만 남긴 숏.
내내 같은 숏 유지.

숏 .... 빈 세트 또는 '남I'이 있는 세트의 롱숏. 내내 같은 숏 유지.

음 .... '남'의 목소리.

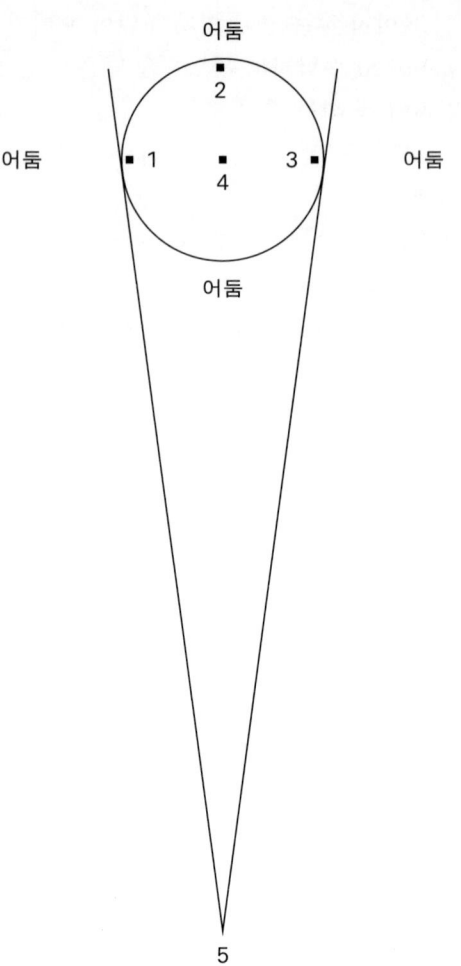

세트: 원형, 지름 약 5미터, 주변은 짙은 어둠.

조명: 어두운 가장자리부터 중심의 조명 최고치까지 서서히 밝아지도록 한다.

    1. 서, 길거리.

    2. 북, 안쪽 방.

    3. 동, 옷장.

    4. 선 자세.

    5. 카메라.

1. 어둠. 5초.

2. '남' 위로 조명 서서히 밝아진다. 5초.

3. 음. 내가 그녀를 생각할 때면 어김없이 밤이었어. 난
   들어왔어—.

4. 빈 '숏'으로 디졸브. 5초. '남1', 모자와 긴 외투 차림으로 서쪽 어둠에서
   등장해, 다섯 걸음 앞으로 옮기고 동쪽 어둠을 향해 선다. 2초.

5. 음. 아니—.

6. '남'으로 디졸브. 2초.

7. 음. 아니, 틀렸어. 그녀가 나타날 때면 어김없이 밤이었어. 난
   들어왔어—.

8. 빈 '숏'으로 디졸브. 5초. '남1', 모자와 외투 차림으로 서쪽 어둠에서
   등장해, 다섯 걸음 앞으로 옮기고 동쪽 어둠을 향해 선다. 5초.

9. 음. 그래. 들어왔어, 동틀 녘부터 나가 길을 걷다가, 밤을
   데리고 돌아왔고, 서서 귀 기울이다가[5초], 결국 옷장으로
   향했어—.

10. '남1', 다섯 걸음 앞으로 옮겨 동쪽 어둠 속으로 사라진다. 2초.

11. 음. 모자와 외투를 벗었고, 가운과 수면 모자로 갈아입었고,
    다시 나타나—.

12. '남1', 가운과 수면 모자 차림으로 동쪽 어둠에서 등장해, 다섯 걸음
    앞으로 옮기고 서쪽 어둠을 향해 선다. 5초.

13. 음. 다시 나타나 전처럼 섰고, 다만 반대 방향으로, 반대쪽
    옆모습이 보이게 섰다가[5초], 마침내 돌아서서 사라졌어—.

14. '남1', 오른쪽으로 돌아 앞으로 다섯 걸음 옮기고 북쪽 어둠 속으로
    사라진다. 5초.

15. 음. 내 작은 은신처인 안쪽 방으로 사라져, 아무도 날 보지
    못하는 그 어둠 속에 쭈그려 앉았어.

16. '남'으로 디졸브. 5초.

17. 음. 이제 우리가 맞았는지 확인해 보자.

18. 빈 '숏'으로 디졸브. 2초. '남1', 모자와 긴 외투 차림으로 서쪽 어둠에서
    등장해, 앞으로 다섯 걸음 옮겨 동쪽 어둠을 향해 선다. 2초. '남1', 앞으로
    다섯 걸음 옮겨 동쪽 어둠 속으로 사라진다. 2초. '남1', 가운과 수면 모자
    차림으로 동쪽 어둠에서 등장해, 앞으로 다섯 걸음 옮겨 서쪽 어둠을

향해 선다. 2초. '남1', 오른쪽으로 돌아 앞으로 다섯 걸음 옮겨 북쪽 어둠 속으로 사라진다. 2초.

19. 음. 맞아.

20. '남'으로 디졸브. 2초.

21. 음. 그렇게 내 작은 은신처인 안쪽 방에 쪼그리고 앉아, 아무도 날 보지 못하는 그 어둠 속에서, 난 빌기 시작했어, 그녀에게, 제발 나타나 달라고, 내 앞에. 내 오랜 상습이자 버릇대로. 소리 하나 없이, 마음으로만 빌었지, 그녀에게, 나타나 달라고, 내 앞에. 밤이 깊어 새벽으로 이울 때까지, 지칠 대로 지칠 때까지, 그러다 그칠 때까지. 또는 물론 그녀가 정말—.

22. '여'로 디졸브. 2초.

23. '남'으로 디졸브. 2초.

24. 음. 그녀가 만일 한 번도 나타나지 않았더라면, 그 오랜 시간 동안, 그럼에도 내가 과연 계속 빌었을까, 빌 수 있었을까, 그 시간 내내? 단순히 안쪽 방으로 사라져 다른 무어 무어에 몰두해, 또는 뭣도 아닌 것에, 뭣도 아닌 것에 몰두해 혼자 분주하게 시간을 보낸 게 아니라? 그러다가 동이 트고, 그러니 다시 출타할 때가 되었다는 이유만으로, 다시금 가운과 수면 모자를 벗고, 다시금 모자와 외투를 챙겨서, 다시 출타해 길을 걸을 때까지.

25. 빈 '숏'으로 디졸브. 2초. '남1', 가운과 수면 모자 차림으로 북쪽 어둠에서 등장해, 다섯 걸음 앞으로 옮기고 카메라를 향해 선다. 2초. '남1', 왼쪽으로 돌아 앞으로 다섯 걸음 옮겨 동쪽 어둠 속으로 사라진다. 2초. '남1', 모자와 외투 차림으로 동쪽 어둠에서 등장해, 앞으로 다섯 걸음 옮겨 서쪽 어둠을 향해 선다. 2초. '남1', 앞으로 다섯 걸음 옮겨 서쪽 어둠 속으로 사라진다. 2초.

26. 음. 맞아.

27. '남'으로 디졸브. 5초.

28. 음. 우리 이제 세 가지 가능한 경우를 구분해 보자. 첫 번째: 그녀가 나타났어, 그리고—.

29. '여'로 디졸브. 2초.

30. '남'으로 디졸브. 2초.

31. 음. 같은 숨에 사라진 경우. 2초. 두 번째: 그녀가 나타났어,
    그리고—.

32. '여'로 디졸브. 5초.

33. 음. 머무른 경우. 5초. 제발 나를 보라고 내가 생전에 그리도
    빌었던, 그 보지 않는 두 눈으로. 5초.

34. '남'으로 디졸브. 2초.

35. 음. 세 번째: 그녀가 나타났어, 그리고—.

36. '여'로 디졸브. 5초.

37. 음. 얼마간 지나—.

38. '여', 입을 놀리며 소리 내지 않고 '…구름… 다만 구름… 하늘의…'라고
    말하는 시늉 하고, '여'의 입놀림과 보조를 맞춰 '음', 다음과 같이
    중얼거린다. '…다만 구름….' 입놀림이 멈춘다. 5초.

39. 음. 맞아.

40. '남'으로 디졸브. 5초.

41. 음. 이제 우리 다시 한번 돌려 보자.

42. 빈 '숏'으로 디졸브. 2초. '남1', 모자와 외투 차림으로 서쪽 어둠에서
    등장해, 앞으로 다섯 걸음 옮겨 동쪽 어둠을 향해 선다. 2초. '남1', 앞으로
    다섯 걸음 옮겨 동쪽 어둠 속으로 사라진다 2초. '남1', 가운과 수면 모자
    차림으로 동쪽 어둠에서 등장해, 앞으로 다섯 걸음 옮겨 서쪽 어둠을
    향해 선다. 2초. '남1', 오른쪽으로 돌아 앞으로 다섯 걸음 옮겨 북쪽 어둠
    속으로 사라진다. 2초.

43. '남'으로 디졸브. 5초.

44. '여'로 디졸브. 2초.

45. '남'으로 디졸브. 2초.

46. '여'로 디졸브. 5초.

47. 음. 나를 봐. 5초.

48. '남'으로 디졸브. 5초.

49. '여'로 디졸브. 2초. '여', 입을 놀리며 소리 내지 않고 '…구름… 다만
    구름… 하늘의…'라고 말하는 시늉 하고, '여'의 입놀림과 보조 맞춰 '음',
    다음과 같이 중얼거린다. '…다만 구름….' 입놀림이 멈춘다. 5초.

50. 음. 내게 말을 해. 5초.

51. '남'으로 디졸브. 5초.

52. 음. 맞아. 그리고 당연히 네 번째 경우도 있었어, 아니면 내가 즐겨 불렀듯 영 번째 경우가. 영 번째가 가장 흔한 경우로, 비율로 치면 999 대 1, 또는 998 대 2 정도 됐을까, 내가 부질없이, 밤이 깊어 새벽으로 이울 때까지, 지칠 대로 지칠 때까지, 그러다 그칠 때까지, 빌고 빌던 경우. 몰두할 다른 무어 무어, 좀 더… 보람을 주는, 예를 들어… 예를 들어… 그래 세제곱근 같은 것에 정신을 빼앗겨, 또는 뭣도 아닌, 있으나 마나 한 것에, 그 **내 것**에 시간을 보내다가, 동이 트고, 그러니 다시 출타할 때가 되어, 작은 안쪽 방을 비우고, 가운과 수면 모자를 벗고, 다시금 모자와 외투를 챙겨서, 다시 출타해 길거리를 거닐 때까지. [사이.] 뒷길들을.

53. 빈 '숏'으로 디졸브. 2초. '남1', 가운과 수면 모자 차림으로 북쪽 어둠에서 등장해, 앞으로 다섯 걸음 옮겨 카메라를 향해 선다. 2초. '남1', 왼쪽으로 돌아 앞으로 다섯 걸음 옮겨 동쪽 어둠 속으로 사라진다. 2초. '남1', 모자와 외투 차림으로 동쪽 어둠에서 등장해, 앞으로 다섯 걸음 옮겨 서쪽 어둠을 향해 선다. 2초. '남1', 앞으로 다섯 걸음 옮겨 서쪽 어둠 속으로 사라진다. 2초.

54. 음. 맞아.

55. '남'으로 디졸브. 5초.

56. '여'로 디졸브. 5초.

57. 음. '…다만 하늘의 구름… 졸린 새의 울음… 지평선 이울고… 그늘 짙어 갈 때….' 5초.

58. '남'으로 디졸브. 5초.

59. '남'에서 모두 페이드아웃.

60. 암전. 5초.

독백 한 편

막 올림.

고르게 퍼진 흐린 조명.

화자는 아랫무대의 중심을 한참 비껴 관객석 기준으로 왼쪽에 서 있다.

흰머리, 흰 가운, 흰 양말.

화자와 수평으로 왼쪽 2미터 거리에, 그와 같은 높이로, 키 큰 기름등이 있다. 백골만 한 흰색 공 모양의 유리 등갓이 가물대는 빛을 비춘다.

이와 수평으로 무대 오른쪽 가장자리에 소박한 침대의 흰 발치가 보인다.

첫마디까지 10초 경과.

끝마디 30초 전부터 등불이 질 듯 가물거린다.

등불 나간다. 정적, 흩어진 조명 아래 화자, 등갓, 침대 발치 모두 겨우 보일 듯 말 듯하다.

10초 경과.

막 내림.

화자 태어남이 그의 죽음이었다. 다시. 단어가 얼마 없다. 또한 죽어 가. 태어남이 그의 죽음이었다. 그 뒤로 줄곧 섬뜩한 미소. 다가올 꺼풀 향해 치키고. 자장그네와 아기 침대에서. 빨고 첫 낭패. 첫걸음마 타면서. 엄마에서 할마로 그리고 되돌아. 끝까지. 이리저리 돌림질. 그리 심뜩한 미소 지으며 계속. 장례에서 장례로. 이제로. 이 밤. 25억 초. 다시. 25억 초. 고작 그뿐이라니. 장례에서 장례로. 누구의… 사랑하는 이들이라고 그는 말할 뻔했다. 3만 번의 밤. 고작 그뿐이라니. 죽은 밤중에 태어나. 해는 진작에 낙엽송 뒤로 졌다. 새 솔잎이 파릇해지는 때. 방에는 어둠이 슬며시 어리고. 기름등이 흐린 빛 흘릴 때까지. 낮춘 심지로. 그리고 이제. 이 밤. 저녁 거미 내리면 일어난다. 밤이면 밤마다. 방에 흐린 빛. 어디선지 알 수 없다. 창가엔 영. 아니. 거의 영. 영인 건 없지. 손 더듬어 창가로 다가가 밖을 본다. 거기 서서 밖을 본다. 목석처럼 서서 밖을 본다. 그 검은 광활 속에 기척하는 것 하나 없다. 결국 등이 서 있는 곳으로 손 더듬어 돌아간다. 서 있던 곳으로. 마지막으로 나갔을 때. 오른쪽 주머니에 성냥 낱개비 한 줌. 궁둥이에 긁어 아버지에게 배운 대로 불붙인다. 젖빛 유리

갓 벗겨 내려놓는다. 성냥 나간다. 조금 전과 같이 둘째로
불붙인다. 유리 굴뚝 벗긴다. 연기 자욱한. 왼손으로 든다.
성냥 나간다. 셋째로 전과 같이 불붙이고 심지에 댄다. 굴뚝
돌려놓는다. 성냥 나간다. 갓 돌려놓는다. 심지 낮춘다. 빛
가장자리로 뒷걸음해 돌아서서 동쪽 마주한다. 빈 벽. 그리
밤마다. 기상. 양말. 가운. 창문. 등. 빛 가장자리로 뒷걸음해
빈 벽 보고 선다. 한때 사진으로 뒤덮였던. 누구의… 사랑하는
이들이라고 그는 말할 뻔했다. 액자 없이. 유리 없이. 압정으로
벽에 꽂아 놓았던. 모양 크기 제각각이던. 하나하나 차례로
내려왔다. 갔다. 조각조각 찢기고 내버려져. 바닥에 흩뜨려져.
한꺼번에는 아니고. 한순간 끓어오르는 그… 말이 없다. 그
때문은 아니고. 벽에서 뜯겨 하나하나 찢겼다. 여러 해에
걸쳐. 여러 해 밤에 걸쳐. 이제는 벽에 압정 말고는 없다. 다는
아니다. 몇몇. 뜯어낼 때 같이 빠진. 아직 사진 쪼가리에 박힌.
그리해 거기 빈 벽 마주하고 서 있다. 계속해 죽어 가며. 더도
덜도 아니다. 아니. 덜. 죽어 갈 게 덜. 점점 덜 있다. 저녁 거미
깔릴 무렵의 빛처럼. 거기 동쪽 마주하고 서 있다. 한때 하얬던
구멍 패고 그늘진 빈 벽면. 한때 이름을 다 댈 수 있었다. 저기
아버지가 있었다. 저 희끗한 공허. 저기 어머니. 또 다른 공허.
저기 둘이 함께. 미소 지으며. 혼인날. 저기 셋이 다 같이. 저
희끗한 자국. 저기 혼자. 그 혼자. 그리 계속. 이제는 아니다.
잊혔다. 다들 간 지 너무 오래. 갔다. 뜯기고 찢겨. 온 바닥에
흩뜨려져. 안 보이게 침대 밑으로 쓸린 채 내버려져. 수천
바스라기 되어 침대 밑 먼지와 거미 틈에. 모든… 사랑이라고
그는 말할 뻔했다. 거기 벽 마주하고 서서 너머를 보는데.
거기에도 없다. 거기에도 기척 없다. 어디에도 기척 없다.
어디에도 보이는 것 없다. 어디에도 들리는 것 없다. 한때
소리로 가득 찼던 방. 흐린 소리. 어디선지 모를. 시간 더디
갈수록 줄어들고 흐려져. 밤 더디 갈수록. 이제 영. 아니. 영인
건 없지. 어느 밤이면 빗발 여전히 창유리에 배슷이. 밑의
그 자리에 슬며시 떨어지거나. 이제 와서도. 심지 낮췄어도
등에서 연기가. 이상하다. 등갓 공기구에서 흐린 연기 뿜어져

나온다. 이런 밤 잇따르며 얼룩진 낮은 천장. 거죽에 무정형의
검은 자국 나머지는 흰 벽면 그대로. 한때 하앴던. 상술한 여러
동작 끝에 벽 마주하고 서 있다. 즉 저녁 거미 내리면 일어나
가운 양말 꿰고. 아니. 이미 입었다. 밤사이 입고 있었다. 낮
사이. 낮 사이 밤사이. 저녁 거미 내리면 가운 양말 차림으로
일어나 잠시 방향 가늠한 뒤 손 더듬어 창가로 간다. 방에
흐린 빛. 말 못 하게 흐린. 어디선지 모를. 목석처럼 서서
밖을 본다. 검은 광활. 거기 없다. 기척하는 것 없다. 그가 볼
수 있는 한. 듣고. 그리 머무른다 다시는 못 움직일 듯. 또는
다시 움직일 의지가 영인 듯. 다시 움직일 의지가 영에 가까운
듯. 끝내 돌아서 등이 서 있다고 아는 곳으로 손 더듬어 간다.
그가 안다고 생각하는 곳으로. 마지막으로 서 있던 자리.
마지막으로 나간 자리. 상술한 대로 갓에 첫 성냥. 유리 굴뚝에
둘째. 심지에 셋째. 굴뚝과 갓 돌려놓는다. 심지 돌려 낮춘다.
빛 가장자리로 뒷걸음해 돌아서서 벽 마주한다. 동쪽. 그의
옆에 있는 등만큼 가만히. 흐린 빛 띠도록 흰 가운과 양말.
한때 하앴던. 흐린 빛 띠도록 흰머리. 프레임 가장자리에 겨우
보이는 침대 발치. 흐린 빛 띠도록 한때 하앴던. 거기 서서
너머를 본다. 없다, 빈 어둠. 첫마디까지는 늘 똑같다. 밤이면
밤마다 똑같다. 태어남. 이어 흐린 형체 위로 조명 슬며시
페이드업. 어둠에서 나와. 창문 하나. 서향. 해는 진작에
낙엽송 뒤로 졌다. 빛 죽어 가고. 머잖아 그조차 영. 아니.
영인 빛은 없지. 별도 달도 안 보이는 천상. 새벽어둠으로
죽어 가 결코 죽지 않는다. 거기 어둠 속 그 창문. 밤 슬며시
진다. 두 눈 작은 창유리에 두고 그 첫 밤을 본다. 그로부터
끝내 돌아서 어두워진 방 마주한다. 거기 끝내 흐린 손 하나
슬며시. 불붙인 불쏘시개 높이 쳐들고. 불쏘시개 빛에 흐린
손과 젖빛 갓. 이어 둘째 손. 불쏘시개 빛에. 갓 벗기더니
사라진다. 빈손으로 돌아온다. 굴뚝 벗긴다. 두 손과 굴뚝
불쏘시개 빛에. 불쏘시개 심지로. 굴뚝 돌려놓는다. 불쏘시개
든 손 사라진다. 둘째 손 사라진다. 검은빛 속에 굴뚝 홀로. 갓
든 손 돌아온다. 갓 돌려놓는다. 심지 돌려 낮춘다. 사라진다.

검은빛 속에 창백한 갓 홀로. 침대의 놋쇠 난간 번득인다.
페이드. 태어남이 그의 죽음. 그 반점 웃음. 3만 번의 밤. 등불
가장자리에 서서 너머를 본다. 다시 온전해진 어둠 속을. 창문
가고. 두 손 가고. 빛 가고. 간. 다시 또다시. 다시 또다시 간.
어둠이 다시 슬며시 벌어질 때까지. 희끗한 빛. 비 내리친다.
무덤을 에운 우산. 위에서 바라본. 흥건한 검은 지붕 이루며.
그 밑에 검은 구렁. 비 보글대는 검은 진흙. 당장은 비었다.
밑의 그 자리. 어느… 어느 사랑이냐고 그는 물을 뻔했다.
30초. 25억 초에 보탤. 그리고 페이드. 어둠 다시 온전하다.
복 받은 어둠. 아니. 온전함이란 없지. 그가 하는 말 헛들으며
너머를 보고 서 있다. 그가? 그의 입에서 떨어지는 말. 입으로
때우는. 상술한 대로 등불 켠다. 빛 가장자리로 뒷걸음해 벽
마주하러 돌아선다. 너머의 어둠 속을 본다. 첫마디 기다린다
늘 같은. 낱말 입에 고인다. 입 벌리고 혀를 내밀친다. 태어남.
어둠을 가른다. 슬며시 창문. 그 첫 밤. 방. 쏘시개. 두 손. 등.
놋쇠의 번득임. 페이드. 간. 다시 또다시. 다시 또다시 간.
헤벌린 입. 단마디 울음. 콧소리에 틀어막힌. 어두운 부분.
희끗한 빛. 내리치는 비. 흥건한 우산. 구렁. 보글대는 검은
진흙. 관은 프레임 밖에. 누구의? 페이드. 간. 다른 문제로
넘어간다. 넘어가려 한다. 다른 문제로. 벽에서 거리는 얼마나?
고개 거의 닿게. 창가에서처럼. 두 눈 창유리에 박고 밖을
본다. 기척 없다. 검은 광활. 다시는 못 움직일 듯 여전히 거기
목석처럼 서서 밖을 보며. 또는 다시 움직일 의지가 간 듯.
간. 흐린 울음 귓가에. 헤벌린 입. 숨 쉭 내쉬고 닫힌. 맞댄
입술. 입술과 입술 부드럽게 맞닿는 느낌. 입술과 입술하는
입술. 이어 전과 같이 울음으로 벌어진다. 이제 그는 어디에?
다시 창가에 밖을 보며 서 있다. 창에 두 눈 박고. 마지막으로
보듯. 마침내 돌아서고 유래 없는 흐린 빛 더듬어 보이지 않는
등으로 간다. 검은빛을 가르는 흰 가운. 한때 하얬던. 상술한
대로 불붙이고 벽 마주하러 움직인다. 고개 거의 닿게. 거기
서서 너머를 보며 첫마디 기다린다. 낱말 입에 고인다. 태어남.
입 벌리고 입술 사이로 혀를 내밀친다. 혀끝. 혀와 두 입술

부드럽게 맞닿는 느낌. 두 입술과 혀 맞닿는. 창문 너머 바깥 어둠 페이드업. 어둠에 난 균열 지나 너머의 다른 어둠을 본다. 더한 어둠. 해는 진작에 낙엽송 뒤로 졌다. 기척 없다. 흐린 기척도 없다. 목석처럼 서서 두 눈 창에 박고. 마지막으로 보듯. 그 첫 밤을. 3만 번의 밤 중 첫. 끝내 어두워진 방으로 돌아선다. 머지않아 닥칠 곳으로. 이 밤이 될 밤이. 쏘시개. 두 손. 등. 놋쇠의 번득임. 검은빛 속에 뿌연 갓 홀로. 놋쇠 난간 빛 받고. 30초. 25억 초 부풀릴. 페이드. 간. 울음. 콧숨에 꺼진다. 다시 또다시. 다시 또다시 간. 누구 무덤 닥칠 때까지? 어느… 어느 사랑이냐고 그는 물을 뻔했다. 그? 내리치는 빗발 아래 검은 구렁. 어둠 속 희끗한 균열 지나 저 멀찍이. 높은 곳에서 바라본. 흥건한 천 지붕. 보글대는 검은 진흙. 임박한 관. 사랑… 사랑이 오는 중이라고 그는 말할 뻔했다. 그녀가. 30초. 페이드. 간. 거기 서서 너머를 본다. 다시 온전해진 어둠 속을. 아니. 온전함은 없지. 고개 벽에 거의 닿아. 흰머리 빛을 받고. 흰 가운. 흰 양말. 흰 침대 발치 프레임 가장자리 무대 왼쪽에. 한때 하얬던. 최소한… 굽힘에 고개 벽에 닿는다. 하지만 아니. 목석처럼 서서 고개 쳐들고 너머를 본다. 기척 없다. 흐린 기척도. 3만 번의 밤을 너머의 귀신들과. 저 검은 너머의 너머. 귀신 빛. 귀신 밤. 귀신 방. 귀신 뇌. 귀신… 귀신 사랑이라고 그는 말할 뻔했다. 뜯는 마디 기다리며. 거기 서서 너머의 저 검은 쓰개 보며 헛들은 말에 입술 달싹인다. 다른 문제 따지는. 다른 문제 따지고자 하는. 다른 문제는 없다는 말 헛들리기까지. 다른 문제는 애초 없었다. 애초 두 문제도 없었다. 애초 이 한 문제밖에 없었다. 죽어서 간 자들. 죽어 가는 자들과 가는 자들. 시작 마디부터. 가. 지금 가는 빛처럼. 꺼지기 시작한. 방에서. 달리 어디? 너머를 보는 그가 알아차리지 못한 사이. 둥근 갓만 홀로. 다른 빛 말고. 유래 없는. 없는 곳에서 나오는. 사방에 있으나 없는. 말 못 하게 흐린. 갓만 홀로. 홀로 간.

흔들노래

조명

흐리게 의자를 밝힌다. 이를 제외하고는 어둡다.

　　차례로 어두워지는 의자 조명과 관계없이, 극 내내 얼굴에 흐린 스폿 조명을 유지한다. 소폭의 흔들림을 아우를 정도로 비추고, 의자가 정지했거나 평형일 때는 얼굴에 집중한다. 대사 중에는 얼굴이 이 빛의 범위를 살살 넘나든다.

　　막 올림 시 페이드업: 얼굴 위 스폿 조명부터 서서히 밝아지고, 긴 사이 후 의자 위 조명 서서히 밝아진다.

　　마지막 페이드아웃: 얼굴 위 스폿 조명만 남긴 채 의자부터 서서히 어두워지고, 긴 사이 후 고개가 서서히 수그러지다가 이내 멈추면 스폿 조명도 서서히 꺼진다.

'여'

나이에 비해 노안임. 덥수룩하게 센 머리. 무표정한 흰 얼굴에 커다란 두 눈. 양쪽 팔걸이 끝을 붙든 흰 손.

두 눈

감았거나 뜬 눈으로 깜빡임 없이 응시한다. 1부에서는 어림잡아 동등한 비율로, 2부와 3부에 걸쳐서는 눈 감은 비율이 증가하고, 4부 중반을 지나면서 아주 감긴다.

의상

칼라가 높이 올라간 검은색 레이스 이브닝드레스. 긴 소매. 흑요석 시퀸 장식이 의자가 흔들릴 때마다 반짝인다. 옷과 도무지 안 어울리는 화려한 장식의 조잡한 머리쓰개를 삐딱하게 써서, 의자가 흔들릴 때마다 머리에서 빛이 반사된다.

몸가짐

의자를 비추는 조명이 꺼질 때까지 부동의 자세 유지. 이어 스폿 조명과 함께

203

고개를 천천히 들어 올린다.

의자

흔들릴 때 반들거릴 정도로 윤을 낸 옅은 색 목제 흔들의자. 발판이 달리고,
등판은 수직이다. 둥글게 안으로 말린 팔걸이가 포옹을 연상시킨다.

흔들기

약하고, 느리게. '여'의 도움 없이 기계적으로 조종한다.

목소리

4부 말미, 예컨대 "스스로에게"부터 점차 나직해진다. 방점이 찍힌 대사는
'여'가 '음'으로 말한다. 매번 점차 나지막하게. '여'의 "더" 매번 조금 더
나지막하게.

'여', 의자에 앉은 여자.

'음', 이 여자의 녹음된 목소리.

아랫무대, 관객석 기준 왼쪽으로 슬쩍 비낀 지점에 흔들의자가 정면으로
놓여 있다. 여기 앉은 '여' 위로 조명이 서서히 밝아진다.

긴 사이.

여. 더.
     [사이. 흔들림과 목소리 함께.]
음. 그러다 마침내
     그날이 왔고
     끝내 그날이 왔고
     긴 하루 마무르며
     그가 말했지
     스스로에게
     달리 누구
     그만둘 때가
     그만둘 때가
     왔다 갔다
     온 눈길
     온 방향
     높게 낮게
     다른 하나 찾아
     자기와 같은 하나
     자기와 같은 생명 하나
     그나마 같은
     왔다 갔다
     온 눈길
     온 방향
     높게 낮게
     다른 하나 찾아
     그러다 마침내
     긴 하루 마무르며

스스로에게
달리 누구
그만둘 때가
그만둘 때가
왔다 갔다
온 눈길
온 방향
높게 낮게
다른 하나 찾아
산 사람 하나
왔다 갔다
온 눈길 자기와 같은
온 방향
높게 낮게
다른 하나 찾아
자기와 같은 하나
그나마 같은
왔다 갔다
그러다 마침내
긴 하루 마무르며
스스로에게
달리 누구
그만둘 때가
왔다 갔다
그만둘 때가
그만둘 때가

[동시에: "그만둘 때가" 메아리치고, 흔들림 멈추고, 불빛이 미세하게
흐려진다.

긴 사이.]

여. 더.

[사이. 흔들림과 목소리 함께.]

음. 그리해 마침내

긴 하루 마무르며
그가 도로 들어갔고
끝내 도로 들어갔고
스스로에게 말하며
달리 누구
그만둘 때가
그만둘 때가
왔다 갔다
그만두고 들어가
창가에 앉아
말없이 앉아
다른 창문 마주하고
그리해 마침내
긴 하루 마무르며
끝내 도로 들어가
도로 들어가
창가에 앉아
가리개 올리고
말없이 앉아
하나뿐인 창문
다른 창문 마주하고
다른 하나뿐인 창문들
온 눈길
온 방향
높게 낮게
다른 하나 찾아
창가에 앉아
자기와 같은 하나
그나마 같은
산 사람 하나
산 영혼 하나
창가에 앉아

자기와 같이 들어간 하나
도로 들어간 하나
마침내
긴 하루 마무르며
스스로에게 말하며
달리 누구
그만둘 때가
그만둘 때가
왔다 갔다
그만두고 들어가
창가에 앉아
말없이 앉아
하나뿐인 창문
다른 창문 마주하고
다른 하나뿐인 창문들
온 눈길
온 방향
높게 낮게
다른 하나 찾아
자기와 같은 하나
그나마 같은
산 사람 하나
산 영혼 하나

[동시에: "산 영혼 하나" 메아리치고, 흔들림 멈추고, 불빛이 미세하게
흐려진다.

긴 사이.]

여. 더.

[사이. 흔들림과 목소리 함께.]

음. 그러다 마침내
그날이 왔고
마침내 왔고
긴 하루 마무르며

그가 창가에 앉아
말없이 앉아
하나뿐인 창문
다른 창문 마주하고
다른 하나뿐인 창문들
일제히 가리개 내려
올리는 적 없고
올린 건 자기 하나
그러다 그날이 왔고
마침내 왔고
긴 하루 마무르며
창가에 앉아
말없이 앉아
온 눈길
온 방향
높게 낮게
다른 가리개 찾으려
올린 가리개 하나
디도 말고
얼굴은 바라지도 않고
창유리 뒤
굶주린 눈
자기와 같은 눈
보려고
보이려고
아니
올린 가리개 하나
자기와 같은 하나
그나마 같은
올린 가리개 하나
거기 다른 생명 하나
거기 어딘가에

창유리 뒤에
산 사람 하나
산 영혼 하나
그러다 그날이 왔고
마침내 왔고
긴 하루 마무르며
그가 말했어
스스로에게
달리 누구
그만둘 때가
그만둘 때가
창가에 앉아
말없이 앉아
하나뿐인 창문
다른 창문 마주하고
다른 하나뿐인 창문들
온 눈길
온 방향
높게 낮게
그만둘 때가
그만둘 때가

[동시에: "그만둘 때가" 메아리치고, 흔들림 멈추고, 조명이 미세하게
흐려진다.

긴 사이.]

여. 더.

[사이. 흔들림과 목소리 함께.]

음. 그리해 마침내
긴 하루 마무르며
그가 내려갔고
끝내 내려갔고
가파른 계단 내려딛고
가리개 내리고

저 아래
오래된 흔들이로
어머니 흔들이
어머니가 흔들던 자리
그 세월
온통 검게 두르고
아끼는 검은 옷 온몸에 두르고
흔들던 자리
흔들대던
당신 마지막 날 오도록
마침내 오도록
끝내 머리가 가도록
끝내 머리가 갔다고 했지
하지만 해코지는 안 했다고
순하디순했고
어느 날 사망
아니
밤
어느 밤 사망
흔들이에 앉아
아끼는 검은 옷 온몸에 두르고
꺾인 머리로
흔들이 혼자 흔들흔들
흔들어 대고
그리해 마침내
긴 하루 마무르며
내려갔고
끝내 내려갔고
가파른 계단 내려딛고
가리개 내리고
저 아래
오래된 흔들이로

마침내 그 품에 들어
흔들었어
흔들었어
감은 눈으로
감기는 눈으로
어머니 그토록 오래 온 눈길
굶주린 눈길
온 방향
높게 낮게
왔다 갔다
창가에 앉아
보려고
보이려고
그러다 마침내
긴 하루 마무르며
스스로에게
달리 누구
그만둘 때가
가리개 내리고 그만둘 때가
이만 내려갈 때가
가파른 계단 내려딛고
저 아래로 갈 때가
스스로의 다른 하나 되어
다른 산 영혼 되어
그리해 마침내
긴 하루 마무르며
내려갔고
끝내 아래로
가리개 내리고
저 아래
오래된 흔들이로
그리고 흔들었어

흔들었어
스스로에게 말하며
아니
그것도 끝
흔들이에게
마침내 그 품에 들어
흔들이에게 말하며
이만 흔들어 재우라고
자기 눈을 멈추라고
인생은 됐고
자기 눈을 끄라고
흔들어 재우라고
흔들어 재우라고
[동시에: "흔들어 재우라고" 메아리치고, 흔들림 멈추고, 조명
페이드아웃.]

오하이오 즉흥

'청', 듣는 이.

'독', 읽는 이.

듣는 이와 읽는 이의 생김새가 최대한 닮도록 한다.

무대 한가운데 놓인 탁자 위로 조명. 이를 제외하고는 어둡다.

탁자는 평범한 흰색 무른 나무 탁자로 대략 20×10센티미터라 하자.

팔걸이 없는 평범한 흰색 무른 나무 의자 두 개.

'청', 탁자 긴 쪽의 끄트머리, 관객석 기준 오른쪽에 정면으로 앉아 있다.
고개 숙이고 오른손으로 머리를 괴었다. 얼굴은 보이지 않는다. 왼손은 탁자
위. 검은색 긴 외투 차림. 긴 백발.

'독', 탁자의 짧은 쪽 한가운데, 관객석 기준 오른쪽에 옆모습을 보이며
앉아 있다. 고개를 숙이고 오른손으로 머리를 괴었다. 왼손은 탁자 위에.
마지막 몇 장을 남긴 책이 앞에 펼쳐져 있다. 검은색 긴 외투 차림. 긴 백발.

탁자 한가운데 챙 넓은 검은색 모자가 놓여 있다.

서서히 밝아진다.

10초.

'독', 책장을 한 장 넘긴다.

사이.

독. [낭독.] 할 이야기가 얼마 남지 않았다. 그는 마지막—

['청', 왼손으로 탁자를 한 번 똑 두드린다.]

할 이야기가 얼마 남지 않았다.

[사이. 똑.]

그는 편안해지기 위한 마지막 수로, 그들이 그리도 오래 함께
지냈던 곳을 나와 강 건너편의 단칸방으로 거처를 옮겼다.
그곳에서 하나뿐인 창문으로 강 하류의 말단, 저 백조의
섬까지 내다볼 수 있었다.

[사이.]

낯섦에서 편안함이 물 풀리듯 흘러나오길 바랐던 것이다.
낯선 방. 낯선 광경. 나가도 나눈 것 없는 곳으로. 돌아와도
나눈 것 없는 곳으로. 이로부터 얼마간 편안해지길 한때나마,
반쯤 소망했던 터였다.

[사이.]

느린 발길로 작은 섬을 오가는 그의 모습을 몇 날이고 볼
수 있었다. 몇 시간이고 그는 걸었다. 날씨가 어떻든 검은색
긴 외투를 걸치고 라탱 지구풍의 구세계 모자를 쓰고. 길이
끝나는 지점에 이르러서는 물러나는 강줄기를 감상하려 꼭
발길을 멈췄다. 희열의 소용돌이를 일으키며 강의 두 팔이
합류하고 하나 되어 흘러 나가는 모습을 반추하며. 그러고는
돌아서 느린 길을 되밟았다.

[사이.]

꿈에서 그는—.

[똑.]

그러고는 돌아서 느린 길을 되밟았다.

[사이. 똑.]

꿈에서 그는 이미 이러한 변화를 경고받은 터였다. 소중한
얼굴을 보고 말 없는 말을 들었다. 우리가 그리도 오래 함께
혼자였던 곳에 머무르길, 내 그늘이 당신에게 위로가 될 테니.

[사이.]

이제라도—.

[똑.]

소중한 얼굴을 보고 말 없는 말을 들었다. 우리가 그리도 오래
함께 혼자였던 곳에 머무르길, 내 그늘이 당신에게 위로가 될
테니.

[사이.]

이제라도 돌아설 수 없을까? 실수를 인정하고 그들이 그리도
오래 함께 혼자였던 곳으로 돌아가면. 함께 혼자 너무도 많은
것을 나누며. 아니. 그가 혼자 한 일은 되돌릴 수 없었다.
언제고 그가 혼자 한 일은 그 무엇도 결코 되돌릴 수 없었다.
그이 혼자서는.

[사이.]

막다른 그곳에서 그는 밤에 대한 오랜 공포에 다시
사로잡혔다. 너무나 긴 세월이 경과한 터라 없었던 일만
같던 두려움에. [사이. 가까이 들여다본다.] 그렇다, 너무나 긴
세월이 경과한 터라 없었던 일만 같던 두려움에. 40쪽 네

번째 문단에서 길게 서술한 바 있는 끔찍한 증상들이 이제
그 기세가 배가되어 돌아왔다. [앞으로 책장을 넘기려 든다. '청'의
왼손이 저지한다. 놓았던 장으로 돌아간다.] 백야가 다시 그의 몫이
되었다. 아직 그의 심장이 젊던 시절 그러했듯. 잠도 잠과
용감히 대면하는 일도―[책장을 넘긴다.]―동트기 전에는
없었다.

[사이.]

할 이야기가 얼마 남지 않았다. 어느 날 밤에―.

[똑.]

할 이야기가 얼마 남지 않았다.

[사이. 똑.]

어느 날 밤에 그가 두 손으로 떨리는 머리를 감싸고 머리부터
발끝까지 바들대며 앉아 있는데, 한 남자가 나타나 말했다.
당신을 위로하라고―그리고 여기서 그는 소중한 이름을
말했다―가 보내서 왔습니다. 그러더니 검은색 긴 외투
주머니에서 손때 묻은 책을 꺼내고 자리에 앉아 새벽까지
읽었다. 그러고는 말없이 사라졌다.

[사이.]

얼마 후 남자가 다시 한번 같은 시간에 같은 책을 들고
나타났고, 이번에는 서두 없이 바로 자리에 앉아 다시 긴 밤
내내 줄곧 책을 읽었다. 그러고는 말없이 사라졌다.

[사이.]

그렇게 시시로 예고 없이 나타나 그 슬픈 이야기를 처음부터
재차 읽으며 긴 밤을 지새웠다. 그러고는 말없이 사라졌다.

[사이.]

단 한 마디도 주고받지 않는 가운데 그들은 점차 하나가
되었다.

[사이.]

그러다 급기야 그가 책장을 덮고도 그리고 동틀 때가 되도록
사라지지 않고 말없이 자리를 지키는 밤이 왔다.

[사이.]

마침내 그가 말했다. 내가―그리고 여기서 그는 소중한

이름을 말했다—로부터 다시 오지 말라는 전갈을 받았습니다. 소중한 얼굴을 봤고 말 없는 말을 들었습니다. 이제 그를 다시 찾아가지 않아도 돼요, 설사 그럴 힘이 당신에게 있다 해도, 라고요.

[사이.]

그리해 슬픈 이야기가—.

[똑.]

소중한 얼굴을 봤고 말 없는 말을 들었습니다. 이제 그를 다시 찾아가지 않아도 돼요, 설사 그럴 힘이 당신에게 있다 해도, 라고요.

[사이. 똑.]

그리해 슬픈 이야기를 마지막으로 하고 두 사람은 바위로 변한 듯 자리를 지켰다. 하나뿐인 창문 너머로 새벽은 빛 한 자락 들이지 않았다. 거리에서는 되살아나는 소리 하나 들리지 않았다. 아니면 둘이 헤아릴 길 없는 상념에 묻혀 바깥 소리에 귀 기울이지 않았던 걸까? 날을 밝히는 빛에. 되살아나는 소리에. 둘의 상념 헤아릴 길 없고. 상념, 아니, 상념이 아니다. 마음의 심연. 마음의 헤아릴 길 없는 이런저런 심연에 묻혀. 마음 없음의 심연. 어떤 빛도 닿지 못하는 곳. 어떤 소리도. 그리해 바위로 변한 듯 자리를 지켰다. 슬픈 이야기를 마지막으로 하고.

[사이.]

할 이야기가 남지 않았다.

[사이. '독', 책을 덮으려 든다.

똑. 반쯤 닫힌 책.]

할 이야기가 남지 않았다.

[사이. '독', 책을 덮는다.

똑.

침묵. 5초.

두 사람, 동시에 오른손을 탁자로 내리고 고개를 들어 서로를 본다. 눈 깜빡이지 않고. 표정 없이: 10초.

페이드아웃.]

사방

실연자 네 명, 조명, 타악기를 위한 소품.

실연자 네 명(1, 2, 3, 4)이 주어진 구역을 저마다의 경로대로 걷는다.

구역: 정사각형. 각 변의 길이: 여섯 걸음.

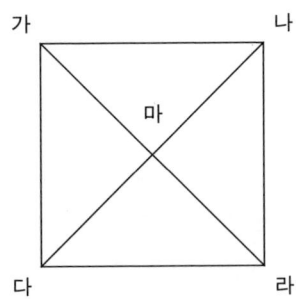

경로 1: 가다, 다나, 나가, 가라, 라나, 나다, 다라, 라가

경로 2: 나가, 가라, 라나, 나다, 다라, 라가, 가다, 다나

경로 3: 다라, 라가, 가다, 다나, 나가, 가라, 라나, 나다

경로 4: 라나, 나다, 다라, 라가, 가다, 다나, 나가, 가라

1이 '가'로 입장, 자기 경로를 완주하면 3이 합류한다. 둘이 함께 각자의 경로를 완주하면 4가 합류한다. 셋이 함께 각자의 경로를 완주하면 2가 합류한다. 넷이 함께 각자의 경로를 완주한다. 1 퇴장. 2, 3, 4가 계속해 각자의 경로를 완주한다. 3 퇴장. 2와 4가 계속해 각자의 경로를 완주한다. 4 퇴상. 첫 번째 시리즈 완료. 2 계속하며 두 번째 시리즈 개시하고, 2가 자기 경로를 완주하면 1이 합류한다. 등등. 동작 끊이지 않는다.

첫 번째 시리즈(위와 동일): 1, 13, 134, 1342, 342, 42
두 번째 시리즈: 2, 21, 214, 2143, 143, 43
세 번째 시리즈: 3, 32, 321, 3214, 214, 14
네 번째 시리즈: 4, 43, 432, 4321, 321, 21
네 가지 가능한 독주 모두 포함.
여섯 가지 가능한 이중주 모두 포함(그중 두 가지는 중복).
네 가지 가능한 삼중주 모두 중복 포함.

중단 없이 개시 반복하고 1이 홀로 걷는 동안 서서히 페이드아웃. (1) (5)

조명 (2)

위에서 아래로 어둡게 구역 비추다가 페이드아웃.

각기 다른 색 조명이 뭉치를 이룬 광원 넷.

실연자별로 저만의 색을 배정해, 해당 실연자가 등장할 때 그에 해당하는 조명을 켜고, 경로를 걷는 동안 유지하다가 실연자가 퇴장하면 해당 조명을 끈다.

예컨대 1 하양, 2 노랑, 3 파랑, 4 빨강이라면

첫 번째 시리즈: 하양, 하양+파랑, 하양+파랑+빨강,

하양+파랑+빨강+노랑, 파랑+빨강+노랑, 빨강+노랑.

두 번째 시리즈: 노랑, 노랑+하양, 노랑+하양+빨강 등등.

모든 가능한 조명 조합으로.

타악기

네 종류의 타악기, 예를 들어 북, 공, 트라이앵글, 우드블록.

실연자별로 저만의 타악기를 배정해 해당 실연자가 등장할 때 그에 해당하는 악기를 연주하고, 경로를 걷는 동안 유지하다가 실연자가 퇴장하면 해당 악기의 연주를 중지한다.

예컨대 1 북, 2 공, 3 트라이앵글, 4 우드블록이라면

첫 번째 시리즈: 북, 북+트라이앵글, 북+트라이앵글+우드블록 등등.

조명과 동일한 체계.

모든 가능한 타악기 조합으로.

모든 조합에서 타악기 간헐적으로 연주해 중간중간 발소리만 들리도록 한다.

내내 피아니시모로 연주한다.

타악기 연주자들은 무대 세트 뒤쪽에 놓인 단 위에 자리하되, 그늘에 가려 거의 보이지 않는다.

발소리

실연자마다 제각각 소리를 낸다.

의상

바닥에 닿는 긴 가운, 얼굴을 가리는 쓰개.

실연자마다 각기 배정받은 조명에 상응하는 색깔을 입는다. 1 하양, 2 노랑, 3 파랑, 4 빨강.

　　모든 가능한 의상 조합으로.

실연자

체격이 서로 최대한 비슷하도록 한다. 작고 가늘면 좋다.

　　얼마간의 발레 경험이 있는 편이 바람직하다. 청소년도 가능. 성별 무관.

카메라

정면에 높이 고정. 실연자와 타악기 연주자 모두 프레임 안에 들도록 한다.

시간 (3)

1초당 한 걸음을 기초로 하되 모서리와 가운데 지점에서 허비되는 시간을 감안하면 대략 25분 소요된다.

문제 (4)

'마'에서 실연자 중 세 명 또는 네 명의 경로가 교차할 때 어떻게 리듬을 깨지 않고 이 지점을 넘을 것인가. 또는, 리듬이 깨지는 걸 허용한다면, 어떻게 최대한 활용할 것인가.

(1)　슈투트가르트 상연에서는 이 원각본(『사방 I』)에 이어 이를 변주한 『사방 II』가 이어졌다. (5)

(2)　실행 불가능해 폐기. 내내 일정한 중성색 조명이 비춘다.

(3)　잘못 짐작함. 『사방 I』, 빠른 박, 약 15분. 『사방 II』, 느린 박, 한 시리즈만, 약 5분.

(4)　'마'는 위험 지대로 간주. 고로 피하도록. 애초 첫 독주의 첫 대각선 경로('다나')에서 대처 동작 확립. 예컨대 첫 시리즈:

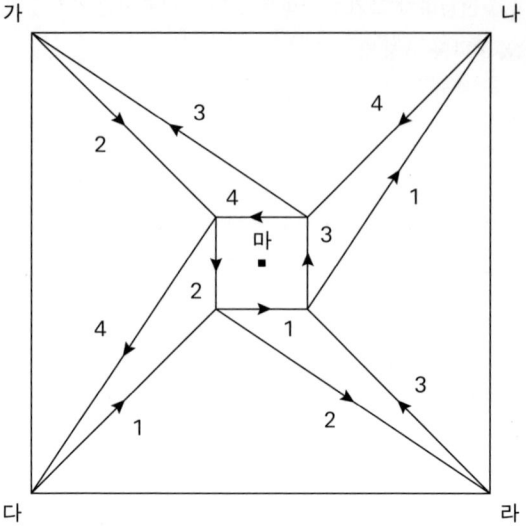

(5) 색깔 없이, 실연자 네 명 모두 동일한 흰색 가운을 입고, 타악기 없이, 오직 발소리만, 느린 박, 첫 번째 시리즈만.

나흐트 운트 트로이메

요소

　　저녁 빛.

　　꿈꾸는 이('가').

　　그의 꿈속 자아('나').

　　꿈속에서의 오른손('우')과 왼손('좌').

　　슈베르트의 리트 「나흐트 운트 트로이메」['밤과 꿈']의 마지막 일곱 마디.

1.　불 꺼진 빈방이 서서히 드러난다. 뒷벽 높이 난 창문으로 스미는 저녁 빛 외에 별도의 조명은 없다.

　　전경의 왼편에 탁자가 있고, 거기 한 남자가 흐린 저녁 빛 속에 앉아 있다. 오른쪽 옆얼굴이 보이게 고개를 숙였으며, 머리는 반백이고, 두 손은 탁자 위에 있다. 고개와 두 손, 그리고 탁자에 손이 놓인 자리만 분명히 보인다.

2.　나직한 콧노래. 남자 목소리가 슈베르트의 리트 「나흐트 운트 트로이메」의 마지막 일곱 마디를 흥얼거린다.

3.　저녁 빛 페이드아웃.

4.　나직한 노랫소리. "홀데 트로이메…"['고운 꿈들이여…']로 시작하는 리트의 마지막 세 마디 가사를 독일어로 읊조린다.

5.　'가'가 숙인 고개를 더 낮춰 양손에 얹는 사이 서서히 어두워지는 무대. 최소한외 빛 이래 보일 듯 말 듯한 '가', 꿈꾸는 내내 처음 자세를 유지한다.

6.　'가', 꿈꾼다. 중경의 오른편에 놓인 120센티미터 높이의 보이지 않는 단에서, '나'가 서서히 드러난다. 꿈에 잠긴 '가'와 같은 자세로, 숙인 고개를 탁자 위 양손에, 단 왼쪽 옆얼굴이 보이도록 얹고 있고, '가'를 비추는 빛보다는 부드러운 희미한 조명을 받는다.

7.　'좌'가 양손에 기댄 '나'의 고개 위와 그 너머의 어둠에서 등장해, '나'의 머리 위에 살며시 내려앉는다.

8.　'나'가 고개를 들자, '좌'가 뒤로 물러나 사라진다.

9.　'우'가 같은 어둠 속에서 물잔을 들고 등장해, '나'의 입가로 물잔을 살며시 옮긴다. '나'가 마시자 '우', 사라진다.

10.　'우', 이번에는 천 조각을 들고 나타나 '나'의 이마를 살며시 닦더니, 천을 들고 사라진다.

11.　'나', 고개를 더 높이 들어 보이지 않는 얼굴을 올려다본다.

12. '나', 위쪽을 계속 바라보며, 오른손을 들어 손바닥이 위로 향하게 펼친다.

13. '우', 다시 나타나 '나'의 오른손 위에 살며시 내려앉는다. '나'는 여전히 위를 바라보고 있다.

14. '나', 시선을 맞닿은 두 손으로 옮긴다.

15. '나', 왼손을 들어 맞닿은 두 손 위에 얹는다.

16. 세 손이 탁자 위로 가라앉듯 함께 내려오고, 그 위로 '나'의 고개가 내려앉는다.

17. '좌'가 다시 나타나 '나'의 고개 위에 살며시 내려앉는다.

18. 꿈 장면을 밝히던 조명, 페이드아웃.

19. '가'와 저녁 빛, 서서히 밝아진다.

20. '가', 처음 자세로 고개를 든다.

21. 2에서와 같이 리트.

22. 저녁 빛, 페이드아웃.

23. 4에서와 같이 리트의 마지막 세 마디.

24. 5에서와 같이 '가' 위로 서서히 어두워지는 조명.

25. '가', 꿈꾼다. 6에서와 같이 '나' 위로 서서히 밝아지는 조명.

26. '나'에게 느리게 다가가며 클로즈업하고, 그사이 '가'를 놓친다.

27. 7-16에서와 같이 꿈을 꾸되, 클로즈업으로 그리고 조금 전보다 느린 동작으로.

28. 도입부의 관점으로 서서히 물러나면서 '가'를 되찾는다.

29. 꿈, 페이드아웃.

30. '가', 페이드아웃.

단편극의 출간, 공연과 방송, 번역에 대해[1]

「지는 모두」
All That Fall
1956년 집필/1957년 라디오방송/1957년 출간

'라디오를 위한 극'. 영국 BBC 라디오방송 의뢰로
1956년 7–9월에 영어로 집필했다. 1957년 1월 13일 BBC 서드
프로그램(Third Programme, 라디오3의 전신)에서 도널드
맥휘니(Donald McWhinnie) 연출로 처음 방송됐다. 방송 길이는
69분 39초.

1957년에 런던의 페이버 앤드 페이버(Faber and Faber,
이하 '페이버')와 뉴욕의 그로브 출판사(Grove Press, 이하
'그로브')에서 초간했다. 사뮈엘 베케트와 로베르 팽제(Robert
Pinget)가 번역한 프랑스어 각본「투 쇠 키 통브(Tous ceux
qui tombent)」가 이해 3월 파리의 문예지『레 레트르 누벨(Les
Lettres nouvelles)』에 실렸다. 첫 프랑스어 방송일은 1959년
12월 19일로, 알랑 트뤼타(Alan Trutat)가 연출을 맡고 매니 억에
마리스 파예(Marise Paillet)가, 댄 역에 로제 블랭(Roger Blin)이
목소리로 출연했다. 엘마어 토포벤(Elmar Tophoven)과 에리카
토포벤(Erika Tophoven)이 번역한 독일어 각본「알레, 디 다
팔렌(Alle, die da fallen)」은 독일 국영 북서독일방송(NWDR)에서
1957년 4월 18일(세족목요일)에 처음 방송됐다. 방송 길이는 80분.
독일어 번역본은 프랑크푸르트의 주어캄프 출판사(Suhrkamp
Verlag, 이하 '주어캄프')에서 같은 해에 출간했다.

BBC 방송 시에는 시골 배경음을 구성하는 여러 효과음을
배우가 맡았는데(성대모사), 베케트는 1975년에 클라스
질리아쿠스(Clas Zilliacus)에게 보낸 편지에서 "나는 BBC식
인간 모방자보다는 진짜 동물 소리를 선호했을 것"이라며 이런
결정에 의구심을 밝혔다. 1986년에는 자신의 라디오극 전작을
모아 1988년 1월 BBC 스튜디오에서 녹음한 '베케트 라디오극

축제(Beckett Festival of Radio Plays)' 기획 측에게, BBC 방송에서는 크리스티의 버새(hinny)가 "히이힝(hee-haw)" 하고 울었지만 사실 "버새는 말 울음소리로 운다(whinnie)"고 재확인해 주었다.

"배역": 이 책에 실린 단편극 가운데 드물게 "cast [of characters]"라는 분류를 사용하고 있다. 연도별로 작품을 따라가다 보면 이 분류가 사라지고, 역에 붙인 이름마저—장르에 따라, 그리고 애초 이름이나 성별을 특정한 경우에—점차 머리글자만 남기고 간소화되는 경향을 보인다.

극 중 음악은 슈베르트의 현악사중주 14번「죽음과 소녀(Der Tod und das Mädchen)」(D810) 중 2악장으로, '베케트 라디오극 축제' 연출에는 슈베르트의 가곡「죽음과 소녀」(D531, 마티아스 클라우디우스[Matthias Claudius] 글·가사)가 사용됐다.

"지는 모두": 극의 제목은 극에 인용된「시편」145장 14절("주께서 쓰러지는 이 모두…")에서 가져온 것이다.

"참새의 수많음보다도": 참새의 수많음에 빗대어 우리의 귀함을 은유한 이야기는「누가복음」12장 6-7절('참새 다섯 마리의 비유')에서 찾아볼 수 있다.

「크래프의 마지막 테이프」
Krapp's Last Tape

1958년 집필/1958, 1959, 1969년 공연/1959년 출간/1972년 텔레비전 방송

베케트가 1958년 초반에 영어로 집필한 일막극·일인극. 뉴욕의 문예지『에버그린 리뷰(Evergreen Review)』(1958년 여름 호)에 처음 수록됐다. 런던의 로열 코트 극장에서 1958년 10월 28일, 도널드 맥휘니 연출, 패트릭 머기(Patrick Magee) 주연으로 초연됐다. 베케트와 피에르 레리스(Pierre Leyris)의 프랑스어 번역으로는 1959년『레 레트르 누벨』에 처음 실렸고, 같은 해에 페이버에서『크래프의 마지막 테이프 그리고 불씨(Krapp's Last Tape and Embers)』로 초간했다. 이후 베케트가 연출 과정에 관여한 여러 공연을 거치면서 상당 부분 각색되어, 출간된 각본을 최종본으로 보기는 어렵다.

1959년 9월 28일, 베를린의 실러 극장에서 발터 헨(Walter Henn)이 연출한 독일 초연이 있었다. 1969년 10월에는 베케트가 직접 연출을 맡아 마르틴 헬트(Martin Held) 주연으로 같은 곳에서 극을 올렸다. 해당 각본은 주어캄프에서 1970년에 출간한 『「마지막 테이프」 베를린 공연 연출 노트(Das letzte Band. Regiebuch der Berliner Inszenierung)』에 실려 있고, 베케트 전기 작가 제임스 놀슨(James Knowlson)에 따르면 베케트가 남긴 연출 노트를 통해 보다 포괄적이고 상세한 변화 경위를 확인할 수 있다. 1972년에는 도널드 맥휘니 연출, 패트릭 머기 주연으로 BBC2에서 최초로 텔레비전에서 방송되었으며, 베케트 연출로는 1975년 4월에 프랑스 파리에서도 공연됐다. 두 경우 모두 베를린 공연 이후 베케트가 수정한 각본이 사용됐고, 따라서 BBC2 방송 각본이 최초의 영어 수정본에 해당한다.[2]

극 중 노인에게, 베케트는 영어 단어 'crap'이 연상되는 독일어풍 이름 'Krapp'를 붙였다. 이와 철자가 조금 다른 'Krap'은 베케트가 처음으로 완성한 희곡 작품 「엘레우테리아(Eleutheria)」 (1947년에 프랑스어로 집필)에 등장하는 인명이기도 하다. 'crap'은 허드레, (체 치고 남은) 찌꺼기, 여물을 의미하다가 점차 쓰레기, 배설물, 군소리로 뜻이 확장된 말이다. 영어 제목과 달리, 베케트와 레리스가 번역한 프랑스어 각본과 엘마어와 에리카 토포벤이 번역한 독일어 각본의 제목은 '크래프'(또는 '크라프')라는 이름 없이, 각각 '라 데르니에르 방드(La Dernière bande)'와 '다스 레츠테 반트(Das letzte Band)'로 번역됐다.

"이제 날 저물어 밤이 점차 다가오는지…"는 영국 성공회교 신부 세이빈 베어링굴드(Sabine Baring-Gould)가 1865년에 작사한 찬송가 「나우 더 데이 이즈 오버(Now the Day Is Over)」로, 자장가로도 알려져 있다. 베케트가 연출한 공연에서는 크래프가 노래하는 두 대목이 지나치게 시선을 의식한 인위적 순간이라는 판단에 생략됐다.[3]

『에피 브리스트』는 독일에서 1895년에 출간된 테오도어 폰타네(Theodor Fontane)의 사실주의 소설로, 「지는 모두」에서도 에피가 짧게 언급된다.

「불씨」

Embers

1957–9년 집필/1959년 라디오방송/1959년 출간

'라디오를 위한 소품'. BBC 라디오를 위해 1957–8년에 영어로
집필하고 1959년 2월 탈고해, '에브(Ebb, '이욺')'라는 제목으로
BBC에 전달됐다. 1959년 6월 24일, 도널드 맥휘니 연출로 BBC
서드 프로그램에서 처음 방송됐다. 헨리 역은 잭 맥가우런(Jack
MacGowran)이, 음악 교사/승마 교사 역은 패트릭 머기가 맡았다.
방송 길이는 44분 38초. 이탈리아 방송 협회(RAI, 'Rai'의 전신)의
1959년도 라디오극상을 수상했다.

『에버그린 리뷰』1959년 11/12월 호에 처음 실렸다.
페이버에서『크래프의 마지막 테이프 그리고 불씨』로 1959년
12월 초간했고, 그로브에서『크래프의 마지막 테이프 그리고 다른
희곡 소품(Krapp's Last Tape and Other Dramatic Pieces)』으로
1960년 초간했다. 프랑스어로는 로베르 팽제와 사뮈엘 베케트가
번역한 '상드르(Cendres, '재')'라는 제목으로『레 레트르 누벨』
36호(1959년 12월)에 실렸다. 첫 프랑스어 방송은 1966년 5월
8일, 장자크 비에른(Jean-Jacques Vierne) 연출로 프랑스 라디오
텔레비전 방송 공사(ORTF)에서 송출됐다. 헨리 역에 로제
블랭이 목소리로 출연했다. 독일어로는 '아셴글루트(Aschenglut,
'재')'라는 제목 아래 엘마어와 에리카 토포벤 번역, 도널드 맥휘니
연출로 남서독일방송(SWDR)에서 처음 방송됐다. 주어캄프에서
사뮈엘 베케트의『희곡 작품(Dramatische Dichtungen)』
2권에 실어 1964년 출간했고, 1970년에 슈투트가르트의 레클람
출판사(Reclam Verlag)에서 영어와 독일어 각본을 함께 실은
『엠버스/아셴글루트(Embers/Aschenglut)』를 냈다.

BBC 방송 시에는 헨리의 귓가에 맴도는 "바닷소리" 효과음을
내기 위해 오르간 음을 전자적으로 변형한 웅웅 소리를 파도
소리와 같이 사용한 반면, '베케트 라디오극 축제' 연출에서는
베케트의 추천에 따라 더블린 남쪽의 킬리니 해변에서 녹음한
파도 소리를 썼다. 편집자 에버렛 프로스트(Everett Frost)에
따르면, 킬리니 해안에서는 해수가 움직이는 몽돌 틈을 빠져나갈

때 실제로 돌을 빼는 듯한 소리가 난다고 한다.

　"산타 체칠리아"는 음악의 수호성인이다.

　"[이탈리아어로.] 콰!": '여기'라는 뜻의 이탈리아어 단어 'qua'를 말한다.

「말과 음악」

Words and Music

1961년 집필/1962년 라디오방송/1964년 출간

'라디오를 위한 소품'. 베케트가 작곡가와 협업해 집필한 라디오극 두 편 중 하나로(두 번째는 마르셀 미할로비치[Marcel Mihalovici]와 함께한 「카스칸도」로, 이 두 작품은 베케트가 하나는 영어로, 하나는 프랑스어로 쓴 마지막 두 라디오극이기도 하다), BBC 라디오의 의뢰로 존 베켓(John Beckett)과 함께 작업해 1961년 11-12월에 탈고했다. 이 영어 각본은 『에버그린 리뷰』 27호(1962년 11/12월 호)에 처음 실렸다. 1964년 3월에 페이버에서 『재생 그리고 라디오용 소품 두 편(Play and Two Short Pieces for Radio)』으로 엮어 초간했다. 그로브에서는 1969년에 『카스칸도 그리고 다른 단편 희곡 소품(Cascando and Other Short Dramatic Pieces)』으로 출간했다. 베케트가 번역한 프랑스어 각본은 「파롤 에 뮤지크(Paroles et Musique)」로 미뉘 출판사(Les Éditions de Minuit, 이하 '미뉘')에서 1966년에 출간했다.

　1962년 11월 13일, BBC 서드 프로그램에서 처음 방송됐다(음악 작곡 및 지휘에 존 베켓). 마이클 베이크웰(Michael Bakewell)이 연출했고, '조(말)' 역에 패트릭 머기가, '골골' 역에 펠릭스 펠턴(Felix Felton)이 목소리로 출연했다. 열두 명으로 구성된 BBC 합주단이 '밥(음악)' 역을 맡았다. 방송 길이는 27분 29초. 독일어로는 '보어테 운트 무지크(Worte und Musik)'라는 제목으로 1963년 10월 16일(남부독일방송, SDR)과 10월 20일(북부독일방송, NDR)에 처음 방송됐다. 존 베켓이 음악(지휘 믈라덴 구테샤[Mladen Gutesha])을, 엘마어와 에리카 토포벤이 번역을, 이모 빌림치히(Imo Wilimzig)가 감독을 맡았다.

"골골"의 영어 단어는 'Croak'로 여러 뜻을 담고 있지만 여기서는 노쇠한 이, 죽음을 앞둔 이, 볼멘소리 하는 이로 쓰였다. 쉰 목소리, 개구리 또는 까마귀 울음소리, 한국어의 의성의태어 '꼴까닥'이 연상되는 단어이기도 하다. 프랑스어로 집필한 「극 조각 II(Fragment de théâtre II)」의 '남자 다'의 이름도 'Croak'이며, 「나 아닌」의 독백에도 이 이름이 지명의 일부로 등장한다.

"물뿌리"로 옮긴 영어 단어는 '수원'을 뜻하는 'wellhead'다.

「재생」
Play
1962–3년 집필/1963, 1964년 공연/1964년 출간/1966년 영화 상영

'단막극'. 1962년 말–1963년에 영어로 집필했다. 엘마어와 에리카 토포벤의 독일어 번역으로 1963년 7월, 『테아터 호이터(Theater Heute)』에 '슈필(Spiel)'이라는 제목으로 처음 소개됐다. 영어로는 페이버에서 1964년 『재생 그리고 라디오용 소품 두 편』에 「말과 음악」, 「카스칸도」과 함께 실어 출간했다. 초연은 엘마어와 에리카 토포벤이 번역한 독일어 각본에 기초한 「슈필」로, 1963년 6월 14일 울름의 울머 극장에서 열렸다. 영국 초연은 1964년 4월 7일 국립극장 극단, 조지 드빈(George Devine) 연출, '여자 2' 역에 빌리 화이틀로(Billie Whitelaw) 출연으로 런던의 올드 빅 극장에서 열렸다. 이어 1964년 6월 11일 파리의 파빌리옹 드 마르상에서 베케트의 프랑스어 번역으로 공연됐다. 1966년에는 마랭 카르미츠(Marin Karmitz) 감독이 베케트와 함께 프랑스어 번역을 토대로 영화화했다(35밀리미터, 흑백, 19분). 이 영화에는 구체음악의 창시자로 알려진 피에르 셰페르(Pierre Schaeffer)와 사운드 엔지니어 자크 풀랭(Jacques Poullin)이 개발한 포노젠(phonogène)라는 재생 기기가 사용됐다.[4]

영어와 독일어 제목은 각기 '연극'과 '놀이', '유희'와 '재생', '연주'와 '연기'라는 의미를 모두 담고 있는 '플레이'와 '슈필'이고, 프랑스어 제목 '코메디(Comédie)'는 '연극', '희극', '장난'을 아우른다. 베케트는 극 중 대사가 (연출 시 특정되거나 각본상

암시된 짧은 시간 안에) 내내 빠르게 진행돼야 한다고 각본에
썼고, 때로 배우나 연출자가 이 극을 비롯한 다른 단편극의
공연을 준비하면서 어려움을 호소해도—「나 아닌」의 경우가
대표적이다—쏟아지는 대사가 "관객의 이해보다는 감각신경에
말을 걸고", 극 중의 '그'가 자기 의사와 무관한 듯이 '입'에서 (또는
'입'이) 걷잡을 수 없이 분출하는 말에 느끼는 "당혹감을 관객이
공유"하기 바란다고 대답했다(1972년 10월 15일에 베케트가 「나
아닌」 미국 공연을 연출한 앨런 슈나이더[Alan Schneider]에게
보낸 편지). 이런 의도를 살린 몇몇 공연 영상을 찾아보면, 베케트
희곡의 분수령이라고도 할5 「재생」을 ('말'보다) 몸으로 경험하는—
또는 그에 속수무책으로 당하는—기분이 어떨지 상상해 볼 수
있다. 또 무대와 라디오극에서 혼잣말과 몸짓, 조명과 소리(의
유무)를 활용해 내비치던 심상을 텔레비전에 특유한 방식으로
시청각화하는 방안을 얻으면서, 1960년대 중반부터 마지막
극작품인 「무엇 어디(Quoi où)」가 텔레비전을 위해 각색돼 방송된
1986년까지, 이 매체가 베케트가 '말'로 쓴 스코어의 실연과 "반복
재생"에 열어 준 가능성들을 가늠해 보는 시작점이 될 듯하다.6

"애시와 스노드랜드를 지나": 애시는 잉글랜드 남동부의
켄트주 동쪽 끝에 위치한 작은 마을이고, 스노드랜드는 런던과
애시 중간쯤 위치한 켄트주의 소도시다.

「필름」
Film
1963년 집필/1965–6년 영화 상영/1967년 출간

뉴욕 에버그린 극장을 위해 바니 로싯(Barney Rosset)의 의뢰로
1963년 4월에 영화 각본을 쓰기 시작했다. 1964년 여름에
뉴욕에서 촬영했다(앨런 슈나이더 감독, 버스터 키턴[Buster
Keaton] 주연, 보리스 카우프먼[Boris Kaufman] 시네마토그래피,
조 코피[Joe Coffey] 카메라, 시드니 마이어스[Sidney Meyers]
편집, 35밀리미터, 흑백, 유성영화). 1965년 5월 20일, 뉴욕
영화제에서 처음으로 공개 상영됐다. 상영 시간은 각본 30분,
에버그린 제작판 24분. 이후 1965년 베네치아 영화제와 1966년

런던 영화제, 오버하우젠 영화제, 투르 영화제에서 상영됐고 수상했으며, 1966년 시드니 영화제와 크라쿠프 영화제에서도 상영됐다.

1967년에 페이버에서『응 조 그리고 다른 글(Eh Joe and Other Writings)』로 초간했다. 이와 별도로『사뮈엘 베케트의 「필름」: 각본, 삽화, 프로덕션 스틸(Film: Complete Scenario, Illustrations, Production Shots)』에 앨런 슈나이더 감독의 글과 함께 실렸다(그로브 1969년, 페이버 1972년 출간). 프랑스어판은 베케트의 프랑스어 번역으로 미뉘에서 1972년에『필름/숨(Film suivi de Souffle)』으로 출간했다.

베케트의 각본을 그대로 따른 영화는 존재하지 않는다. 도입부의 야외 시퀀스 중 대부분을 기술적인 문제로 활용할 수 없게 돼, 에버그린판에서는 "나이 지긋한 한 쌍의 남녀"가 등장하는 "커플 삽화"만 남았다. 영화를 통틀어 유일하게 발성이 이루어지는 장면인 만큼 이 삽화는 생략하려야 생략할 수가 없다. (「필름」이 무성영화로 오인되는 경우가 종종 있어서, 이 소리가 유실된 사본도 있다.) 그러나 발표된 영화는 이를 제외하고는 원각본에 충실하다.

1979년에는 영국 영화 협회 제작, 데이비드 클라크(David Clark) 감독, 맥스 월(Max Wall) 주연으로 단색 리메이크된 영화 「필름: 사뮈엘 베케트의 화면극(Film: A Screen Play by Samuel Beckett)」가 소개됐다(16밀리미터, 상영 시간 26분). 이 경우 베케트의 각본에서 벗어나 컬러와 주변 음, 음악을 도입했다.

「오고 가고」
Come and Go
1965년 집필/1966, 1968, 1970년 공연/1967년 출간

'작은 극'. 1965년 초에 영어로 쓰였다. 프랑스어 각본이 미뉘에서 1966년에 먼저 나왔고, 영어판은 런던의 콜더 앤드 보야스(Calder and Boyars) 출판사에서 1967년에 초간했다. 엘마어와 에리카 토포벤의 독일어 번역으로 1966년 1월 14일 베를린의 실러 극장에서 '콤멘 운트 게헨(Kommen und Gehen, '오고

가고')'이라는 제목으로 초연됐다. 베케트의 프랑스어 번역으로 1966년 2월 28일 파리의 오데옹 극장에서 '바에비앙(Va-et-vient, '오고 가고')'으로 상연됐다. 영어로는 1968년 2월 28일 더블린의 피콕 극장에서 초연됐고, 이후 1968년 12월 9일 런던의 로열 페스티벌 홀에서, 1970년 11월 23일 미국 밀워키의 위스콘신 대학교 공연 예술 센터에서 공연됐다.

"존 콜더에게": 베케트는 이 극을 콜더 출판사(Calder Publishing) 설립자이자 작가, 그리고 친구인 존 콜더(John Calder)를 위해 집필했다.

"반지 느낌이 나": 이때 반지는, 세 친구가 손을 맞잡은 맥락에서 미루어 알 수 있듯, 단수가 아닌 복수다. 이 대사는 '지금 우리 자세가 반지랑 닮았어'라는 중의로도 읽힌다. 우정과 사랑의 증표로 맞잡은 두 손을 형상화한 페데(fede) 반지와 기멀(gimmal) 반지, 아일랜드의 클라다(Claddagh) 반지, 그리고 역시 우정을 나타내는 켈트 매듭이 연상되는 대목이다. 한편 프랑스어와 독일어 각본에는, 그리고 베를린 실러 극장에서의 공연을 앞두고 베케트가 재검토한 독일어 출간본에도 극을 닫는 이 대사에 앞서 '플로'가 다른 두 인물을 호명하는 대사—"루. [침묵.] 바이. [침묵.]"—가 추가됐다. 이로써 이름 부름으로 극을 여는 도입부와 메아리를 이루게 됐는데, 2009년도 페이버판에는 편집자의 판단으로 반영되지 않았다.

「응 조」

Eh Joe

1965년 집필/1966, 1968, 1970년 텔레비전 방송/1967년 출간

'텔레비전을 위한 소품'. 1965년 4-5월에 영어로 집필. 베케트의 첫 텔레비전극으로, 남부독일방송에서 베케트의 60번째 생일인 1966년 4월 13일, 엘마어와 에리카 토포벤이 번역한 「헤 조(He Joe)」를 베케트가 감독해 방영했다. 녹화 기간은 3월 25일-4월 1일, 방송 길이는 24분이었다.

영어로는 미국에서 1966년 4월 18일, 뉴욕의 WNDT 방송에서 앨런 슈나이더 감독, 글렌 조던(Glenn Jordan) 제작으로

처음 방영했다. 방송 길이 34분. 영국에서는 1966년 1월에 녹화됐으나 같은 해 7월 4일에야 BBC2에서 처음 방영했다. 베케트가 이 작품을 쓰며 애초 염두에 두었던 잭 맥가우런이 '조' 역을, (빌리 화이틀로가 다른 연기 일정 때문에 고사해) 샨 필립스(Siân Phillips)가 '음성' 역을 맡았다. 앨런 깁슨(Alan Gibson)이 베케트가 동석한 가운데 연출을 맡았다. 방송 길이 19분. 프랑스어로는 '디 조(Dis Joe)'라는 제목으로 1968년 2월 2일 ORTF에서 미셸 미트라니(Michel Mitrani) 연출, 베케트 번역으로 처음 방영했다.

베케트의 프랑스어 번역으로 파리의 주간지 『아르(Arts)』 1966년 1월 5–11일 자에 먼저 실렸다. 이 번역본에는 영어 방송 대본이나 출간 각본에는 반영되지 않은 다른 지점들이 보인다. 영어 각본은 페이버에서 1967년에 『응 조 그리고 다른 글』로 엮어 초간했다. 미국에서는 1969년 1월 『에버그린 리뷰』 62호에 실렸고, 그로브에서 『카스칸도 그리고 다른 단편 희곡 소품』으로 엮어 1969년에 초간했다.

1970년 1월에는 베케트가 감독한 두 번째 독일어 프로덕션이 남부독일방송에서 방영됐다. 이 과정에서 변경한 내용 역시, 프랑스어로 번역하는 과정에서 이루어진 수정과 마찬가지로 영어로 출간된 각본에는 반영되지 않았다.

"이 어리석은 자여 네 영혼이"는 「누가복음」 12장 20절을, "진흙에서 나왔으니 진흙으로"는 「창세기」 3장 19절을 인용한다.

「숨」
Breath
1969년 집필/1969, 1970년 공연/1972년 출간

1969년 뉴욕에서 열릴 레뷰 공연 「오! 캘커타!(Oh! Calcutta!)」를 위해 촌극을 써 달라는 케네스 타이넌(Kenneth Tynan)의 요청에 응해 영어로 집필했다. 1969년 상반기 중에 완성해 뉴욕으로 보냈다. 원문은 『갬빗(Gambit)』 4권 16호(1970)에 처음 실렸다. 1969년 6월 17일 뉴욕의 에덴 극장에서 초연됐다. 「숨」은 레뷰 1막의 '서문'으로 공연됐다. 영국에서는 1969년 10월 글래스고의

클로스 시어터 클럽에서 초연됐고, 뉴욕 무대에서와 달리
베케트의 각본대로 공연됐다. 1970년 3월 8일에는 옥스퍼드
플레이하우스에서 상연됐다.

유독 짧은 토막극인 만큼, 베케트가 각본을 우편엽서 또는
종이 냅킨에 적어 타이넌에게 보냈다는 속설도 있다. 그 밖에도
애초 레뷰에 참여한 작가들 이름을 익명으로 남겨 두기로
했으나 베케트의 경우에만 이름을 밝혔다던가, 시대상을 반영한
전위적이고 '에로틱한' 레뷰를 상상한 타이넌의 기획에 따라
베케트가 쓴 각본과는 다른 방식으로 연출되었다는 일화가 있다.
베케트는 「오! 캘커타!」에 주었던 「숨」 사용 허가를 이후 철회했다.

「나 아닌」

Not I

1972년 집필/1972, 1973, 1975년 공연/1973년 출간/1977년 텔레비전 방송

1972년 봄에 영어로 집필한 독백극. 뉴욕 링컨 센터의 레퍼토리
극장에서 열린 사뮈엘 베케트 페스티벌의 일부로 1972년 11월
22일에 초연됐다. 앨런 슈나이더 연출, 제시카 탠디(Jessica
Tandy), 헨더슨 포사이스(Henderson Forsythe) 주연. 1973년
1월 16일에 런던의 로열 코트 극장 공연에서 빌리 화이틀로가 '입'
역을 맡았다. 베케트의 프랑스어 번역으로 1975년 4월 3일, 파리의
오르세 극장에서 「파 무아(Pas moi)」로 초연됐다.

베케트는 극장, 라디오, 텔레비전, 영화를 위한 각본을 대개
엄격하게 구분했지만, 「나 아닌」을 BBC 텔레비전 방송을 위해
각색하면서는 애초 극의 핵심적인 요소로 꼽았던 두 가지 요소를
덜어냈다. 그래 빌리 화이틀로가 주연한 1973년과 1975년의
극장 공연에서는 '입'이 이 책에 실린 각본대로 "약 2.5미터 높이"에
"근거리에서 위로 쏜 흐린 조명을 받"은 채로 등장하고 말이
없는 '청자'가 아랫무대에 서서 "극 내내 미동하지 않다가 지문에
표시된 네 지점에서만 [두 팔을 들었다 놓으며] 짧게 움직"였던
반면에, BBC 방송에서는 '청자'를 버리고 무대 위에 떠 있던 '입'이
화면을 가득 채우도록 했다.[7] 텔레비전 방송은 1977년 4월 17일
BBC2에서 처음 방영됐다. 1975년 프랑스 초연에서 제외했던

'청자'를 베케트는 1978년 파리 오르세 극장 공연에서 되살렸다. (두 번 다 마들렌 르노[Madeleine Renaud]가 '입' 역을 맡았다.) 또한 위에서 쏜 조명으로 '청자'를 더욱 부각시켰는데, 단 '입'이 1인칭 단수를 부정하는 순간에 한해 그리했다. 그리고 그 뒤로는 이 극의 공연에서 '청자'를 되살리지 않았다.

"꽃 공": 초봄에 피는 황화구륜초(카우슬립) 꽃송이를 실에 엮어 둥근 다발로 만드는 풍속이 20세기 초반까지 영국 곳곳에 퍼져 있었다. 동시나 숫자를 외며 이 꽃 공을 던져, 공이나 마지막 꽃송이가 떨어지는 모습으로 장차 자신이 결혼할 상대나 몇 살에 죽게 될지를 점치는 놀이가 지역에 따라 유행했다.

"크로커 들판"은 영어로 "크로커스 에이커(Croaker's Acre)"다.

「그때」

That Time

1974-5년 집필/1976년 공연/1976년 출간

1974년 6월-1975년 8월에 영어로 집필했다. 말하기보다 듣기를 강조한, 남성 (화자이자) 청자를 위한 독백극으로, 「나 아닌」과 "형제" 또는 "한 가족"이라고 베케트는 모리스 싱클레어(Morris Sinclair)와 조지 리비(George Reavey)에게 각각 보낸 편지에서 설명했다. "같은 텍스처(질감)에서 재단한" 작품인 만큼, 베케트는 「그때」와 「나 아닌」을 한 무대에 올릴 수는 없다고 봤다. 그 반면에 자신의 70세 생일을 기념해 1976년 5월 20일에 로열 코트 극장에서 「그때」와 함께 올릴 작품으로 「발길」을 썼다. 패트릭 머기를 염두에 두고 썼고, 머기가 초연에서 '청자' 역을 맡았다. 미국에서는 1976년 12월 3일에 워싱턴의 어리나 스테이지에서 도널드 맥휘니의 연출로 「발길」과 함께 상연됐다. 독일에서는 1976년 10월 1일에 엘마어 토포벤의 번역으로 베를린 실러 극장에서 「다말스(Damals)」로 공연됐다. 독일 공연의 연출은 베케트가 맡았다.

'청자'의 눈은 대부분 감겨 있으나, 베케트는 청자가 극의 마지막에 이르러 눈을 열고 다시 닫으며 "치아가 보이지 않"게 웃는 표정을 유지하도록 지시했다. 목소리 '가', '나', '다'는 각기

지나간 시점의 독백으로, 극 중에 실연되지 않고 미리 녹음된
소리로 재생되어야 한다. 또한 각기 다른 세 위치에서(배우의 좌,
우, 그리고 위에서) 들리도록 하고, 이게 어려울 경우에는 음의
고저를 조정해서라도 차이를 두길 원했고, 가, 나, 다 간 전환이
매끄러우면서도 명확하게 분간할 수 있는 방식으로 이루어져야
한다고 명시했다. 각 독백에 해당하는 글은 각기 산문으로
완성된 뒤 서른여섯 개 단락으로 나뉘어「재생」에서 세 목소리가
제시되는 것과 유사한 방식으로 배치됐다.

　　"폴리가 지은 망상"은 "Foley's Folly", 즉 '폴리가 지은
폴리'를 옮긴 것이다. '폴리'는 장식이나 과시를 목적으로, 또는
(예컨대 아일랜드 대기근 때) 일감을 제공하려 지나치게 거창하게
지은 실용성 없는 설계물을 이른다. 유럽에서 대정원에 신전,
탑, 피라미드, 성, 수도원 등을 모방해 짓던 데서 유래한 말로,
발주자나 설계자의 어리석음에서 비롯되었다는 뜻으로 'folly'라
부르고 대개 해당되는 사람의 이름을 붙였다. 지금은 독특한
설계를 지녔지만 딱히 기능을 찾아보기 어려운 건조물을 부르는
말로 쓰이곤 한다.

「발길」
Footfalls
1975년 집필/1976년 공연/1976년 출간

1975년 3–10월에 영어로 집필하고 11–12월에 수정했다. 베케트의
70세 생일을 기념해 1976년 5월 20일 런던 로열 코트 극장에서
「그때」,「재생」과 함께 공개됐다. 도널드 맥휘니가 연출을 맡았고,
빌리 화이틀로가 '메이' 역을 맡고 로즈 힐(Rose Hill)이 '메이
어머니'의 목소리를 맡았다. 독일에서는 1976년 10월 1일에 베를린
실러 극장에서 베케트의 연출로 상연됐다. 베케트의 프랑스어
번역으로 1978년 4월 11일에 파리 오르세 공연에서 상연됐다.

　　그로브에서『끄트머리와 끄트러기(Ends and Odds)』로
1976년 11월에 초간하고 페이버에서 1976년 12월에『발길』로
출간했으나, 두 판본 간에 차이가 있다.

　　이 극의 영어 제목은 '발소리' 또는 '걸음'을 뜻하는 '풋폴스

(Footfalls)'로, '지는 걸음'의 하강하는 움직임과 거기 내포된 비유적 의미가 표면적으로 읽히는 단어다. 이와 유사한 효과를 낱말에 담아내기 어려워, 한국어 제목은 독일어 제목을 참고해 베케트의 다른 작품에 등장하는 '길'(나아가 '방향'과 '여행')과 '발길(질)'의 의미와도 연결되도록 옮겼다. 이 극의 프랑스어 제목은 '파(Pas, '걸음' 또는 '발소리')', 독일어 제목은 '트리테(Tritte, '걸음' 또는 '발길')'다. 프랑스어 각본은 베케트가, 독일어 각본은 엘마어와 에리카 토포벤이 번역했다.

베케트가 각본을 프랑스어로 옮기며 추가한 지문을 한국어 각본에도 추가했다. 각본상 명시되지는 않았으나, 베케트는 "왕복 구간"을 오가는 발길이 메트로놈처럼 규칙적일 것이며, 한 번 편도(아홉 보)로 가는 데 9초 정도 걸려야 한다고 말했다.

「나 아닌」에서와 마찬가지로, 맥락상 혼동할 소지가 없다고 판단해 이 극에서는 "she"를 "그"로 옮겼다.

"그분 팔"은 그리스도교 성당 가운데 라틴 십자가형으로 건축된 교회의 '팔' 부분인 익랑을 말한다.

「유령 삼중주」
Ghost Trio
1975-6년 집필/1976년 출간/1977년 텔레비전 방송

'텔레비전을 위한 극'. 1975-6년에 BBC 방송을 위해 영어로 집필했다. 베토벤의 「피아노 삼중주 5번」(작품 번호 70-1) 또는 '유령' 삼중주가 3막으로 구성된 극 전체에 반영됐고, 으스스한 분위기가 두드러지는 2악장(라르고)에서 베케트가 선별한 일곱 소절이 카메라의 움직임에 맞추어 도입된다.

1976년에 녹화해, 1977년 4월 17일 영국의 BBC2 방송에서 베케트의 기획(「셰이즈[Shades, '그늘']」)에 따라 「나 아닌」, 「⋯다만 구름⋯」과 함께 최초 방영했다. 도널드 맥휘니와 앤서니 페이지(Anthony Page)가 (베케트와) 감독했고, 로널드 픽업(Ronald Pickup)과 빌리 화이틀로, 루퍼트 호더(Rupert Horder, '소년' 역)가 출연했다. 방송 길이는 21분 30초.

1977년 5월에 녹화해 11월에 방영된 슈투트가르트의

남부독일방송 감독은 베케트(와 발터 아스무스[Walter Asmus])가
맡았다. 방송 길이 28분 50초. 베케트가 감독한 영상의 경우, 각
숏의 길이가 각본에 명시된 바와 다르다. 주어캄프에서 1978년에
베케트의 영어 각본, 프랑스어 각본과 엘마어와 에리카 토포벤이
독일 방송을 위해 옮긴 각본을 나란히 실어『슈튀케 운트
브루흐슈튀케(Stücke und Bruchstücke)』로 출간했다. 이 책에는
방송 제작 과정에서 베케트가 남긴 글과 연출 메모, 움직임을 펼쳐
보이는 삽화 등이 포함돼 있다.[8]

　　그로브에서『끄트머리와 끄트러기』로 1976년에 초간했다.
영국에서는『베케트 연구 저널(Journal of Beckett Studies)』
1권(1976년 겨울 호)에 처음 실렸고, 페이버에서『끄트머리와
끄트러기』로 1977년에 출간했다. 영국에서 출간된 각본 모두
BBC2 방송 녹화 과정에서 변경된 내용을 포함하며, 페이버판에는
베케트가 녹화 및 방영 이후에 추가한 수정 내용 대부분이
반영됐다. 프랑스어 각본은 에디트 푸르니에(Édith Fournier)의
번역으로 미뉘에서 1992년에『쿼드[사방] 그리고 다른 텔레비전을
위한 극(Quad et autres pièces pour la télévision)』으로 출간했다.
프랑스어로는 방송된 적 없다.

「…다만 구름…」
... but the clouds ...
1976년 집필/1977년 텔레비전 방송/1977년 출간

'텔레비전을 위한 극'. 1976년 10–11월에 BBC 방송을 위해
영어로 집필했다. 1977년 4월 17일에 BBC2에서 처음 방영됐다.
함께 방송된「유령 삼중주」와 마찬가지로 도널드 맥휘니 감독,
빌리 화이틀로와 로널드 픽업 출연. 방송 길이는 16분. 페이버에서
1977년에『끄트머리와 끄트러기』로 초간했다. 그로브에서는
1981년에『끄트머리와 끄트러기: 극작품 9편』으로 출간했다.

　　첫 독일 방송은 엘마어와 에리카 토포벤의 번역으로
(독일어 제목은 '…누어 노흐 게뵐크…[... nur noch Gewölk ...]'),
남부독일방송에서 베케트(와 발터 아스무스)가 감독해 1977년
5월에 녹화하고 11월에 방영했다. '샤텐(Schatten, '그늘')'이라고

제목을 붙인 프로그램으로, 「유령 삼중주」와 BBC 방송본 「나 아닌」과 함께 방영됐다. 방송 길이는 17분. 주어캄프에서 1995년에 「사방」, 「유령 삼중주」 등과 엮어 출간했다. 프랑스어 각본은 에디트 푸르니에의 번역으로(제목은 '…크 뉘아주…[... que nuage ...]') 미뉘에서 1992년에 『쿼드[사방] 그리고 다른 텔레비전을 위한 극』에 포함해 출간했다. 프랑스어로는 방송된 적 없다.

「사방」의 고정된 카메라와 원 테이크와 달리, 이 극은 베케트가 각본에 번호를 붙여 명시한 대로 총 60개 숏으로 구상됐다. 카메라의 시각적 효과 가운데 페이드와 디졸브를 활용하고 있다.

"…다만 하늘의 구름… 졸린 새의 울음…"은 아일랜드 시인 W. B. 예이츠(William Butler Yeats)의 시 「탑(The Tower)」 마지막 연의 마지막 네 행을 인용한 것이다. 마지막 연의 마지막 일곱 행만 임시로 옮겨 본다: "벗들의 죽음과 / 숨 막히게 찬란했던 / 모든 눈의 죽음이 / 다만 하늘의 구름 / 졸린 새의 울음 되도록 / 지평선 이울고 / 그늘 짙어 갈 때". 영어로는 이 시의 맨 마지막 말이 ("이울고"로 옮긴 "fades"와 운을 이루는) "shades"다. 베케트가 감독한 독일 방송에서는 이 시의 마지막 연을 모두 인용했다.

「독백 한 편」

A Piece of Monologue

1977–9년 집필/1979년 공연/1981년 출간

죽음을 주제로 자신이 연기할 만한 극을 써 달라는 영국 배우 데이비드 워릴로(David Warrilow)의 부탁에 더해, 미국 오하이오의 문예지 『케니언 리뷰(Kenyon Review)』에 실을 글을 마틴 에슬린(Martin Esslin)에게 청탁받고 1977년과 1978년에 영어로 간간이 집필해 1979년에 완성한 단편극이다. 초반의 제목은 '간(Gone)'이었다. 『케니언 리뷰』 1979년 여름 호에 싣기 위해 1979년 1–4월에 독백 대사에 공연용 지문을 추가하는 등 글을 다듬어 에슬린과 워릴로에게 보냈다. 워릴로에게는 그러나 "만족스럽지 않고… 당신이 각본을 쓰게 될 것 같지 않다"고 썼다. 1979년 12월 14일에 뉴욕의 라마마 실험 극장 클럽에서 워릴로 주연으로 초연됐다.

그로브에서 1981년에 『흔들노래 그리고 다른 단편(Rockaby and Other Short Pieces)』으로 초간했다. 페이버에서 1982년 『마침 세 편(Three Occasional Pieces)』으로 「흔들노래」, 「오하이오 즉흥」과 함께 실어 출간했다. 베케트의 프랑스어 번안("adapté")으로 1982년 미뉘에서 『솔로[독백 한 편]/파국(Solo suivi de Catastrophe)』을 초간했다.

"뜯는 마디"는 "rip word"를 옮긴 것이다. 앞선 단편극 「숨」과 「나 아닌」에 비추어, 입 새로 터져 나오는 "첫마디부터" 호흡의 '액션'에 속수무책인 '화자'의 시작과 마지막을 '찢는' 숨-말을, "시작 마디… 가"를, "뜯기고 찢겨… 가는" 이의 말을, 벽에서 "뜯어낼" 말을 그리며. 참고로 베케트가 '번안'한 프랑스어 각본에는 이 문장이 없다.

「흔들노래」

Rockaby

1980년 집필/1981년 출간/1981, 1982년 공연

1980년에 영어로 집필했다. 베케트의 75번째 생일을 앞두고 열린 축제와 심포지엄의 일환으로 뉴욕 주립 대학교 버펄로에서 1981년 4월 8일 초연됐다. 앨런 슈나이더가 연출을, 빌리 화이틀로가 주연을 맡았다. 영국에서는 1982년 12월 9일에 런던 국립 코티슬로(현 도프먼) 극장에서 처음 상연됐다. 1981년 10월 14일에 파리의 퐁피두 센터에서 베케트의 프랑스어 번역 「베르쇠즈(Berceuse)」로 무대에 올랐다.

그로브에서 1981년에 『흔들노래 그리고 다른 단편』으로 초간했다. 페이버에서 1982년 『마침 세 편』으로 출간했다. 프랑스어 각본은 1982년에 미뉘에서 『베르쇠즈[흔들노래]/오하이오 즉흥(Berceuse *suivi de* Impromptu d'Ohio)』으로 초간했다.

"온 눈길 / 온 방향"은 영어 각본에서 "all eyes / all sides", 프랑스어 각본에서 "tout yeux / toutes parts"이다.

「오하이오 즉흥」

Ohio Impromptu

1980년 집필/1981년 출간

S. E. 곤타스키(S. E. Gontarski)의 요청으로 1980년에 영어로
집필했다. 오하이오 주립 대학교에서 베케트의 75번째 생일에
즈음해 열린 심포지엄의 일환으로 1981년 5월 9일 초연됐다.
앨런 슈나이더가 연출을 맡고 데이비드 워릴로가 '읽는 이',
랜드 미첼(Rand Mitchell)이 '듣는 이' 역을 맡았다. 영국에서는
1984년 6월 22일 노팅엄 대학교 극회 공연에 이어 1984년 8월
13일 에든버러 페스티벌 무대에 올랐다. 베케트의 번역으로 파리
롱푸앵 극장에서 1983년 9월 15일 처음 상연됐다.

그로브에서 1981년에 『흔들노래 그리고 다른
단편』으로 초간했다. 페이버에서 1982년 『마침 세 편』으로
출간했다. 베케트의 프랑스어 번역으로 1982년 미뉘에서
『베르쇠즈[흔들노래] / 오하이오 즉흥』으로 초간했다.

"듣는 이"와 "읽는 이"의 머리글자가 이 번역본에는 각각
"청"과 "독"으로 나오는 반면, 영어 각본에는 ("Listener"의)
"L"과 ("Reader"의) "R"로 표시된다. 이는 둘이 한 쌍을 이루는
'좌'와 '우'를 의미하는 이니셜로도 읽히는 만큼, 청자와 독자가
"함께 혼자" 있는 상태가 은연중에 강조된다. 베케트는 "alone
together"라는 표현을 「지는 모두」에서 이미 사용하고 있는데—
"dark Miss Fitt"(어두운 '미스 피트' 즉 부적응자)라고 놀림조로
지칭되는 피트 양이 주위에서 벌어지는 일에 "캄캄한" 자신을
설명하는 말로—이 경우는 극의 성격을 고려해 보다 일상적인
"단둘(이)"로 옮겼다.

「사방」

Quad

1980년 집필/1981년 텔레비전 방송/1984년 출간

'실연자 네 명, 조명, 타악기를 위한 소품'. 1980년에
남부독일방송을 위해 영어로 집필한 텔레비전을 위한 단편극.
1981년 10월 8일에 '크바드라트(Quadrat, '사각형') I + II'라는

변형된 제목과 형식으로 남부독일방송에서 처음 방영했다. 베케트가 감독하고(촬영감독 고고 겐슈[Goggo Gensch]), 안무를 맡기도 한 헬프리트 포론(Helfrid Foron)과 그의 극단 단원들이 네 명의 '마임'으로 출연했다. 이 최초 방송에서는 각본을 따른 「크바드라트 I」 뒤에 약간의 휴지가 따르고, 이어서 각본보다 축약된 형태로 색깔과 음악 없이 변주해 반복한 「크바드라트 II」가 뒤따랐다. 영국 BBC2에서 독일 방송 그대로, 단 제목은 '쿼드'로 붙여 1982년 12월 16일에 방영했다. 방송 길이는 「쿼드 I」은 약 9분 30초, 「쿼드 II」는 약 4분, 총 13분 30초. 녹화된 대로, 즉 고정된 카메라로 장면을 끊지 않고 원 테이크로 촬영한 대로 방영됐다. 텔레비전 방송에서 가능한 한 시각적 효과를 사용하지 않는 작품임에도, 베케트는 「쿼드」는 무대에 올리기 적합하지 않은 작품이라고 몇 차례 밝혔다.

페이버와 그로브에서 1984년에 『단편극 전집(Collected Shorter Plays)』에 실어 초간했다. 주어캄프에서는 1996년에 엘마어와 에리카 토포벤의 번역 「크바드라트」로 『텔레비전을 위한 극(Quadrat, Geister-Trio, ... nur noch Gewölk ..., Nacht und Träume: Stücke für das Fernsehen)』에 실어 출간했다. 미뉘에서는 1992년에 에디트 푸르니에의 번역 「쿼드」로 『쿼드 그리고 다른 텔레비전을 위한 극』에 실어 출간했다. 남부독일방송 제작 과정에서 수정한 내용과 당시 추가된 「크바드라트/크바드 II」는 출간된 각본에는 전혀 반영되지 않았다.

「나흐트 운트 트로이메」
Nacht und Träume
1982년 집필/1983년 텔레비전 방송/1984년 출간

텔레비전극. 남부독일방송 의뢰로 1982년에 영어로 집필해 1982년 10월에 녹화했다. 1983년 5월 19일, 남부독일방송에서 처음 방영됐다. 베케트와 발터 아스무스 감독, 헬프리트 포론, 딕 모르그네어(Dick Morgner), 슈테판 프리츠(Stephan Pritz) 출연. 방송 길이는 11분. 베케트는 극의 제목이 슈베르트 가곡 「밤과 꿈」(D827)의 독일어 제목 'Nacht und Träume'와 동일할 것과,

극 중에 불리는 가곡의 마지막 일곱 마디 또한 독일어로 부를
것을 명시했다. 그리고 이를 다른 언어로 번역할 때도 따라 주길
원했다. 「밤과 꿈」의 가사는 마토이스 폰 콜린(Matthäus von
Collin)의 글을 슈베르트가 음악에 맞춘 것이다.

    페이버에 이어 그로브에서 1984년에 영어 각본을 각각
『단편극 전집』으로 엮어 초간했다. 에디트 푸르니에의 번역으로
미뉘에서 1992년에 『쿼드[사방] 그리고 다른 텔레비전을 위한
극』에 실어 출간했다. 엘마어와 에리카 토포벤의 번역으로
주어캄프에서 1996년에 『텔레비전을 위한 극』에 실어 출간했다.

    이예원

I. 이 책의 번역 저본으로 삼은 두 권, 즉 영국 페이버에서 2009년에 출간한 『지는 모두 그리고 라디오와 화면을 위한 다른 극작품』(에버렛 프로스트 편집)에 실린 편집자 서문과 두 번째 부록(에버렛 프로스트 작성), 그리고 『크래프의 마지막 테이프 그리고 다른 단편극』(S. E. 곤타스키 편집)의 편집자 서문을 일부 요약해 옮기거나 참고해 작성했다(드물게 보이는 소소한 오류는 바로잡았다). 출간 연도와 공연이나 상연 연도는 페이버판 외에도 레딩 대학교 베킷 국제 재단의 줄리언 A. 가포스(Julian A. Garforth)가 정리한 서지 정보와 독일 주어캄프 테아터 출판사(Suhrkamp Theater Verlag)에서 기록한 작품별 공연 정보 및 베케트와 남부독일방송의 오랜 협업을 돌아보는 멀티미디어 전시 『텔레비전에, 베케트(Über Fernsehen, Beckett)』 소개 책자에 정리된 정보를 대조해 참고했다. 이들 외에 참고한 문헌은 아래 별도로 밝힌다.
[사뮈엘 베케트가 맨 처음 집필한 언어와 다른 언어로 작품이 발표된 경우, 「부록 I」에서는 작품 제목의 원어를 음차해 밝혔고, 「부록 II」·「작가 연보」·「작품 연표」에서는 번역해 밝혔다.─편집자]

2. 제임스 놀슨, 「크래프의 마지막 테이프: 극의 진화, 1958–75(Krapp's Last Tape: The Evolution of a Play, 1958–75)」, 『베케트 연구 저널(Journal of Beckett Studies)』 1권, 에든버러 대학교 출판사(Edinburgh University Press), 1976.

3. 호세 프란시스코 페르난데스(José Francisco Fernández)·마르 가레 가르시아(Mar Garre García) 편집, 『사뮈엘 베케트와 번역(Samuel Beckett and Translation)』, 에든버러 대학교 출판사, 2021.

4. 그레일리 헤런(Graley Herren), 『사뮈엘 베케트의 영화와 텔레비전극(Samuel Beckett's Plays on Film and Television)』, 폴그레이브 맥밀런(Palgrave Macmillan), 2007과 그레일리 헤런, 「다른 음악: 카르미츠와 베케트의 「코메디」 영화화 과정(Different Music: Karmitz and Beckett's Film Adaptation of Comédie)」, 『베케트 연구 저널』 18권 1–2호, 에든버러 대학교 출판사, 2009 참고. 한편 피노 컬렉션(Pinault Collection) 소장품 정보에는 「코메디(Comédie), 1964」가 1965년에 제작된 것으로 소개된다. 이 영화는 1966년에 베네치아 영화제에서 상영됐다.

5. 사뮈엘 베케트, 『사뮈엘 베케트의 연극 노트: 4권 단편극(The Theatrical Notebooks of Samuel Beckett: Volume IV. The Shorter Plays)』, S. E. 곤타스키 엮음, 그로브, 1999.

6. 라디오와 텔레비전, 영화를 위해 쓰거나 각색한 베케트의 극작품과 매체에 대한 그의 관심에 대해서는 그레일리 헤런의 저서 외에도 카타리나 불프(Catharina Wulf) 편집, 「사나운 눈: 베케트의 텔레비전극(The Savage Eye / L'Œil fauve: New Essays on Samuel Beckett's

Television Plays)」,『사뮈엘 베케트
투데이/오주르뒤(Samuel Beckett
Today/Aujourd'hui)』 4호, 로도피
출판사(Editions Rodopi), 1995와
클라스 질리아쿠스의『베케트와
방송(Beckett and Broadcasting)』,
오보 아카데미(Åbo Akademi), 1976
/ 앤섬 프레스(Anthem Press), 2026
참고.

7. 페르난데스·가르시아 편집,『사뮈엘
베케트와 번역』.

8. 제임스 놀슨,「크래프의 마지막
테이프: 극의 진화, 1958–75」,『베케트
연구 저널』 1권.

부록 II
돌들
부동하는 작은 점들의 세계

베케트의 희곡에서 세계는 급변한다. "경마장 가기 좋은 날씨"는
금세 나빠지고 아일랜드 시골길의 목가적인 풍광도 기차역의
소란한 근대화 풍경으로 급격히 바뀐다. 인간도 예외가 아니다.
「지는 모두」에서 생일을 맞은 남편 루니 씨를 마중하기 위해
집에서 기차역까지 오고 가는 루니 여사는 금방이라도 주저앉을
듯한 모양새다. 그녀는 걷는 내내 고통스러운 기억과 설움에
수시로 시달리며 계속 나아가기 위한 힘겨운 씨름을 이어 간다.
하지만, 코르셋도 그녀를 옥죌 뿐, 잔뜩 굽고 수그린 몸을 일으켜
주지 못한다. 지팡이에 의지해 쉴 새 없이 숨을 몰아쉬는 앞 못
보는 "가여운 댄"이나 길에서 마주치는 '가여운 사람들' 모두
고통을 지고 해골산을 오르내리는 양 이동과 정지를 반복하며
한길을 나아간다. 죽음과 질병, 불구와 불임, 붕괴와 파국의
이미지가 가득힌 "지옥 같은 길" 위에선 그들이라는 먼지구름만
피어오를 따름이다.

> "우리 다 한 방향을 향하죠."
> ─「지는 모두」

라디오극 「지는 모두」의 연출을 맡았던 도널드 맥휘니는 베케트의
극을 "사실주의와 시, 좌절과 소극의 조합"이라고 묘사했다.
베케트는 세계의 모순과 인간존재의 딜레마를 함축적이고 절제된
문체와 리듬 있는 언어로 표현하면서도 특유의 능청스러운
말장난과 익살을 잊지 않았다("아, 찬양하라…! 위로! 위로…!
아…!"). 베케트가 프랑스에 정착해 프랑스어와 영어로 번갈아
작품을 집필하면서 자연스럽게 그린 것은 모국 아일랜드와
더불어 그에게 뿌리 깊이 박혀 있던 신교도적 믿음이었다. 그러나
그의 작품에서 빛은 구원과 거리가 멀다. "수직으로 뻗은 3미터

높이의 가느다란 빛살"(「발길」)에서 오히려 "몽둥이"(「말과
음악」), "원통형 막대자"(「불씨」)를 떠올리게 되는 것은 아마도
조명의 "심문관"으로서 역할(「재생」)이나, 존재의 고통과 연결되는
원죄 의식과 "천벌"에 대한 공포(「나 아닌」)와 무관하지 않을
것이다. 그의 극에서 "기도에 대답 없"는(「나 아닌」) 구세주는
곧잘 조롱의 대상이 된다. 예컨대 「옹 조」에서 조의 머릿속에서
들리는 목소리가 인간의 유한성과 양심을 일깨우는 그분의
목소리로 조의 죄책감을 자극한다면, 「지는 모두」에서는 그분의
구원의 역사를 보여 주는 「시편」 말씀("주께서 쓰러지는 이 모두
부축하고 굽은 이 모두 일으켜 세우신다.")이 한낱 폭소를 야기할
뿐이다. 「나 아닌」에서 와해된 언어를 쏟아 내는 '입'은 "자비로운
하느님"이라는 말을 뱉고 실소한다. 신의 구원에 대한 희박한
가능성에 비춰 볼 때, 「고도를 기다리며」에 나오는 예수와 함께
십자가에 매달린 두 도둑의 이야기는, 그러니까 한 사람은 구원을
받고 한 사람은 저주를 받았다고 하는 이야기는 인간이라는
존재의 자기분열적 양상으로 새롭게 보인다.

베케트는 자신의 작품에서 인간의 복잡성을 드러내려
했다. 그는 프랑스 고등사범학교에서 2년간 학생들에게 영어를
가르치고 더블린 트리니티 칼리지로 돌아와 1930년부터
1931년까지 프랑스 문학을 강의하면서 장 라신(Jean Racine)의
희곡에 나타나는 '현대성'에 주목했다.[2] 베케트는 라신이 그리는
인물의 복잡성에서 현대성을 보았고, 그의 독창적이고 동시대적인
목소리를 담고 있는 희곡에서 영감을 얻는다. 라신의 희곡에는
거의 일어나는 일 없이, 저마다 욕구를 지닌 인간이, 있는 그대로
그려진다. 베케트는 라신의 인물이 가진 복잡성이 동작의 시간과
장소를 창조하는 중요한 기능을 하고 "주어진 제스처의 잠재적
타당성"[3]을 강조한다고 설명했다. 반면에 프랑스 사실주의
문학의 창시자라고 평가되는 발자크의 소설에 나타나는
통일성과 일관성을 비판했다. 베케트의 문학 세계는 발자크의
"클로로포름으로 마취된 세계"[4]와 정반대로 흘러간다. 라신의
인물들 같은 베케트의 복잡한 인물들이 그려 보이는 현실은
일관되지 않고, 변화무쌍한, 있는 그대로의 현실이다.

두개골, 존재의 굴레

소설 『머피』의 주인공은 자신의 정신을 "속이 빈 커다란 구체,
외부 우주에 단단히 닫혀 있는 하나의 공"[5]으로서 상상했다.
머피를 기억한다면 「독백 한 편」의 무대에 서 있는 화자와, 거리를
두고 서 있는 그와 같은 높이의 큰 기름등을 결코 분리해서
생각하지 못할 것이다. "백골만 한 흰색 공 모양의 유리 등갓"의
불빛은 꺼져 가는 등불처럼 가물대고 '그'의 지난 생애를 되뇌는
화자의 말은 마치 가쁜 숨을 몰아쉬며 필사적으로 남기는
유언처럼 들린다. 베케트는 극명한 명암 대비로 바깥세상과
시공간이 분리된 듯한 환상적이고 몽환적인 분위기를 연출하는
한편, 어두운 무대에서 인물의 머리에 스폿 조명을 비추어 머리와
몸을 분리시키는 효과를 극대화한다. 무대 위 눈부신 조명 아래
숨넘어갈 듯 떠들어 대는 '입'(「나 아닌」)의 모습은 강렬하면서도
애처롭기까지 하다.

　　유한하고 무력한 인간 자체를 보여 주는 베케트의
등장인물들은 기나긴 죽음을 겪듯 차츰 축소되어 머리만
덩그러니 남는다. 문자 그대로 자기분열(自己分裂)을 겪는다.
"높이 약 90센티미터의 균일한 회색 단지 세 개"에 붙박인 채
침식된 얼굴을 배죽 내밀고 있는 「재생」의 세 인물은 머리만 남은
기이한 형상이다. 무대에서 얼굴만 조명되는 「그때」의 청자는
치아마저 보이지 않는다. 그러나 육신은 사라져도 고통의 감각은
남는다. 절단된 사지에서 왜곡된 감각을 체험하는 환상통(幻想痛,
phantom pain)처럼 잔존한다. "그 감고 되감는" 고통, 말로
표현할 수 없는 "그것 다"(「발길」) 실재하지만 실체 없는 통증과
마찬가지로 뇌에 기억으로 남아 그들을 괴롭힌다. 존재로
말미암아 고통은 사라지지 않고 감각으로 생생하게 되살아난다.

　　베케트의 인물들은 존재의 고통 앞에서 비존재, 무아(無我)를
향한다. 예컨대 '나'라는 존재는 「지는 모두」에서 그 자체로
부정되고("난 아랑곳 말아요. 눈도 줄 것 없어요. 난 존재하지도
않으니까.") 「나 아닌」에서처럼 삼인칭 '그'로 불리기도
하며("…뭐…? 누구…? 아니…! 그…!") 「유령 삼중주」에서 "삶의
기미"로 느껴지는 것도 모자라 「발길」에서는 아예 부재한다("전

거기 없었어요"). 영화 「필름」은 "존재함은 지각됨"이라고 말한 철학자 조지 버클리(George Berkeley)에게서 해결책을 찾는다. 지각하는 '눈'에서 도망쳐 존재됨의 고통을 벗어나는 것이다. '대상'의 역할을 맡은 배우 버스터 키턴이 '눈'의 역할을 수행하며 그를 따라붙는 카메라를 피해서 "허상의 은신처"로 숨어드는 희극적인 몸짓은 사실 고통에서 벗어나기 위한 처절한 몸부림인 셈이다. 그런데 '눈'을 피하면 과연 지각됨의 고통에서 면제될 수 있을까? '눈'을 피할 수는 있는 걸까? 다시 버클리의 말로 돌아가 보자.

조지 버클리는 "존재함은 지각됨"이라고 주장했다. 그러면서 자기와 자기의식만이 확실하게 존재한다는 관점의 유아론(唯我論, solipsism)을 극복하기 위해, 우리가 지각하지 않더라도 세상을 지각하는 관측자인 신이 있기 때문에 외부 세계의 대상이 존재할 수 있다고 말했다. 「재생」에서는 세 개의 머리를 비추는 스폿 조명이 저 무한한 정신인 신의 역할을 수행하며 그들의 즉각적인 대사를 유도한다. 그러나 '단일한 광원'이 그들의 무대 바깥에 위치하지 않는다는 점에서("광원은 하나로 두고, 그 피해자들이 차지하는 이상적인 공간[무대] 바깥에 놓지 않는다.") 신이 그들의 의식 속 "유일한 심문관"으로서 신임을 짐작할 수 있다. 같은 맥락에서 「필름」의 '대상'도 "추적하는 외눈"에서 벗어날 방도가 없다. 그가 아무리 사람들, 동물들, 심지어 태양의 '눈'까지 피하고 거울, 사람들의 사진, 눈이 커다란 신상(神像) 사진 등 지각과 관련된 대상을 싹 제거해도 소용없다. '대상'인 'O(bject)' 자체가 굴레의 양상을 띠듯이, "추적하는 지각자가 외부 존재가 아니라 자아"라는 것이 밝혀지기 때문이다(영화 속에서 왼쪽 눈이 안대로 덮여 있는 버스터 키턴의 눈 역시 외눈이다). 그는 인간이란 자각을 피할 수 없는 존재이므로 어디서도 '눈'을 피할 수 없고 결국 지각됨의 고통으로부터 벗어날 수 없다는 사실을 일깨운다.

1964년 여름 뉴욕에서 「필름」의 촬영이 막바지에 접어들었을 때, 베케트는 연출가 앨런 슈나이더와 영화편집자 시드니 마이어스를 도와 영화편집에 관여했다. 현실을 새로운 차원으로 재구성하는 영화 기법과 기술에 매료된 그는 스크린으로 영역을 확장해 텔레비전용 스크립트를 집필하기 시작했다. 촬영(撮影)된 영상물을 재생(再生)하는 텔레비전은, 데리다가 지적했듯, "살아 있는" 동시에 죽은 성질의 매체다.[6] 베케트는 이 유령 같은 매체를 십분 활용해, 현실과 괴리된 작은 화면을 통해, 분열된 인간의 내면을 내밀하게 들여다보는 듯한 인상을 불러일으킨다. 그와 동시에 귀가 먹먹할 정도로 적막한 공간에서 흘러나오는 낮고 거의 음색 없는 목소리로 소리에 대한 불안감과 긴장감을 자극한다. 소리에 대한 민감한 반응은 소리가 비정상적으로 크게 들리거나, 심지어 안 들리는 소리가 들리는 듯한 감각 이상을 초래한다. 사각형의 닫힌 프레임 안에서 펼쳐지는 그의 극은 보는 이에게 생경한 감각을 열어 준다는 점에서 사뭇 아이러니하다.

목소리, 감각의 메아리

베케트의 극은 '말을 해야만 한다'의 문제다. 그들에게는 말의 행위가 무엇보다 중요하다. 말을 함으로써 "공허가 들이닥치는 걸 막을"(「그때」) 수 있을 뿐 아니라 감각을 재경험할 수 있기 때문이다. 「독백 한 편」의 화자는 '태어남(birth)'이라는 단어를 뱉으며 입술의 움직임을 감각한다. 벌어지는 입, 두 입술 사이로 내밀쳐지는 혀는 첫울음과 함께 이둠을 가르고 세상에 나오는 인간존재를 형상화한다. 베케트는 태어나 울음을 터뜨리며 스스로 호흡을 시작하고 스스로 호흡을 거두는, 찰나와 같은 인간의 생애를 「숨」에서 짧지만 강렬하게 보여 준 바 있다. 말[言]도 인간의 입김과 같은 운명이다. 그러나 감각은, "혀와 두 입술 부드럽게 맞닿는 느낌"은 오롯이 남는다. 그래서 "한때 소리로 가득 찼던 방"에 더 이상 들리는 것 없어도 "흐린 소리"를 들을 수 있고 압정만 남은 빈 벽에서, 뜯어낸 사진 속 떠난 이들의 흔적을 볼 수 있는 것이다. 감각이 남아 있는 한 "영인 건 없"다. 그렇게 소멸을 향해 사라져 가는 이들에게 점멸하는 '생명의 표시'처럼 목소리가 남는다. 문제는 "단어가 얼마 없다"는 것이고, 그럼에도 말을 해야만 하는 것이 그들의 딜레마다. 그들은 더 이상 표현할 것도 없고, 표현할 능력이나 표현할 욕구도 없이, 오직 "표현해야 하는 의무"[7]만 가지고 불완전하고 미완성된 말을 되풀이한다.

언어가 존재를 드러내는 것이라고 한다면, 그들은 "오직 소란과 소란의 순수한 형태"[8]만을 말할 수 있을 뿐이다.

그의 극은 「고도를 기다리며」에서 알아들을 수 없는 럭키의 독백 연기와 같이 일인극으로 변화한다. 하지만 떨어져 나간 팔에 대한 환상통을 마치 거울로 해결하려는 것처럼, 고독한 인물들은 스스로의 동반자를 만든다. 버클리에게 지각이 존재를 담보하는 것처럼, 그들에게 청자는 화자를 계속 말하게 한다는 점에서 무엇보다 중요하기 때문이다. 베케트가 무대에서 부각해 온 것도 인물들의 상호 관계와 의존성이다.[9] 가령 「크래프의 마지막 테이프」에서 미래의 크래프는 과거 크래프의 목소리가 녹음된 릴 테이프를 앞뒤로 감아 가며 그의 이야기에 반응한다. 「필름」에서 존재 의식으로부터 벗어나고자 흔들의자에 앉아 눈을 붙이는 남자처럼 「흔들노래」에서 의자의 흔들림에 몸을 맡기는 여자는 자신의 녹음된 목소리에 귀를 기울이며 메아리처럼 따라하곤 한다. 자기 목소리에 귀를 기울이며 대화를 하는 그들은 혼잣말을 중얼거리며 횡설수설하는 광인으로 보일지 모른다. 그러나 그들에게서는 정해진 레퍼토리대로 말하고 보여 주는 광대의 모습이 엿보인다. 기차가 지연된 이유를 고집스레 묻는 루니 여사에게 서술 조로 이야기를 들려주는 루니 씨나 '골골'이 제안하는 주제에—웅변조, 산문 조, 운문 조, 과장된 수사 따위로—말투를 바꿔 가며 그의 '위안'이 되기 위해 애쓰는 '말'(「말과 음악」)에게서 배우를 패러디하는 모습이 나타난다. 소재는 점차 고갈되어도 그들의 이야기는 형태를 바꾸며 끝없이 변주된다. 목소리를 흉내 내기도 하고, 대화를 짓기도 하고, 목소리에게 말을 걸어 대화하기도 하는 「불씨」의 헨리처럼, 말하는 '나'와 듣는 '나'의 놀이는 짐짓 이야기꾼, 저자의 글쓰기와 비슷해진다.

우아한 인형의 세계

"저기, 들어 봐! 눈 감고 들어 봐, 저게 뭐 같아?"(「불씨」) 몽돌 해변을 걷는 발소리, 바닷소리, 발굽 소리 너머 헨리가 그의 말을 듣는 누군가를 상상하며 지어내는 이야기를 듣다 보면,

어느새, 볼턴이란 노인이 칠흑 같은 어둠 속에서 일렁이는 촛불을 쳐들고 오랜 벗 홀러웨이의 파란 외눈을 무표정하게 들여다보는 장면으로, 소리 하나 없고 오직 불씨만 있는 "흰 세상"으로 이끌려 간다. 발자크가 자신의 창조물들을 "시계태엽 양배추들"[10]처럼 부리듯, 베케트의 등장인물들은 그들과 엇비슷한 생김새의 동반자들을 인형처럼 부린다. 심지어 「…다만 구름…」에서 소리 없이 벙긋하는 여자의 입 모양에 맞춰 남자가 예이츠 시의 마지막 시행을 읊는 장면은 인형이 말하는 것처럼 보이게 하는 복화술을 연상케 한다.

　　인형들의 세계는 정확성과 경제성으로 완성된다. 베케트는 1981년에 남부독일방송을 위해 슈투트가르트에서 「사방」을 연출할 때, 동작의 리듬과 타이밍을 살리기 위해 일정한 속도로 규칙적인 박자를 유지해 주는 메트로놈을 사용하기도 했다. 그가 실연자들에게 요구한 "얼마간의 발레 경험"은, 1974년 12월에 「고도를 기다리며」를 연출할 당시 등장인물 네 명이 모두 바닥에 누워 있는 장면을 두고, 그것이 "살아남기 위한 게임"이며 "인위적으로, 발레와 같이"해야 한다고 했던 그의 설명을 상기시킨다.[11] 베케트가 정확한 박자와 리듬으로 기계적으로 움직이는 배우의 동작을 통해 얻고자 한 것은 최대한의 우아함이었다. 1969년에 친구에게 쓴 한 편지에서 「크래프의 마지막 테이프」의 독일 배우 마르틴 헬트에게 "타고난 능숙함 혹은 클라이스트의 의미에서 우아함"[12]이 부족하다고 지적한 것에서도 그가 우아함을 크게 염두에 두었음을 알 수 있다. 이 우아함의 실마리는 그가 1971년에 「행복한 날들」의 위니 역을 맡은 배우 에바 카타리나 슐츠(Eva Katharina Schultz)에게나, 1976년 10월에 「유령 삼중주」를 촬영할 당시 배우 로널드 픽업과 전기 작가 제임스 놀슨에게 참고하라고 했던 하인리히 폰 클라이스트(Heinrich von Kleist)의 「인형극에 대하여(Über das Marionettentheater)」(1810)에서 찾아볼 수 있다.

　　「인형극에 대하여」는 인간 육체의 움직임에 나타나는 우아한 아름다움, 즉 우미(優美, Anmut)와 의식의 관계를 다룬 짧은 에세이다. 여기에서 의식은 본능, 감정, 감각과 대립되는 개념으로 사용된다. 글은 일인칭 화자인 '나'가 공원에서 만난 오페라 수석 무용수인 C와 대화를 나누는 형식으로 서술된다. 무용수는 인간과 달리 의식이 없는 인형이 어떤 무용수도 성취할 수 없는 우아함을 지닐 수 있다고 주장한다. 인형에게는 인형 조종사가 철사와 실로 조종하는 하나의 무게중심만 있어서, 영혼이 움직임의 중심 외에 다른 곳에 있을 때 나타나는 '꾸밈(Ziererei)'이 없기 때문이다. 인형에게는 그것을 지상에 묶어 두는 힘보다 공중으로 들어 올리는 힘이 더 큰 만큼 춤을 방해하는 관성도 없다. 게다가 바닥조차 사지가 활기를 얻을 수 있는 도약의 계기가 되므로 인형이야말로 균형, 민첩함, 경쾌함을 완벽하게 성취할 수 있다는 것이다. 무용수는 우아함 면에서 의식 없는 인형이 살아 있는 인간보다 우월하다고 역설한다.

무용수와 화자의 대화에 내포된 두 가지 이야기 중에 무용수가 들려주는 '곰 이야기'는 특히 베케트에게 깊은 인상을 남겼다. 무용수가 한 귀족의 집을 방문했다가 그들 가족이 기르는 곰과 펜싱 시합을 벌인 이야기인데, 그는 속임수에 결코 속지 않고 무의식적이고 본능적으로 모든 공격을 막아 내는 의식이 배제된 곰에게 크게 압도당한다. 또 다른 이야기인 '소년의 이야기'는 의식이 인간의 자연스러운 우아함에 미치는 영향을 보여 준다. 한 소년이 거울에 비친 자기 모습에서 어느 유명한 조각상의 모습을 발견하고 화자 앞에서 그 동작을 재현해 보이려고 여러 번 시도하지만 실패로 끝난다. 소년은 몇 날 며칠을 거울 앞에서 보내다가 결국 본래 지닌 매력조차 잃고 만다. '나'를 의식한 꾸밈 행동으로 인해 순수함과 자기동일성을 상실한 이 소년의 이야기는 인식의 열매를 먹고 자신이 유한한 존재라는 의식이 생긴 인간의 돌이킬 수 없는 운명을 암시한다. 소년은 죄와 고통이 없는 낙원, 원초적 순수함과 완벽한 조화를 상징하는 에덴동산에서 쫓겨나 자연과 일체감을 더 이상 누릴 수 없는 운명 앞의 인간을 보여 준다. 클라이스트는 둥근 지구의 양 끝이 서로 맞물리듯, 정반대되는 두 존재, 즉 의식이 전혀 없는 인형과 절대적인 의식을 지닌 신에게서 우아함이 순수하게 드러나며, 인간은 다시 한번 저 인식의 나무 열매를 먹어야만 순수한 상태로 돌아갈 수 있다는 무용수의 말로 「인형극에 대하여」를 끝맺는다.

클라이스트에 대한 베케트의 관심은 그가 "매력적인 인형의 세계"[13]라고 묘사한 I7세기 네덜란드 철학자 아르놀트 횔링크스(Arnold Geulincx)의 철학에서 비롯한다. 데카르트의 심신이원론(心身二元論)을 받아들인 횔링크스는 실체(實體)가 상이한 정신과 신체가 완벽히 분리되어 있지만, 신이 유일한 작용인(作用因)으로서 그 둘을 매개해 심신의 상호작용이 일어난다고 주장했다. 다시 말해 신체의 운동이 정신적 작용에 의해서가 아니라 신의 작용에 의해서 일어난다는 것이다. 그에 따르면 모든 인과관계에는 진정한 원인인 신이 있고 인간은 신의 명령을 따를 뿐이다. 횔링크스는 정신과 신체를 신에 의해 정확히 맞춰진 두 개의 시계에 비유했고 인간의 의지와 움직임의 역설을 우는 아기와 흔들리는 요람에 대한 비유로 설명했다.[14] 그의 비유는 베케트의 희곡 「흔들노래」에서 "더"라는 여자의 요구에 흔들의자의 움직임과 목소리가 함께 발생하는 장면에서 정확히 환기된다. 소설 『몰로이』에 나오기도 하는 배에 탄 승객에 대한 횔링크스의 또 다른 비유는 서쪽으로 항해하는 배 위에서 동쪽을 향해 가는 승객의 자기 의지에 대한 착각과 이동의 제약을 보여 준다. 베케트는 배에 탄 승객들과 마찬가지로, 무대에 그야말로 발이 묶인 무력한 인간존재를 그려 보였다.

베케트의 등장인물들은 그가 소설 『머피』의 두 가지 출발점 중 하나로 언급했던 횔링크스의 격언[15]을 실천하듯, 점차 내면의 어둠 속 '의지-없음'의 한가운데에서 "절대적인 자유의 칠흑 속 티끌"[16]이 되어 우주를 떠돌듯 자신을 내맡긴다. 베케트는 "내 가장 소중한 협력자"[17]라고 칭했던 어둠의 영역 속 '무리수의 행렬'을 『머피』에서 예고한 바 있다. 소수점 이하의 자릿수가 반복되지 않고 무한히 계속되는 수를 가리키는 무리수(無理數, irrational number)는 정확한 값으로 나타내기 어렵고, 기호나 근삿값으로 표현된다. 원둘레와 지름의 비율인 원주율, 파이(π)를 3.I4로 구하는 것이 대표적인 예다. 우주 질서와 조화를 수(數)의 비례로 설명할 수 있다고 믿었던 피타고라스는 무리수를 가리켜 로고스(말씀, 이성) 없음, 즉 침묵이라는 뜻의 '알로고스'라고 불렀다. 「나흐트 운트 트로이메」의 꿈꾸는 이와 그의 꿈속 자아와 마찬가지로, 베케트의 인물들은 태아의 자세 또는 죽음을 기다리는 자세로 어떤 의지도 욕구도 없이 "무덤처럼 달콤한 고요"(「나 아닌」) 속으로 침잠한다. 어둠 속에서 침묵은 그들에게 영혼이 동요하지 않는 상태인 부동심(不動心)을, 데모크리토스의 의미의 행복을 선사한다.

티끌의 소용돌이

"베케트의 예술은 정반대되는 것들—정신과 육체, 자기와 타자, 말과 침묵, 생과 사, 희망과 절망, 존재와 비존재, 예스 혹은 노—의 변증법적 상호작용으로 동력을 얻는 데모크리토스의 철학 같은 예술이다."[18]
— 데이비드 H. 헤슬라

「크래프의 마지막 테이프」에서 크래프가 장부를 보면서 의아해하며 발음하는 "검은 공"은 그가 곧장 고개를 들어 바라보는 허공을 떠올리게 한다. '웃는 철학자' 데모크리토스는 세계가 더 이상 나뉠 수 없는 불변하는 물질인 원자(atoma)와 빈 공간인 허공(kenon)으로 이루어져 있다고 말했다. 그리고 원자를 만물의 근원으로 규정하고 허공 속에서 움직이는 원자의 결합과 분리로 물질의 생성과 소멸을 설명하려 했다. 그는 소용돌이처럼 움직이는 무수한 원자들이 충돌해 결합하거나 분리되면서 세계를 형성하고, 원자가 무한한 방식으로 배열되면서 사물이 발생한다고 믿었다. 영혼의 불멸성을 믿는 플라톤과 달리, 영혼 역시 원자의 배열로 생겨나고 소멸된다고 여겼던 그는 행복이 '안녕' 또는 '명랑함'이라는 영혼의 상태에 있다고 보았다. 그에게 행복은 영혼이 안정되어 동요하지 않는 정신적 평정 상태를 의미했다. 그가 제시한 행복의 열쇠는 '대칭(symmetry)' 또는 '조화(harmony)'의 원칙이었다. 그는 이 원칙을 바탕으로 욕망을 절제하고 균형 잡힌 삶을 통해 육체의 평온인 건강과, 영혼의 평온인 명랑함에 이를 수 있다고 주장했다.[19]

베케트의 극에서는 데모크리토스가 강조한, 균형을 가장 완전하게 구현하는 저 대칭이 무엇보다 두드러진다. 반으로 접어서 똑같은 무늬를 만드는 데칼코마니나 상하 또는 좌우가 반전된 동일한 모양의 상을 비추는 거울반사처럼, 대칭은 베케트의 희곡 속 인물의 움직임에서 흔히 찾아볼 수 있다. 가령 루니 부인이 시골길을 따라서 기차역으로 갔다가, 다시 시골길을 따라 집으로 향하는 움직임(「지는 모두」)이나 메이가 무대 오른쪽에서 왼쪽으로, 다시 왼쪽에서 오른쪽으로 아홉 보 길이를 일정하게 오가는 움직임(「발길」)에서, 혹은 처음에 플로, 바이, 루 순으로 앉아 있던 자리 배치가 마지막에 루, 바이, 플로 순으로 뒤바뀌는 구조(「오고 가고」)에서도 대칭성이 부각된다.

베케트는 1960년대부터 자기 연극의 연출에 본격적으로 참여함으로써 희곡의 연극적 결함을 바로잡거나 그 자신의 미학을 더욱 효과적으로 구현할 기회로 삼았다. 그는 연출가로서 자신의 연극을 직접 연출할 때 인물의 움직임이나 제스처의 대칭성을 더욱 부각시켰다. 1979년 1월에 독일에서 텔레비전극 「웅 조」를 연출하기 위해 준비한 그의 노트에서, 조의 움직임과 그를 뒤쫓는 카메라의 움직임을 양식화한 도표는 그가 연극에서 추구했던 정확성과 대칭성을 한눈에 보여 준다.[20]

침대에서부터 창문, 문, 찬장을 거쳐 다시 침대로 이동하는 조의 동선은 네 변의 길이가 같은 마름모꼴로 그려져 있다. 조가 한 장소에서 다른 장소로 이동할 때 "똑같은 거리"를, "똑같은 발걸음 수"로 이동하게끔 의도했음을 알 수 있다. 또한 베케트는 창문과 문, 찬장을 모두 안쪽으로(그에게서 멀리) 밀어 여는 "똑같은 제스처"를 의도했다.[21] 하지만 찬장을 바깥쪽(그 자신 쪽)으로 당겨 열 수밖에 없자, 바닥에 밀착된 이불을 당겨 침대 밑을 살피는 제스처를 더해, 밀고 당기는 동작을 균형 있게 맞추었다. 침대에서부터 반시계 방향으로 방 안을 살피는 조를, 카메라가 전신 숏으로 화면에 담으며 거리를 둔 채 뒤쫓다가, 그가 침대로 돌아와 목소리에 귀를 기울이는 동안, 총 아홉 번에 걸쳐 10센티미터씩 이동하며 그의 얼굴을 클로즈업한다. 베케트가 아홉 개의 점으로 일정하게 표시해 둔 위치로 카메라가 이동하며 조의 몸 일부를 화면에 크게 담는 동안, 조의 전신이 상반신, 얼굴로 점차 줄어들면서 그가 마치 절단되는 듯한 효과를 가져온다.[22] 대칭에 대한 베케트의 집착은 「유령 삼중주」에서도 나타난다. 조의 방과 비슷한 「유령 삼중주」 속 남자의 방은 광원이 보이지 않고 온통 회색 직사각형투성이인 비현실적인 공간이다. 여자의 목소리에 조의 두 눈이 열리는 것처럼, 「유령 삼중주」에서 "감지되지 않을 정도로 열려 있"는 문과 창문이, 닫힌 공간에서 남자의 열린 정신을 드러낸다. 남자는 조와 마찬가지로 오른쪽에서 왼쪽으로, 즉 반시계 방향으로 이동하면서 "손잡이 없"는 문과 창문을 시계 방향으로 밀어 연다. 문과 창문은 점점 세게(크레셴도) 삐걱대며 열리고 점점 여리게(데크레셴도) 삐걱대며 닫힌다.

대칭적인 움직임에서 처음의 위치로 돌아오는 것은 일련의 움직임을 다시 시작하게 하고 이를 무한 반복할 수 있게 한다. 텔레비전극 「사방」에서 네 명의 실연자들은 정사각형의 구역에서 저마다 시작점은 다르지만 모두 네 변과 두 개의 대각선을 완주하고 시작점으로 돌아온다. 고정된 카메라가 단일한 시선으로 그들을 화면에 붙잡아 놓는 가운데, 정해진 순서에 따라 주어진 구역에 들어와서 각자의 경로대로 걷는 실연자들은 텅 빈 공간 속에서 끊임없이 움직이는 원자들처럼 기계적으로 움직인다. 대칭은 반복적이고 순환적이면서 연속적인 동시에 밀폐된 구조를 갖는다. 그래서 일정한 규칙과 법칙 아래 오고 가는 실연자들의 움직임이 우리에 갇힌 짐승의 움직임처럼 안정감보다 불안감과 고립감을 증폭시키는 것이다.

한편 베케트의 희곡에 나타나는 수학적일 만큼 치밀하고 정확한 구조는 인물들의 공허한 말과 동작에 어떤 형태를 부여한다. 희곡 「그때」는 세 개의 파트로 구성되어 있고 10초간 침묵하는 두 차례의 휴지로 구분된다. "청자 본인의 목소리"인 목소리 가, 나, 다는 파트별로 네 번씩 총 열두 번에 걸쳐 서로 무관하게 저마다 기억하는, 또는 상상하는 '그때'의 이야기를 들려준다. 세 목소리는 총 여섯 가지(가나다, 가다나, 나가다, 나다가, 다나가, 다가나)로 배열될 수 있으며, 이 목소리들의 순열이 마지막에 청자가 지어 보이는 미소와 연관된다.

「나 아닌」의 '입'이 누군가에게 말하는 화자라면 「그때」에 등장하는 얼굴은 자기 목소리(들)를 듣는 청자다. "나이 든 흰 얼굴, 펼친 머리칼을 위에서 내려다본 듯 사방으로 뻗은 긴 백발"의 청자는 무대 정중앙을 살짝 비껴나 3미터 높이에서 조명을 받는다. 관객은 누워 있는 남자를 내려보는 듯한 각도로 그의 얼굴을 보게 된다. 베케트가 일러두기에 밝혔듯 "그의 좌우와 위에서 들려오는" 세 목소리는 남자 삶의 "각기 다른 순간"을 나타낸다. 그러나 목소리 가, 나, 다는 시간순과 무관하게 각각 남자의 중년, 청년, 노년의 목소리로 설정되어 있는데, 이는 형식적이고 기술적인 성격을 띤다.

「그때」는 1976년에 초연되었고, 그해 10월 1일에 베를린 실러 극장의 베르크슈타트에서 베케트의 연출로 상연되었다. 베케트는 중년의 목소리 '가'가 무대 왼쪽에서, 청년의 목소리인 '나'가 무대 위에서, 노년의 목소리 '다'가 무대 오른쪽에서 들려오도록 했다.[23] 모든 변화를 무수한 원자의 위치 변화로 설명한 데모크리토스처럼, 베케트는 목소리 가, 나, 다의 순서를 바꿔 가며 청자의 다른 순간의 이야기들을 들려준다. 세 목소리는 다음과 같은 순서로 "서로를 잇는다".

첫 번째 파트: 가다나 가다나 가다나 다가나
두 번째 파트: 다나가 다나가 다나가 나다가
세 번째 파트: 나가다 나가다 나가다 나가다

세 파트는 처음에는 모두 회상하듯 반시계 방향으로 들려온다. 관객 입장에서, 반시계 방향으로 들려오는 목소리는 청자의 머리 주변을 왼쪽에서 오른쪽으로 도는 듯한 인상을 준다. 그러나 목소리가 반시계 방향으로만 들려오는 세 번째 파트와 달리, 첫 번째 파트와 두 번째 파트는 마지막 네 번째 순서에 목소리가 들려오는 흐름이 시계 방향으로 역전된다. 다시 말해 첫 번째 파트에서는 목소리가 가다나, 즉 왼쪽-오른쪽-위쪽 순으로 반시계 방향으로 들려오다가 마지막에 다가나, 즉

오른쪽-왼쪽-위쪽 순으로 목소리가 시계 방향으로 들려오며
흐름이 역행된다. 두 번째 파트에서도 목소리가 다나가, 즉
오른쪽-위쪽-왼쪽 순으로 반시계 방향으로 들려오다가,
마지막에 나다가, 즉 위쪽-오른쪽-왼쪽 순으로 목소리가 시계
방향으로 들려오고 나서 침묵한다. 하지만 세 번째 파트는 나가다,
즉 위쪽-왼쪽-오른쪽 순으로 목소리가 반시계 방향으로만
흘러나온다. 목소리 나, 가, 다는 각각 청년, 중년, 장년의
목소리로, 세 목소리가 마침내 시간순으로 배열되었다는 것을
알 수 있다. 청자는 목소리의 순서가 시간순과 맞아떨어지면서,
목소리의 순환을 멈추게 했다는 만족감에 웃음 짓는 것일 테다.[24]
그런데 "치아가 보이지 않"는 컴컴한 입안을 보이며 웃는 청자를
보면서 공허감이 마음속으로 밀려오는 것은 왜일까? 끝이
지연되었을 뿐, 끊어지지 않고 연결된 순환의 고리에서 벗어날
길이 없기 때문일 것이다. 그러므로 숨이 붙어 있는 한, 계속하는
수밖에 없다. 다시 끝내기 위하여. 그렇게 해서 베케트의 극에는
차차 "폐허들 침묵 그리고 냉혹한 부동성"[25]만이 무대에 남게 된다.

아마도 돌 이야기[26]

"그리해 슬픈 이야기를 마지막으로 하고 두 사람은 바위로
변한 듯 자리를 지켰다."
—「오하이오 즉흥」

베케트의 희곡에서는 뒤돌아보지 말라는 금기를 어기고
석화(石化)되고 마는 신화 속 인물 같은 사람들을 목격하게 된다.
「오하이오 즉흥」은 (이야기 속 이야기에서와 마찬가지로) 두
인물이 바위로 변한 듯이 자리를 지키고 앉아 있는 장면으로
끝난다. 「지는 모두」와 「크래프의 마지막 테이프」에서도 몰아치는
비바람과 계속 돌아가는 테이프가 각각 그들 세계의 소란을
암시하는 가운데, 루니 씨와 루니 여사가 멈춰 서고 크래프가
움직임 없이 앞을 보는 장면으로 막이 내린다. 앞서 「고도를
기다리며」의 1막과 2막 끝에 "가자" 하고 말하고 나서 움직이지

않는 블라디미르와 에스트라공이나, 「마지막 승부」의 처음과 끝에 문 옆에 서서 함을 쳐다보고 꼼짝 않고 있는 클로브에게서 보았던 활인화(活人畫)와 같은 인물의 부동(不動) 상태는 베케트의 단편극에서 두드러지게 나타난다.

베케트는 익히 알려져 있듯 회화의 영향을 깊이 받았다.[27] 프랑스 화가 장앙투안 바토(Jean-Antoine Watteau)는 베케트의 극 「재생」에 큰 영향을 주었는데, 그가 바토의 그림에서 눈여겨본 것은 사람들 사이에 일견 눈에 띄지 않는 인물들의 상반신과 단지였다. 그는 자연 앞에 인간의 고독을 상반신과 단지로 강조한 바토의 그림을 보며 그에게 본질적인 문제인 무기물의 문제에 접근했다.[28] 일찍이 소통의 단절을 절감했던 베케트는 바토의 그림을 아무것도 받거나 줄 수 없고, 변화 또는 교환의 가능성이 없는 "순수한 무기물의 병치"[29]로 해석했다. 베케트는 무기물에 대한 그의 관심을, 자기 자신을 생명 없는 무기물로 환원하고자 하는 욕구, 즉 죽음의 본능인 타나토스를 주장한 프로이트의 정신분석적 관점과 연관시키기도 했다. 이것은 그의 후기 작품에서 부패와 석화, 돌과 뼈에 대한 강박으로 나타난다.[30]

"무지, 침묵, 그리고 미동도 없는 창천. 이런 것이 수수께끼의 답, 그 맨 마지막 해답인 것이다."
— 「세계와 바지」[31]

1992년에 미뉘 출판사에서 에디트 푸르니에의 번역으로 출간된 『사방 그리고 다른 텔레비전을 위한 극』에는 베케트의 텔레비전극에 대한 질 들뢰즈(Gilles Deleuze)의 해제 「소진된 인간(L'Épuisé)」이 함께 실렸다. 들뢰즈는 베케트가 1970–80년대에 텔레비전이라는 매체의 가능성을 실험하면서 존재-언어의 모든 '가능한 것'을 소진해 정신적 운동인 시각적 혹은 청각적 "영상을 만들"[32]어 냄을 탁월하게 분석했다. 베케트의 극은 가능한 것을 실현하지 않고 소진되고, 또 가능한 것에서 실현되지 않은 것을 소진해 가면서, "하나의 이미지를 우뚝 세워 보여 주고자 하는 정신의 연극"[33]인 '시각적 시'에 다다른다.

결국 "시각에 호소하는 지각을 [⋯] 표현하는"[34] 글쓰기는, 베케트가 예견했듯, 의미가 제거된 문장의 나열일 수밖에 없다. 하지만 그가 의미를 덜어 낸 공간에서 볼 수 있는 것이 있다. 바로 돌과 같은 "공허 속 부동의 사물", "순수한 대상"이다.[35] 베케트는 무의미로 가득한 단편극들을 통해 우리에게 존재라는 미지의 수수께끼의 답을 던졌다. 질문은 이제 우리의 몫이다.

김두리(사뮈엘 베케트 연구자, 번역가)

1. 루비 콘(Ruby Cohn), 『베케트 되짚기(Back to Beckett)』, 프린스턴 대학교 출판부(Princeton University Press), 1974, 158면.

2. 베케트가 강의했던 내용은 제자였던 레이첼 버로스(Rachel Burrows)의 학생 노트에 남아 있다. 브리지트 르 주에즈(Brigitte Le Juez), 『베케트 이전의 베케트(Beckett before Beckett)』, 로스 슈워츠(Ros Schwartz) 옮김, 수브니어 프레스(Souvenir Press), 2010.

3. 같은 책, 48면.

4. 사뮈엘 베케트, 『그저 그런 여인들에 대한 꿈(Dream of Fair to Middling Women)』, 블랙 캣 프레스(Black Cat Press), 1992, 119면.

5. 사뮈엘 베케트, 『머피』, 이예원 옮김, 워크룸 프레스, 2020, 85면.

6. 그레일리 헤런, 『사뮈엘 베케트의 영화와 텔레비전극』, 폴그레이브 맥밀런, 2007, 4면.

7. 사뮈엘 베케트, 『프루스트 그리고 세 편의 대화(Proust and Three Dialogues)』, 존 콜더, 1987, 103면.

8. 사뮈엘 베케트, 『머피』, 88면.

9. 베케트의 인물들은 머피가 분리되어 있다고 느끼는 몸과 마음처럼 자주 불화하긴 해도, 불가분의 관계에 있다. 「오고 가고」의 세 여자는 벤치에 붙어 앉아 있으면서 "발소리 없이" 무대에서 사라졌다가 등장했다가 한다. 무대에서 그들이 나누는 귓속말은 그들을 심리적으로 이어 주고, 교차된 손은 그들을 신체적으로 연결한다. 그들의 손은 반지와 같이 그들을 한 덩어리가 되게 묶는 결속과, 뫼비우스의 띠와 같이 무한을 그리는 닫힌 체계의 구속을 환기한다. 여기에 더해 1978년 실러 극장의 베르크슈타트에서 연극 「오고 가고」를 준비하기 위한 연출 노트에 따르면 베케트는 외투, 모자, 신발을 서로 바꿔 입혀 그들의 상호 의존성을 시각적으로 강조하려 했다. 사뮈엘 베케트, 『사뮈엘 베케트의 연극 노트: 4권 단편극(The Theatrical Notebooks of Samuel Beckett: Volume IV. The Shorter Plays)』, S. E. 곤타스키 엮음, 페이버, 2021, 236면.

10. 사뮈엘 베케트, 『그저 그런 여인들에 대한 꿈』, 119면.

11. 발터 아스무스(Walter Asmus), 「베케트 고도를 연출하다(Beckett directs Godot)」, 『시어터 쿼털리(Theatre Quarterly)』, 5권 19호, 1975, 23-4면.

12. 베케트가 바버라 브레이(Barbara Bray)에게 보낸 1969년 9월 2일 자 편지. 『사뮈엘 베케트의 서한 4권, 1966-89년(The letters of Samuel Beckett, Volume 4, 1966-1989)』, 케임브리지 대학교 출판부(Cambridge University Press), 2023, 169면.

13. 마크 닉슨(Mark Nixon), 『사뮈엘

베케트의 독일 일기 1936-7년(Samuel Beckett's German Diaries 1936–37)』, 블룸즈버리(Bloomsbury), 2011, 200면, 주 47.

14. "아기가 자신이 누워 있는 요람이 흔들리기를 원하면, 요람이 대개 흔들리는데, 그것은 '그'가 그것을 원하기 때문이 아니라, 요람 옆에 앉아 있고, 그것을 실제로 흔들 수 있는 그의 어머니 혹은 유모가 마찬가지로 그가 원하는 것을 행하길 원하기 때문이다." 아르놀트 횔링크스, 『윤리학: 사뮈엘 베케트의 노트 수록(Ethics: With Samuel Beckett's Notes)』, 마틴 윌슨(Martin Wilson) 옮김, 브릴(Brill), 2006, 39면.

15. "우비 니힐 발레스, 이비 니힐 벨리스. 네가 가치 없이 존재하는 그곳에서 너는 무엇도 원치 않으리." 사뮈엘 베케트, 『머피』, 137면. 베케트가 말한 『머피』의 또 다른 출발점은 소설 『말론 죽다』에서도 언급된 철학자 데모크리토스의 "아무것도 아닌 것보다 더 실재적인 건 아무것도 없다"이다. 사뮈엘 베케트, 『말론 죽다』, 임수현 옮김, 워크룸 프레스, 2021, 25면.

16. 사뮈엘 베케트, 『머피』, 89면.

17. 베케트는 「크래프의 마지막 테이프」에 언급되는 크래프의 '전망'을 설명하면서 그의 릴 테이프에서 흘러나오다가 끊긴 문장 "어둠이 실은 내 가장—"의 누락된 단어가 "내 가장 소중한 협력자(my most precious ally)"라고 밝혔다.

제임스 놀슨, 『명성으로 저주받은: 사뮈엘 베케트의 삶(Damed to Fame: The Life of Samuel Beckett)』, 블룸즈버리, 1997, 352면.

18. 데이비드 H. 헤슬라(David H. Hesla), 『혼돈의 모양: 사뮈엘 베케트의 예술 이해(The Shape of Chaos: an interpretation of the Art of Samuel Beckett)』, 미네소타 대학교 출판부(University of Minnesota Press), 1971, 10-1면.

19. 프레더릭 코플스턴(Frederick Copleston), 『철학의 역사, 1권: 그리스와 로마(A History of Philosophy, Vol. 1: Greece and Rome)』, 더블데이(Doubleday), 1993, 124-6면 참조.

20.

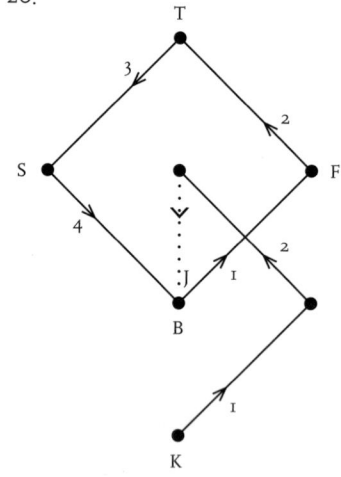

「응 조」의 연출 노트에 그려진 위의 도표에는 침대(B, Bettrand)에서부터 반시계 방향으로 창문(F, Fenster), 문(T, Tür), 찬장(S, Schrank) 그리고

다시 침대로 이동하는 조와 그를
좇는 카메라(K, Kamera)의 동선이
점과 선, 숫자, 화살표 등으로 정확히
그려져 있다. 사뮈엘 베케트, 『사뮈엘
베케트의 연극 노트: 4권 단편극』,
252면.

21. 같은 책, 258면.

22. 1966년 7월 BBC2에서 방영된
텔레비전극에서 조 역을 맡은 배우
잭 맥가우런의 우수 어린 커다란
눈망울과 목소리 역의 배우 샨
필립스의 고문하는 속삭임은 조가
마지막에 "정신적 목조름"에 성공해
안도의 미소를 지어 보이기까지 숨
막힐 정도로 긴장감을 불러일으킨다.

23. 안토니 리베라(Antoni Libera),
『베케트에 대한 대화(Dialogues
on Beckett)』, 아그니에슈카
콜라코프스카(Agnieszka
Kolakowska) 옮김, 앤섬 프레스,
2019, 114면.

24. 같은 책, 116면. 세 개의 목소리 가,
나, 다로 만들 수 있는 목소리의 여섯
가지 순열(가나다, 가다나, 나가다,
나다가, 다나가, 다가나)은 아래와
같이 '가다나'에서 시작해 '가다나'로
되돌아온다. 결국 세 번째 파트에서
'나가다' 뒤에 '가나다'가 왔다면, 다시
시작점인 '가다나'로 돌아가는 것이
불가피하다는 사실을 알 수 있다.

가다나 다**가**나 다나**가**
다나가 나**다**가 나가**다**
나가다 가**나**다 가다**나**

25. 사뮈엘 베케트, 『죽은-머리들/
소멸자/다시 끝내기 위하여 그리고
다른 실패작들』, 임수현 옮김, 워크룸
프레스, 2016, 63면.

26. 사뮈엘 베케트, 『말론 죽다』, 12면.

27. 베케트는 「고도를 기다리며」에서
두 개의 막 끝에 에스트라공과
블라디미르가 나무 옆에서 달이 뜨는
모습을 바라보는 장면을 넣었는데,
해당 장면은 카스파어 다비트
프리드리히(Capar David Friedrich)의
「달을 바라보는 두 남자」에서 영감을
얻었다. 「발길」에서 존재를 감싸듯
양팔로 몸을 껴안는 메이는 안토넬로
다 메시나(Antonello da Messina)의
「수태고지의 마리아」를 연상케 한다.
그리고 「나 아닌」에서 '입'을 향해
"무력한 연민이 담긴 몸짓"을 지어
보이는 청자는 1971년에 베케트가
몰타 여행 중에 발레타의 세인트 존
대성당 예배당에서 본 카라바조의
그림 「세례요한의 참수」 속에서,
끔찍한 처형 장면을 두 손으로 귀를
막고 바라보는 늙은 여인의 자세를
연상시킨다.

28. 베케트가 시시 싱클레어(Cissie
Sinclair)에게 보낸 [1937년 8월] 14일
자 편지. 『사뮈엘 베케트의 서한 1권,
1929-40년(The letters of Samuel
Beckett, Volume 1, 1929-1940)』,
케임브리지 대학교 출판부, 2023,
535-6면.

29. 같은 편지.

30. 제임스 놀슨, 『명성으로 저주받은:

사뮈엘 베케트의 삶』, 29면. '균형,
조화, 대칭'을 가리키는 독일어
단어 '에벤마스(Ebenmaß)'에서도
돌을 찾아볼 수 있다. '균등한',
'평탄한'이란 의미의 단어
'에벤(eben)'은 히브리어로 무게
측정의 단위로서 '돌'을 가리킨다.
성서에서 반석(盤石)은 영원성, 동일성,
하느님의 안전한 보호 등을 상징한다.
이 'eben'이란 단어에서 알파벳 'b'를
'd'로 바꾼 단어 'eden'이 지상낙원인
에덴, '환희의 동산'이라는 점을 주목할
때, 소설『몰로이』의 주인공이 입에
넣고 빼는 돌은 더욱 의미심장해진다.

31. 사뮈엘 베케트,『세계와 바지/
장애의 화가들』, 김예령 옮김, 워크룸
프레스, 24면.

32. 사뮈엘 베케트,『그게 어떤지/
영상』, 전승화 옮김, 워크룸 프레스,
2020, 176면.

33. 질 들뢰즈,『소진된 인간』, 이정하
옮김, 문학과지성사, 2013, 69면.

34. 사뮈엘 베케트,『세계와 바지/
장애의 화가들』, 23면.

35. 같은 책, 25면.

작가 연보[*]

1906년 — 4월 13일 성금요일, 아일랜드 더블린 남쪽 마을 폭스록의 집
'쿨드리나(Cooldrinagh)'에서 신교도인 건축 측량사 윌리엄(William)과 그 아내
메이(May)의 둘째 아들 새뮤얼 바클리 베킷[사뮈엘 베케트](Samuel Barclay
Beckett) 출생. 형 프랭크 에드워드(Frank Edward)와는 네 살 터울이었다.

1911–4년 — 더블린의 러퍼즈타운에서 독일인 얼스너(Elsner) 자매의 유치원에 다닌다.

1915년 — 얼스포트 학교에 입학해 프랑스어를 배운다.

1920–2년 — 포토라 왕립 학교에 다닌다. 수영, 크리켓, 테니스 등 운동에 재능을 보인다.

1923년 — 10월 1일, 더블린의 트리니티 대학교에 입학한다. 1927년 졸업할 때까지 아서
애스턴 루스(Arthur Aston Luce)에게 버클리와 데카르트의 철학을, 토머스
러드모즈브라운(Thomas Rudmose-Brown)에게 프랑스 문학을, 비안카
에스포시토(Bianca Esposito)에게 이탈리아 문학을 배우며 단테에 심취하게 된다.
연극에 경도되어 더블린의 아베이 극장과 런던의 퀸스 극장을 드나든다.

1926년 — 8–9월, 프랑스를 처음 방문한다. 이해 말 트리니티 대학교에 강사 자격으로 와
있던 작가 알프레드 페롱(Alfred Péron)을 알게 된다.

---

[*] 이 연보는 베케트 연구자이자 번역가인 에디트 푸르니에(Edith Fournier)가 정리한
연보(미뉘, www.leseditionsdeminuit.fr/auteur-Beckett_Samuel-1377-1-1-0-1.
html)와 페이버 앤드 페이버의 베케트 선집에 실린 커샌드라 넬슨(Cassandra Nelson)이
정리한 연보, C. J. 애커리(C. J. Ackerley)와 S. E. 곤타스키(S. E. Gontarski)가 함께 쓴
『그로브판 사뮈엘 베케트 안내서(The Grove Companion to Samuel Beckett)』(그로브,
1996), 마리클로드 위베르(Marie-Claude Hubert)가 엮은 『베케트 사전(Dictionnaire
Beckett)』(오노레 샹피옹[Honoré Champion], 2011), 제임스 놀슨(James Knowlson)의
베케트 전기 『명성으로 저주받은: 사뮈엘 베케트의 삶(Damned to Fame: The Life
of Samuel Beckett)』(그로브, 1996), 『사뮈엘 베케트의 편지(The Letters of Samuel
Beckett)』 1–3권(케임브리지 대학교 출판부[Cambridge University Press], 2009–14)
등을 참고해 작성되었다.

베케트 작품명과 관련해, 영어로 출간되었거나 공연되었을 경우 영어 제목을,
프랑스어였을 경우 프랑스어 제목을, 독일어였을 경우 독일어 제목을 병기했다. 각 작품명
번역은 되도록 통일하되 저자나 번역가가 의도적으로 다르게 옮겼다고 판단될 경우
한국어로도 다르게 옮겼다. — 편집자

273

1927년 — 4–8월, 이탈리아의 피렌체와 베네치아를 여행하며 여러 미술관과 성당을 방문한다. 12월 8일, 문학사 학위를 취득한다(프랑스어·이탈리아어, 수석 졸업).

1928년 — 1–6월, 벨파스트의 캠벨 대학교에서 프랑스어와 영어를 가르친다. 11월 1일, 파리의 고등 사범학교 영어 강사로 부임한다(2년 계약). 여기서 다시 알프레드 페롱을, 그리고 전임자인 아일랜드 시인 토머스 맥그리비(Thomas MacGreevy)를 만나게 된다. 맥그리비는 파리에 머물던 아일랜드 작가이자 베케트에게 큰 영향을 미치게 되는 제임스 조이스(James Joyce)를, 또한 파리의 영어권 비평가와 출판업자를, 즉 문예지 『트랜지션(transition)』을 이끌던 마리아(Maria)와 유진 졸라스(Eugene Jolas), 파리의 영어 서점 셰익스피어 앤드 컴퍼니(Shakespeare and Company) 운영자 실비아 비치(Sylvia Beach) 등을 소개해 준다.

1929년 — 3월 23일, 전해 12월 조이스가 제안해 쓰게 된 첫 비평문 「단테…브루노. 비코··조이스(Dante...Bruno. Vico..Joyce)」를 완성한다. 이 비평문은 『'진행 중인 작품'을 진행시키기 위하여 그가 실행한 일에 대한 우리의 '과장된' 검토(Our Examination Round His Factification for Incamination of Work in Progress)』(셰익스피어 앤드 컴퍼니, 1929)의 첫 글로 실린다. 6월, 첫 비평문 「단테…브루노. 비코··조이스」와 첫 단편 「승천(Assumption)」이 『트랜지션』에 실린다. 12월, 조이스가 훗날 『피네건의 경야(Finnegans Wake)』에 포함될, 『트랜지션』의 '진행 중인 작품' 섹션에 연재되던 글 「애나 리비아 플루라벨(Anna Livia Plurabelle)」의 프랑스어 번역 작업을 제안한다. 베케트는 알프레드 페롱과 함께 이 글을 옮기기 시작한다. 이해에 여섯 살 연상의 피아니스트이자 문학과 연극을 애호했던, 1961년 그와 결혼하게 되는 쉬잔 데슈보뒤메닐(Suzanne Dechevaux-Dumesnil)을 테니스 클럽에서 처음 만난다.

1930년 — 3월, 시 「훗날을 위해(For Future Reference)」가 『트랜지션』에 실린다. 7월, 첫 시집 『호로스코프(Whoroscope)』가 낸시 큐나드(Nancy Cunard)가 이끄는 파리의 디 아워스 출판사(The Hours Press)에서 출간된다(책에 실린 동명의 장시는 출판사가 주최한 시문학상에 마감일인 6월 15일 응모해 다음 날 1등으로 선정된 것이었다). 맥그리비 등의 주선으로 마르셀 프루스트(Marcel Proust)에 관한 에세이 청탁을 받아들이고, 8월 25일 쓰기 시작해 9월 17일 런던의 출판사 채토 앤드 윈더스(Chatto and Windus)에 원고를 전달한다. 10월 1일, 트리니티 대학교 프랑스어 강사로 부임한다(2년 계약). 11월 중순, 트리니티 대학교의 현대 언어 연구회에서 장 뒤 샤(Jean du Chat)라는 이명으로 '집중주의(Le Concentrisme)'에 대한 글을 발표한다.

1931년 — 3월 5일, 채토 앤드 윈더스의 '돌핀 북스(Dolphin Books)' 시리즈에서 『프루스트(Proust)』가 출간된다. 5월 말, (첫 장편소설의 일부가 될) 「독일 코미디(German Comedy)」를 쓰기 시작한다. 9월에 시 「알바(Alba)」가 『더블린 매거진(Dublin Magazine)』에 실린다. 시 네 편이『더 유러피언 캐러밴(The European Caravan)』에 게재된다. 12월 8일, 문학 석사 학위를 취득한다.

1932년 — 트리니티 대학교 강사직을 사임한다. 2월, 파리로 간다. 3월,『트랜지션』에 공동 선언문「시는 수직이다(Poetry is Vertical)」와 (첫 장편소설의 일부가 될) 단편「앉아 있는 것과 조용히 하는 것(Sedendo et Quiescendo)」을 발표한다. 4월, 시「텍스트(Text)」가『더 뉴 리뷰(The New Review)』에 실린다. 7–8월, 런던을 방문해 몇몇 출판사에 첫 장편소설『그저 그런 여인들에 대한 꿈(Dream of Fair to Middling Women)』(사후 출간)과 시들의 출간 가능성을 타진하지만 거절당하고, 8월 말 더블린으로 돌아간다. 12월, 단편「단테와 바닷가재(Dante and the Lobster)」가 파리의『디스 쿼터(This Quarter)』에 게재된다(이 단편은 1934년 첫 단편집의 첫 작품으로 실린다).

1933년 — 2월, 이듬해 출간될 흑인문학 선집 번역 완료. 강단에 다시 서지 않기로 결심한다. 6월 26일, 아버지 윌리엄이 심장마비로 사망한다. 9월, 첫 단편집에 실릴 작품 열 편을 정리해 채토 앤드 윈더스에 보낸다.

1934년 — 1월, 런던으로 이사한다. 런던 태비스톡 클리닉의 윌프레드 루프레히트 비온(Wilfred Ruprecht Bion)에게 정신분석을 받기 시작한다. 2월 15일, 시「집으로 가지, 올가(Home Olga)」가『컨템포(Contempo)』에 실린다. 2월 16일, 낸시 큐나드가 편집하고 베케트가 프랑스어 작품 열아홉 편을 영어로 번역한『흑인문학: 낸시 큐나드가 엮은 선집 1931–3(Negro: Anthology made by Nancy Cunard 1931–1933)』이 런던의 위샤트(Wishart & Co.)에서 출간된다. 5월 24일, 첫 단편집『발길질보다 따끔함(More Pricks than Kicks)』이 채토 앤드 윈더스에서 출간된다. 7월, 시「금언(Gnome)」이『더블린 매거진』에 실린다. 8월, 단편「천 번에 한 번(A Case in a Thousand)」이『더 북맨(The Bookman)』에 실린다.

1935년 — 7월 말, 어머니와 함께 영국을 여행한다. 8월 20일, 장편소설『머피(Murphy)』를 영어로 쓰기 시작한다. 10월, 태비스톡 인스티튜트에서 열린 융의 세 번째 강의에 윌프레드 비온과 함께 참석한다. 12월, 영어 시 열세 편이 수록된 시집『에코의 뼈들 그리고 다른 침전물들(Echo's Bones and Other Precipitates)』이 파리의 유로파 출판사(Europa Press)에서 출간된다. 더블린으로 돌아간다.

1936년 — 6월,『머피』탈고. 9월 말 독일로 떠나 그곳에서 7개월간 머문다. 10월, 시「카스칸도(Cascando)」가『더블린 매거진』에 실린다.

1937년 — 4월, 더블린으로 돌아온다. 새뮤얼 존슨(Samuel Johnson)과 그 가족을 다룬 영어 희곡「인간의 소망들(Human Wishes)」을 쓰기 시작한다. 10월 중순, 더블린을 떠나 파리에 정착해 우선 몽파르나스 근처 호텔에 머문다.

1938년 — 1월 6일, 몽파르나스에서 한 포주에게 이유 없이 칼로 가슴을 찔려 병원에
　　　　입원한다. 쉬잔 데슈보뒤메닐이 그를 방문하고, 이들은 곧 연인이 된다. 3월 7일,
　　　　『머피』가 런던의 라우틀리지 앤드 선스(Routledge and Sons)에서 장편소설로는
　　　　처음 출간된다. 4월 초, 프랑스어로 시를 쓰기 시작하고, 이달 중순부터 파리
　　　　15구의 파보리트가 6번지 아파트에 살기 시작한다. 5월, 시「판돈(Ooftish)」이
　　　　『트랜지션』에 실린다.

1939년 — 알프레드 페롱과 함께『머피』를 프랑스어로 번역한다. 7-8월, 더블린에 잠시
　　　　돌아가 어머니를 만난다. 9월 3일, 영국과 프랑스가 독일과의 전쟁을 선언하자
　　　　이틀날 파리로 돌아온다.

1940년 — 6월, 프랑스가 독일에 함락되자 쉬잔과 함께 제임스 조이스의 가족이 머물고
　　　　있던 비시로 떠난다. 이어 툴루즈, 카오르, 아르카숑으로 이동한다. 아르카숑에서
　　　　뒤샹을 만나 체스를 두거나『머피』를 번역하며 지낸다. 9월, 파리로 돌아온다.
　　　　페롱을 만나 다시 함께『머피』를 프랑스어로 옮기는 한편, 이듬해 그가 속해 있던
　　　　레지스탕스 조직에 합류한다.

1941년 — 1월 13일, 제임스 조이스가 취리히에서 사망한다. 2월 11일, 소설『와트(Watt)』를
　　　　영어로 쓰기 시작한다. 9월 1일, 레지스탕스 조직 글로리아 SMH에 가담해 각종
　　　　정보를 영어로 번역한다.

1942년 — 8월 16일, 페롱이 체포되자 게슈타포를 피해 쉬잔과 함께 떠난다. 9월 4일,
　　　　방브에 도착한다. 10월 6일, 프랑스 남부 보클뤼즈의 루시용에 도착한다.『와트』를
　　　　계속 집필한다.

1944년 — 8월 25일, 파리 해방. 10월 12일, 파리로 돌아온다. 12월 28일,『와트』완성.

1945년 — 1월, M. A. I. 갤러리와 마그 갤러리에서 각기 열린 네덜란드 화가 판 펠더(van
　　　　Velde) 형제의 전시회를 계기로 비평「판 펠더 형제의 회화 혹은 세계와 바지(La
　　　　Peinture des van Velde ou Le Monde et le pantalon)」를 쓴다. 3월 30일,
　　　　무공훈장을 받는다. 4월 30일 혹은 5월 1일 페롱이 사망한다. 6월 9일, 시「디에프
　　　　193?(Dieppe 193?)」[sic]이『디 아이리시 타임스(The Irish Times)』에 실린다.
　　　　8-12월, 아일랜드 적십자사가 세운 노르망디의 생로 군인병원에서 창고관리인 겸
　　　　통역사로 자원해 일하며 글을 쓴다. 다시 파리로 돌아온다.

1946년 — 1월, 시「생로(Saint-Lô)」가『디 아이리시 타임스』에 실린다. 첫 프랑스어 단편
　　　　「계속(Suite)」(제목은 훗날 '끝[La Fin]'으로 바뀜)이『레 탕 모데른(Les Temps
　　　　modernes)』7월 호에 실린다. 7-10월, 첫 프랑스어 장편소설『메르시에와
　　　　카미에(Mercier et Camier)』를 쓴다. 10월, 전해에 쓴 판 펠더 형제 관련

비평이 『카이에 다르(Cahiers d'Art)』에 실린다. 11월, 전쟁 전에 쓴 열두 편의 시 「시 38–39(Poèmes 38–39)」가 『레 탕 모데른』에 실린다. 10월에 단편 「추방된 자(L'Expulsé)」를, 10월 28일부터 11월 12일까지 단편 「첫사랑(Premier amour)」을, 12월 23일부터 단편 「진정제(Le Calmant)」를 프랑스어로 쓴다.

1947년 — 1–2월, 첫 프랑스어 희곡 「엘레우테리아(Eleutheria)」를 쓴다(사후 출간). 4월, 『머피』의 첫 번째 프랑스어판이 파리의 보르다스(Bordas)에서 출간된다. 5월 2일부터 11월 1일까지 『몰로이(Molloy)』를 프랑스어로 쓴다. 11월 27일부터 이듬해 5월 30일까지 『말론 죽다(Malone meurt)』를 프랑스어로 쓴다.

1948년 — 예술비평가 조르주 뒤튀(Georges Duthuit)가 주선해 주는 번역 작업에 힘쓴다. 3월 8–27일 뉴욕의 쿠츠 갤러리에서 열린 판 펠더 형제의 전시 초청장에 실릴 글을 쓴다. 5월, 판 펠더 형제에 대한 글 「장애의 화가들(Peintres de l'empêchement)」이 마그 갤러리에서 발행하던 미술비평지 『데리에르 르 미루아르(Derrière le Miroir)』에 실린다. 6월, 「세 편의 시들(Three Poems)」이 『트랜지션』에 실린다. 10월 9일부터 이듬해 1월 29일까지 희곡 「고도를 기다리며(En attendant Godot)」를 프랑스어로 쓴다.

1949년 — 3월 29일, 위시쉬르마른의 농장에서 『이름 붙일 수 없는 자(L'Innommable)』를 프랑스어로 쓰기 시작한다. 4월, 「세 편의 시들」이 『포이트리 아일랜드(Poetry Ireland)』에 실린다. 6월, 미술에 대해 뒤튀와 나눴던 대화 중 화가 피에르 탈코아트(Pierre Tal-Coat), 앙드레 마송(André Masson), 브람 판 펠더(Bram van Velde)에 관한 내용을 「세 편의 대화(Three Dialogues)」로 정리하기 시작한다. 12월, 「세 편의 대화」가 『트랜지션』에 실린다.

1950년 — 1월, 유네스코의 의뢰로 『멕시코 시 선집(Anthology of Mexican Poetry)』 (옥타비오 파스[Octavio Paz] 엮음)을 번역하게 된다. 이달 『이름 붙일 수 없는 자』를 완성한다. 8월 25일, 어머니 메이 사망. 10월 중순, 프랑스 미뉘 출판사(Les Éditions de Minuit) 대표 제롬 랭동(Jérôme Lindon)이 쉬잔이 전한 『몰로이』의 원고를 읽고 이를 출간하기로 한다. 11월 중순, 미뉘와 『몰로이』, 『말론 죽다』, 『이름 붙일 수 없는 자』 등 세 편의 소설 출간 계약서를 교환한다. 12월 24일, 「아무것도 아닌 텍스트들(Textes pour rien)」 한 편을 프랑스어로 쓴다.

1951년 — 3월 12일, 『몰로이』가 미뉘에서 출간된다. 11월, 『말론 죽다』가 미뉘에서 출간된다. 12월 20일, 「아무것도 아닌 텍스트들」을 열세 편으로 완성한다.

1952년 — 가을, 위시쉬르마른에 집을 짓기 시작한다. 베케트가 애호하는 집필 장소가 될 이 집은 이듬해 1월 완공된다. 10월 17일, 『고도를 기다리며』가 미뉘에서 출간된다.

1953년 — 1월 5일, 「고도를 기다리며」가 파리 몽파르나스 라스파유가의 바빌론 극장에서
　　　　초연된다(로제 블랭[Roger Blin] 연출, 피에르 라투르[Pierre Latour], 루시앵
　　　　랭부르[Lucien Raimbourg], 장 마르탱[Jean Martin], 로제 블랭 출연). 5월
　　　　20일, 『이름 붙일 수 없는 자』가 미뉘에서 출간된다. 7월 말, 패트릭 볼스(Patrick
　　　　Bowles)와 함께 『몰로이』를 영어로 옮기기 시작한다. 8월 31일, 『와트』 영어판이
　　　　파리의 올랭피아 출판사(Olympia Press)에서 출간된다. 9월 8일, 「고도를
　　　　기다리며(Warten auf Godot)」가 베를린 슈로스파크 극장에서 공연된다. 9월
　　　　25일, 「고도를 기다리며」가 파리 바빌론 극장에서 다시 공연된다. 10월 말,
　　　　다니엘 모로크(Daniel Mauroc)와 함께 『와트』를 프랑스어로 옮기기 시작한다.
　　　　11월 16일부터 12월 12일까지 바빌론 극장이 제작한 「고도를 기다리며」가 순회
　　　　공연된다(독일, 이탈리아, 프랑스). 한편 「고도를 기다리며」의 영어 판권 문의가
　　　　쇄도하자 베케트는 이를 직접 영어로 옮기기 시작한다.

1954년 — 1월, 미뉘의 『메르시에와 카미에』 출간 제안을 거절한다. 6월, 『머피』의 두 번째
　　　　프랑스어판이 미뉘에서 출간된다. 7월, 『말론 죽다』를 영어로 옮기기 시작한다.
　　　　8월 말, 『고도를 기다리며(Waiting for Godot)』 영어판이 뉴욕의 그로브
　　　　출판사(Grove Press)에서 출간된다. 9월 13일, 형 프랭크가 폐암으로 사망한다.
　　　　10월 15일, 『와트』가 아일랜드에서 발매 금지된다. 이해에 희곡 「마지막 승부(Fin
　　　　de Partie)」를 프랑스어로 쓰기 시작해 1956년에 완성하게 된다. 이해 또는
　　　　이듬해에 「포기한 작업으로부터(From an Abandoned Work)」를 영어로 쓴다.

1955년 — 3월, 『몰로이』 영어판이 파리의 올랭피아에서 출간된다. 8월, 『몰로이』 영어판이
　　　　뉴욕의 그로브에서 출간된다. 8월 3일, 「고도를 기다리며」의 첫 영어 공연이
　　　　런던의 아츠 시어터 클럽에서 열린다(피터 홀[Peter Hall] 연출). 8월 18일, 『말론
　　　　죽다』 영어 번역을 마치고, 발레 댄서이자 안무가, 배우였던 친구 더릭 멘들(Deryk
　　　　Mendel)을 위해 「말 없는 몸놀림 I(Acte sans paroles I)」을 쓴다. 9월 12일,
　　　　「고도를 기다리며」가 런던의 크라이테리언 극장에서 공연된다. 10월 28일,
　　　　「고도를 기다리며」가 더블린의 파이크 극장에서 공연된다. 11월 15일, 「추방된
　　　　자」, 「진정제」, 「끝」 등의 단편과 열세 편의 「아무것도 아닌 텍스트들」이 포함된
　　　　『단편들 그리고 아무것도 아닌 텍스트들(Nouvelles et textes pour rien)』이
　　　　미뉘에서 출간된다. 12월 8일, 런던에서 열린 「고도를 기다리며」 100회 기념
　　　　공연에 참석한다.

1956년 — 1월 3일, 「고도를 기다리며」가 미국 마이애미의 코코넛 그로브 극장에서
　　　　공연된다(앨런 슈나이더[Alan Schneider] 연출). 1월 13일, 『몰로이』가
　　　　아일랜드에서 발매 금지된다. 2월 10일, 『고도를 기다리며』가 런던의 페이버 앤드
　　　　페이버(Faber and Faber)에서 출간된다. 2월 27일, 『이름 붙일 수 없는 자』를
　　　　영어로 옮기기 시작한다. 4월 19일, 「고도를 기다리며」가 뉴욕의 존 골든 극장에서
　　　　공연된다(허버트 버고프[Herbert Berghof] 연출). 6월, 「포기한 작업으로부터」가

더블린 주간지 『트리니티 뉴스(Trinity News)』에 실린다. 6월 14일부터 9월 23일까지 「고도를 기다리며」가 파리의 에베르토 극장에서 공연된다. 7월, BBC의 요청으로 첫 라디오극 「지는 모두(All That Fall)」를 영어로 쓰기 시작해 9월 말 완성한다. 10월, 『말론 죽다(Malone Dies)』 영어판이 그로브에서 출간된다. 12월, 희곡 「으스름(The Gloaming)」(제목은 훗날 '극장용 초안 I[Rough for Theatre I]'로 바뀜)을 쓰기 시작한다.

1957년 ― 1월 13일, 「지는 모두」가 BBC 서드 프로그램(Third Programme)에서 처음 방송된다(도널드 맥휘니[Donald McWhinnie] 연출). 1월 말 또는 2월 초, 『마지막 승부 / 말 없는 몸놀림(Fin de partie *suivi de* Acte sans paroles)』이 미뉘에서 출간된다. 3월, 로베르 팽제(Robert Pinget)가 베케트와 협업해 프랑스어로 옮긴 「지는 모두(Tous ceux qui tombent)」가 파리의 문학잡지 『레 레트르 누벨(Les Lettres nouvelles)』에 실린다. 3월 15일, 『머피』가 그로브에서 출간된다. 4월 3일, 「마지막 승부」가 런던의 로열 코트 극장에서 프랑스어로 공연되고(로제 블랭 연출, 장 마르탱 주연), 이달 26일 파리의 스튜디오 데 샹젤리제 무대에도 오른다. 베케트는 8월 중순까지 이 작품을 영어로 옮긴다. 8월 24일, 더릭 멘들을 위해 두 번째 『말 없는 몸놀림 II(Acte sans paroles II)』를 완성한다. 8월 30일, 『넘어지는 모든 자들』이 페이버에서 출간된다. 「포기한 작업으로부터」가 이해 창간된 뉴욕 그로브 출판사의 문학잡지 『에버그린 리뷰(Evergreen Review)』 1권 3호에 실린다. 10월 말, 『지는 모두』가 미뉘에서 출간된다. 12월 14일, 「포기한 작업으로부터」가 BBC 서드 프로그램에서 방송된다(패트릭 머기[Patrick Magee] 낭독).

1958년 ― 1월 28일, 「마지막 승부」의 영어 버전인 「마지막 승부(Endgame)」 공연이 뉴욕의 체리 레인 극장에서 초연된다(앨런 슈나이더 연출). 2월 23일, 『이름 붙일 수 없는 자』의 영어 번역 초안을 완성한다. 3월 6일, 「마지막 승부(Endspiel)」가 빈의 플라이슈마르크트 극장에서 공연된다(로제 블랭 연출). 3월 7일, 『말론 죽다』 영어판이 런던의 존 콜더(John Calder)에서 출간된다. 3월 17일, 희곡 「크래프의 마지막 테이프(Krapp's Last Tape)」를 영어로 완성한다. 4월 25일, 『마지막 승부 / 말 없는 몸놀림 I(Endgame, followed by Act Without Words I)』 영어판이 페이버에서 출간된다. 이해에 『포기한 작업으로부터』도 페이버에서 출간된다. 7월, 희곡 「크래프의 마지막 테이프」가 『에버그린 리뷰』에 실린다. 8월, 훗날 「극장용 초안 II[Rough for Theatre II]」가 되는 글을 쓴다. 9월 29일, 『이름 붙일 수 없는 자(The Unnamable)』 영어판이 그로브에서 출간된다. 10월 28일, 「크래프의 마지막 테이프」가 런던의 로열 코트 극장에서 공연된다(도널드 맥휘니 연출, 패트릭 머기 주연). 11월 1일, 「아무것도 아닌 텍스트들」 중 1편을 영어로 옮긴다. 12월, 1950년 옮겼던 『멕시코 시 선집』이 미국 블루밍턴의 인디애나 대학교 출판부(Indiana University Press)에서 출간된다. 12월 17일, 훗날 『그게 어떤지(Comment c'est)』의 일부가 되는 「핌(Pim)」을 쓰기 시작한다.

1959년 — 3월, 베케트와 피에르 레리스(Pierre Leyris)가 함께 「크래프의 마지막 테이프」를 프랑스어로 옮긴 「마지막 테이프(La Dernière bande)」가 『레 레트르 누벨』에 실린다. 6월 24일, 라디오극 「불씨(Embers)」가 BBC 서드 프로그램에서 방송된다. 7월 2일, 트리니티 대학교에서 명예박사 학위를 받는다. 『몰로이』, 『말론 죽다』, 『이름 붙일 수 없는 자』가 한 권으로 묶여 10월에 파리의 올랭피아에서 『3부작(A Trilogy)』으로, 11월에 뉴욕의 그로브에서 『세 편의 소설(Three Novels)』로 출간된다. 11월, 「불씨」가 『에버그린 리뷰』에 실린다. 같은 달 짧은 글 「영상(L'Image)」이 영국 문예지 『엑스(X)』에 실리고, 이후 이 글은 『그게 어떤지』로 발전한다. 12월 18일, 『크래프의 마지막 테이프 그리고 불씨(Krapp's Last Tape and Embers)』가 페이버에서 출간된다. 팽제가 「불씨」를 프랑스어로 옮긴 「재(Cendres)」가 『레 레트르 누벨』에 실린다. 이해에 독일 비스바덴의 리메스 출판사(Limes Verlag)에서 베케트의 『시집(Gedichte)』이 출간된다.

1960년 — 1월, 『마지막 테이프 / 재(La Dernière bande *suivi de* Cendres)』가 미뉘에서 출간된다. 1월 14일, 「크래프의 마지막 테이프」가 뉴욕의 프로방스타운 극장에서 공연된다(앨런 슈나이더 연출). 『그게 어떤지』 초고를 완성하고, 8월 초까지 퇴고한다. 3월 27일, 「마지막 테이프」가 파리의 레카미에 극장에서 공연된다(로제 블랭 연출, 르네자크 쇼파르[René-Jacques Chauffard] 주연). 3월 31일, 『세 편의 소설』이 존 콜더에서 출간된다. 4월 27일, 「고도를 기다리며」가 BBC 서드 프로그램에서 방송된다. 8월, 희곡 「행복한 날들(Happy Days)」을 영어로 쓰기 시작해 이듬해 1월 완성한다. 8월 23일, 로베르 팽제가 프랑스어로 쓴 라디오극 「크랭크(La Manivelle)」를 베케트가 영어로 번역한 「옛 노래(The Old Tune)」가 BBC 서드 프로그램에서 방송된다(바버라 브레이[Barbara Bray] 연출). 9월 말, 베케트의 번역 「옛 노래」가 함께 수록된 팽제의 『크랭크』가 미뉘에서 출간된다. 리처드 시버(Richard Seaver)와 함께 「추방된 자」를 영어로 옮긴다. 10월 말, 파리 14구 생자크 거리의 아파트로 이사한다. 이해에 『크래프의 마지막 테이프 그리고 다른 희곡 소품(Krapp's Last Tape, and Other Dramatic Pieces)』이 뉴욕 그로브에서 출간된다.

1961년 — 1월, 『그게 어떤지』가 미뉘에서 출간된다. 3월 25일, 영국 동남부 켄트의 포크스턴에서 쉬잔과 결혼한다. 파리로 돌아온 직후부터 6월 초까지 「행복한 날들」의 원고를 개작해 그로브에 송고한다. 4월 3일, 뉴욕의 WNTA TV에서 「고도를 기다리며」가 방송된다(앨런 슈나이더 연출). 5월 3일, 「고도를 기다리며」가 파리의 오데옹 극장에서 공연된다. 5월 4일, 호르헤 루이스 보르헤스(Jorge Luis Borges)와 공동으로 국제 출판인상을 수상한다. 6월 26일, 「고도를 기다리며」가 BBC 텔레비전에서 방송된다(도널드 맥휘니 연출). 7월 15일, 『그게 어떤지』를 영어로 옮기기 시작한다. 9월, 『행복한 날들』이 그로브에서 출간된다. 9월 17일, 「행복한 날들」이 뉴욕의 체리 레인 극장에서 초연된다(앨런 슈나이더 연출). 11월 말, 라디오극 「말과 음악(Words and Music)」을 쓴다(존 베케트[John

Beckett] 작곡). 12월, '음악과 목소리를 위한 라디오극' 「카스칸도(Cascando)」를 프랑스어로 처음 쓴다(마르셀 미할로비치[Marcel Mihalovici] 작곡). 『영어로 쓴 시(Poems in English)』가 콜더 앤드 보야스(Calder and Boyars, 출판사 존 콜더가 1963년부터 1975년까지 사용했던 이름)에서 출간된다.

1962년 — 1월, 단편 「추방된 자(The Expelled)」의 영어 버전이 『에버그린 리뷰』에 실린다. 5월 22일, 「마지막 승부」가 BBC 서드 프로그램에서 방송된다(앨런 깁슨[Alan Gibson] 연출). 6월 15일, 『행복한 날들』이 페이버에서 출간된다. 11월 1일, 「행복한 날들」이 런던의 로열 코트 극장에서 공연된다. 11월 13일, 「말과 음악」이 BBC 서드 프로그램에서 방송된다. 「말과 음악」이 『에버그린 리뷰』에 실린다. 이해 말부터 이듬해에 걸쳐 희곡 「재생(Play)」을 영어로 쓴다.

1963년 — 1월 25일, 「지는 모두」가 프랑스 텔레비전에서 방송된다. 2월, 『오 행복한 날들(Oh les beaux jours)』 프랑스어판이 미뉘에서 출간된다. 3월 20일, 『영어로 쓴 시(Poems in English)』가 그로브에서 출간된다. 4월 5-13일, 시나리오 「필름(Film)」을 쓴다. 6월 14일, 독일 울름에서 독일어 버전 「재생(Spiel)」이 공연되고, 베케트는 공연 제작을 돕는다(더릭 멘들 연출). 7월 4일, 「아무것도 아닌 텍스트들」 열세 편을 영어로 옮기기 시작한다. 9월 말, 「오 행복한 날들」이 베네치아 연극 페스티벌에서 공연되고(로제 블랭 연출, 마들렌 르노[Madeleine Renaud], 장루이 바로[Jean-Louis Barrault] 주연), 이어 10월 말 파리의 오데옹 극장 무대에 오른다. 10월 13일, 「카스칸도」가 프랑스 퀼튀르에서 방송된다(로제 블랭 연출, 장 마르탱 목소리 출연). 이해 독일 프랑크푸르트의 주어캄프 출판사(Suhrkamp Verlag)에서 베케트의 『극자품(Dramatische Dichtungen)』 1권(총 3권)이 출간된다(「고도를 기다리며」, 「마지막 승부」, 「말 없는 몸놀림 I」, 「말 없는 몸놀림 II」, 「카스칸도」 등 수록).

1964년 — 1월 4일, 「재생」이 뉴욕의 체리 레인 극장에서 공연된다(앨런 슈나이더 연출). 2월 17일, 「마지막 승부」 영어 공연이 파리의 샹젤리제 스튜디오에서 열린다(잭 맥가우런[Jack MacGowran], 패트릭 머기 주연). 3월, 『재생 그리고 라디오용 소품 두 편(Play and Two Short Pieces for Radio)』이 페이버에서 출간된다(「재생」, 「카스칸도」, 「말과 음악」 수록). 4월 7일, 「재생」이 런던의 국립극장 올드빅에서 공연된다. 4월 30일, 『그게 어떤지(How It Is)』 영어판이 런던의 콜더 앤드 보야스에서 출간된다. 6월, 「재생」을 프랑스어로 옮긴 「코메디(Comédie)」가 『레 레트르 누벨』에 게재된다. 6월 11일, 「코메디」가 파리 루브르 박물관의 마르상관(館)에서 초연된다(장마리 세로[Jean-Marie Serreau] 연출). 7월 9일, 로열 셰익스피어 극단이 제작한 「마지막 승부」가 런던의 알드위치 극장에서 공연된다. 7월 10일부터 8월 초까지 뉴욕에서 「필름」 제작을 돕는다(앨런 슈나이더 감독, 버스터 키턴[Buster Keaton] 주연). 8월 말, 훗날 「잘못된 출발들(Faux départs)」이 될 글을 쓰기 시작한다. 10월 6일, 「카스칸도」가 BBC

서드 프로그램에서 방송된다. 12월 30일, 「고도를 기다리며」가 런던의 로열 코트 극장에서 공연된다(앤서니 페이지[Anthony Page] 연출).

1965년 — 1월, 희곡 「오고 가고(Come and Go)」를 영어로 쓴다. 3월 21일, 「오고 가고」의 프랑스어 번역을 마친다. 4월 13일부터 5월 1일까지 첫 텔레비전용 스크립트 「응 조(Eh Joe)」를 영어로 쓴다. 5월 6일, 『고도를 기다리며』 무삭제판이 페이버에서 출간된다. 7월 3일, 「응 조」의 프랑스어 번역을 마친다. 7월 4–8일, 봄에 프랑스어로 쓴 단편 「죽은 상상력 상상해 보라(Imagination morte imaginez)」를 영어로 옮긴다. 프랑스어로 쓴 「죽은 상상력 상상해 보라」는 『레 레트르 누벨』에 게재되고 미뉘에서 출간된다. 영어로 번역된 「죽은 상상력 상상해 보라(Imagination Dead Imagine)」는 런던의 『더 선데이 타임스(The Sunday Times)』에 실리고 콜더 앤드 보야스에서 출간된다. 8월 8–14일, 「말과 음악」을 프랑스어로 옮긴다. 9월 4일, 「필름」이 베네치아 국제영화제에서 상영되고, 젊은 비평가상을 수상한다. 이날 단편 「충분히(Assez)」를 프랑스어로 쓰기 시작한다. 10월 18일, 로베르 팽제의 「가설(L'Hypothèse)」이 파리 근대 미술관에서 공연된다(베케트와 피에르 샤베르[Pierre Chabert] 공동 연출). 11월, 「소멸자(Le Dépeupleur)」를 프랑스어로 쓰기 시작한다.

1966년 — 1월, 『코메디 및 기타 극작품(Comédie et Actes divers)』이 미뉘에서 출간된다(「코메디」, 「오고 가고[Va-et-vient]」, 「카스칸도」, 「말과 음악[Paroles et musique]」, 「응 조[Dis Joe]」, 「말 없는 몸놀림 II」 수록). 2월 28일, 「오고 가고」와 팽제의 「가설」(베케트 연출)이 파리의 오데옹 극장에서 공연된다. 4월 13일, 베케트의 60회 생일을 기념해 「응 조(He Joe)」가 독일 국영방송 SDR(남부독일방송)에서 처음 방송된다(베케트 연출). 7월 4일, 「응 조」가 BBC2에서 방송된다. 7–8월, 「쿵(Bing)」을 프랑스어로 쓴다. 『충분히』, 『쿵』이 미뉘에서 출간된다. 11–12월 초, 「아무것도 아닌 텍스트들」을 영어로 옮긴다.

1967년 — 녹내장 진단을 받는다. 뤼도비크(Ludovic)와 아네스 장비에(Agnès Janvier), 베케트가 함께 옮긴 『포기한 작업으로부터(D'un ouvrage abandonné)』가 미뉘에서 출간된다. 단편집 『죽은-머리들(Têtes-mortes)』이 미뉘에서 출간된다(「충분히」, 「죽은 상상력 상상해 보라」, 「쿵」 수록). 『응 조 그리고 다른 글(Eh Joe and Other Writings)』이 페이버에서 출간된다. 7월, 『오고 가고』가 콜더 앤드 보야스에서 출간된다(「응 조」, 「말 없는 몸놀림 II[Act Without Words II]」, 「필름」 수록). 8월 중순부터 9월 말까지 베를린에 머물며 실러 극장 무대에 오를 「마지막 승부(Endspiel)」 연출을 준비하고, 9월 26일 공연한다. 11월, 베케트가 1945년부터 1966년까지 쓴 단편들을 묶은 『아니요의 칼(No's Knife)』이 콜더 앤드 보야스에서 출간된다. 12월, 『단편들 그리고 아무것도 아닌 텍스트들(Stories and Texts for Nothing)』이 그로브에서 출간된다. 이해에 토머스 맥그리비가 사망한다.

1968년 — 이해에 『카스칸도 그리고 다른 단편 희곡 소품(Cascando and Other
　　　　Short Dramatic Pieces)』이 그로브에서 출간된다(「카스칸도」, 「말과 음악」,
　　　　「옹 조」, 「재생」, 「오고 가고」, 「필름」 수록). 3월, 프랑스어로 쓴 시들을 엮은
　　　　『시집(Poèmes)』이 미뉘에서 출간된다. 5월, 폐에서 종기가 발견되어 술과 담배를
　　　　끊는 등 여름 내내 치유에 힘쓴다. 「소멸자」의 일부인 「출구(L'Issue)」가 파리의
　　　　조르주 비자(Georges Visat)에서 출간된다. 12월, 뤼도비크와 아네스 장비에,
　　　　베케트가 함께 옮긴 『와트』가 미뉘에서 출간된다. 이달 초부터 이듬해 3월 초까지
　　　　포르투갈에 머물며 휴식을 취한다.

1969년 — 「없는(Sans)」을 프랑스어로 쓴다. 「숨(Breath)」을 영어로 쓴다. 6월 16일,
　　　　뉴욕의 에덴 극장에서 「숨」이 공연된다. 8월 말, 10월 5일 실러 극장에서 직접
　　　　연출해 선보일 「마지막 테이프(Das letzte Band)」 공연 준비차 베를린을 방문하고,
　　　　그곳에서 「없는」을 영어로 옮기기 시작한다. 10월, 영국 글래스고의 클로스 시어터
　　　　클럽에서 「숨」이 공연된다. 10월 초, 요양차 튀니지로 떠난다. 10월 23일, 노벨
　　　　문학상 수상. 미뉘 출판사 대표 제롬 랭동이 대신 시상식에 참여한다. 『없는』이
　　　　미뉘에서 출간된다.

1970년 — 3월 8일, 영국 옥스퍼드 플레이하우스에서 「숨」이 공연된다. 4월 29일,
　　　　파리의 레카미에 극장에서 「마지막 테이프」를 직접 연출한다. 같은 달, 1946년
　　　　집필했으나 당시 베케트가 출간을 거부했던 장편 『메르시에와 카미에(Mercier
　　　　et Camier)』와 단편 『첫사랑(Premier Amour)』이 미뉘에서 출간된다. 7월,
　　　　「없는」을 영어로 옮긴 『없어짐(Lessness)』이 콜더 앤드 보야스에서 출간된다.
　　　　9월, 『소멸자』가 미뉘에서 출간된다. 10월 중순 백내장으로 인해 왼쪽 눈 수술을
　　　　받는다.

1971년 — 2월 중순, 오른쪽 눈 수술을 받는다. 「숨(Souffle)」 프랑스어 버전이 『카이에 뒤
　　　　슈맹(Cahiers du Chemin)』 4월 호에 실린다. 8-9월, 베를린을 방문해 9월 17일
　　　　「행복한 날들(Glückliche Tage)」을 실러 극장에서 연출한다. 10-11월, 요양차
　　　　몰타에 머문다.

1972년 — 2월, 모로코에 머문다. 3월 말, 무대에 '입'만 등장하는 모놀로그 「나 아닌(Not
　　　　I)」을 영어로 쓴다. 『소멸자』를 영어로 옮긴 『잃어버린 자들(The Lost Ones)』이
　　　　런던의 콜더 앤드 보야스와 뉴욕의 그로브에서 출간된다. 『잃어버린 자들』
　　　　일부가 '북쪽(The North)'이라는 제목으로 런던의 이니사먼 출판사(Enitharmon
　　　　Press)에서 출간된다. 단편집 『죽은-머리들』 증보판이 미뉘에서 출간된다(「없는」
　　　　추가 수록). 「필름/숨(Film suivi de Souffle)」이 미뉘에서 출간되고, 두 작품은
　　　　이해 출간된 『코메디 및 기타 극작품』 증보판에 수록된다. 『숨 그리고 다른
　　　　단편(Breath and Other Shorts)』이 페이버에서 출간된다. 11월 22일, 「나 아닌」이
　　　　'사뮈엘 베케트 페스티벌'의 일환으로 뉴욕의 링컨 센터에서 공연된다(앨런

슈나이더 연출, 제시카 탠디[Jessica Tandy] 주연).

1973년 — 1월 16일, 「나 아닌」이 런던의 로열 코트 극장에서 공연된다(베케트와 앤서니 페이지 공동 연출, 빌리 화이틀로[Billie Whitelaw] 주연). 같은 달 『나 아닌』이 페이버에서 출간된다. 2월, 『첫사랑』의 영어 번역을 마친다. 『나 아닌』을 프랑스어로, 『메르시에와 카미에』를 영어로 옮기기 시작한다. 7월, 『첫사랑(First Love)』이 콜더 앤드 보야스에서 출간된다. 8월, 「이야기된바(As the Story Was Told)」를 쓴다. 이 글은 이해 독일의 주어캄프에서 출간된 시인 귄터 아이히(Günter Eich) 기념 책자에 수록된다.

1974년 — 『첫사랑 그리고 다른 단편들(First Love and Other Shorts)』가 그로브에서 출간된다(「포기한 작업으로부터」, 「충분히[Enough]」, 「죽은 상상력 상상해 보라」, 「땡[Ping]」, 「나 아닌」, 「숨」 수록). 『메르시에와 카미에(Mercier and Camier)』가 런던의 콜더 앤드 보야스와 뉴욕의 그로브에서 출간된다. 6월, 「나 아닌」에 비견되는 실험적인 희곡 「그때(That Time)」를 쓰기 시작해 이듬해 8월 완성한다.

1975년 — 3월 8일, 베를린 실러 극장에서 「고도를 기다리며」를 연출한다. 4월 8일, 파리 오르세 극장에서 「나 아닌(Pas moi)」(마들렌 르노 주연)과 「마지막 테이프」를 연출한다. 희곡 「발길(Footfalls)」을 영어로 쓰기 시작해 11월에 완성한다. 텔레비전용 스크립트 「유령 삼중주(Ghost Trio)」를 영어로 쓴다. 12월, 「다시 끝내기 위하여(Pour finir encore)」를 쓴다.

1976년 — 2월, 단편집 『다시 끝내기 위하여 그리고 다른 실패작들(Pour finir encore et autres foirades)』이 미뉘에서 출간된다. 5월 말, 베케트의 일흔 번째 생일을 기념해 런던의 로열 코트 극장에서 「발길」(베케트 연출, 빌리 화이틀로 주연)과 「그때」(도널드 맥휘니 연출, 패트릭 머기 주연)이 공연된다. 『그때』가 페이버에서 출간된다. 8월, 「죽은 상상력 상상해 보라」를 쓰기 전해인 1964년에 영어로 쓴 글 「모든 이상한 것이 사라지고(All Strange Away)」가 에드워드 고리(Edward Gorey)의 에칭화와 함께 뉴욕의 고담 북 마트(Gotham Book Mart)에서 출간된다. 10월 1일, 「그때(Damals)」와 「발길(Tritte)」을 베를린 실러 극장에서 연출한다. 10–11월, 텔레비전용 스크립트 「…다만 구름…(... but the clouds ...)」을 영어로 쓴다. 11월, 「유령 삼중주」를 처음 수록한 아홉 편의 희곡집 『끄트머리와 끄트러기(Ends and Odds)』가 그로브에서 출간된다. 12월, 『발길』이 페이버에서 출간된다. 이해에 재스퍼 존스(Jasper Johns)의 오목판화 작품들과 함께 엮은 산문 모음 『실패작들(Foirades / Fizzles)』이 뉴욕의 피터즈버그 출판사(Petersburg Press)에서 프랑스어와 영어로 출간되고, 『다시 끝내기 위하여 그리고 다른 실패작들(For to End Yet Again and Other Fizzles)』이 런던의 존 콜더에서, 『실패작들(Fizzles)』이 뉴욕의 그로브에서 출간된다.

1977년 — 3월, 『동반자(Company)』를 영어로 쓰기 시작한다. 『영어와 프랑스어로 쓴 시 전집(Collected Poems in English and French)』이 런던의 콜더와 뉴욕의 그로브에서 출간된다. 4월 17일, 「나 아닌」, 「유령 삼중주」, 「…다만 구름…」이 '그늘(Shades)'이라는 타이틀 아래 영국 BBC2에서 방송된다(앤서니 페이지, 도널드 맥휘니 연출). 10월, '죽음'에 대해 말하는 남자에 대한 작품을 써 달라는 배우 데이비드 워릴로(David Warrilow)의 요청으로 「독백 한 편(A Piece of Monologue)」을 쓰기 시작한다. 11월 1일, 남부독일방송에서 제작된 「유령 삼중주(Geistertrio)」와 「…다만 구름…(... nur noch Gewölk ...)」, 그리고 영국에서 방송되었던 빌리 화이틀로 버전의 「나 아닌」이 '그늘(Schatten)'이라는 타이틀 아래 RFA에서 방송된다(베케트 연출). 전해에 그로브에서 출간된 동명의 희곡집에 「…다만 구름…」을 추가로 수록한 『끄트머리와 끄트러기』가 페이버에서 출간된다. 『발길(Pas)』이 미뉘에서 출간된다.

1978년 — 『발길 / 밑그림 네 편(Pas suivi de Quatre esquisses)』이 미뉘에서 출간된다(「발길」, 「극 조각 I & II[Fragment de théâtre I & II]」, 「라디오 민그림[Pochade radiophonique]」, 「라디오 밑그림[Esquisse radiophonique]」). 4월 11일, 「발길」과 「나 아닌」이 파리의 오르세 극장에서 공연된다(베케트 연출, 마들렌 르노 주연). 8월, 『시들 / 풀피리 노래들(Poèmes suivi de mirlitonnades)』이 미뉘에서 출간된다. 「그때」를 프랑스어로 옮긴 『이번에는(Cette fois)』이 미뉘에서 출간된다. 10월 6일, 「재생」을 베를린 실러 극장에서 연출한다.

1979년 — 4월 말, 「독백 한 편」을 완성한다. 6월, 런던의 로열 코트 극장에서 『행복한 날들』이 공연된다(베케트 연출). 9월, 『동반자』를 완성하고 프랑스어로 옮기기 시작한다. 『동반자』가 런던 콜더에서 출간된다. 10월 말, 『잘 못 보이고 잘 못 말해진(Mal vu mal dit)』을 쓰기 시작한다. 12월 14일, 「독백 한 편」이 뉴욕의 라 마마 실험 극장 클럽에서 초연된다(데이비드 워릴로 연출, 주연).

1980년 — 『동반자(Compagnie)』가 파리 미뉘에서 출간된다. 5월, 런던의 리버사이드 스튜디오에서 샌 퀜틴 드라마 워크숍의 일환으로 창립자 릭 클러치(Rick Cluchey)와 함께 「마지막 승부」를 연출한다. 이듬해 75번째 생일을 기념해 뉴욕주 버펄로에서 열리는 심포지엄에서 선보일 「흔들노래(Rockaby)」를 쓰고(앨런 슈나이더 연출, 빌리 화이틀로 주연), 역시 이듬해 미국 오하이오 주립 대학교에서 열릴 베케트 심포지엄의 의뢰로 「오하이오 즉흥(Ohio Impromptu)」을 쓴다(앨런 슈나이더 연출).

1981년 — 1월 말, 『잘 못 보이고 잘 못 말해진』을 완성한다. 3월, 『잘 못 보이고 잘 못 말해진』이 미뉘에서 출간된다. 『흔들노래 그리고 다른 단편(Rockaby and Other Short Pieces)』이 그로브에서 출간된다(「오하이오 즉흥」, 「흔들노래」,

「독백 한 편」 등 수록). 4월, 텔레비전용 스크립트 「사방(Quad)」을 영어로 쓴다. 7월, 종종 협업해 온 화가 아비그도르 아리카(Avigdor Arikha)를 위해 짧은 글 「천장(Ceiling)」을 영어로 쓰기 시작한다(훗날 에디트 푸르니에[Edith Fournier]가 옮긴 프랑스어 제목은 'Plafond'). 8월, 『최악을 향하여(Worstward Ho)』를 영어로 쓰기 시작해 이듬해 3월 완성한다(에디트 푸르니에가 베케트와 미리 상의한 후 1991년 펴낸 프랑스어 번역본의 제목은 'Cap au pire'). 10월 8일, 독일 SDR에서 제작된 「사방」이 '사각형 I+II(Quadrat I+II)'라는 제목으로 RFA에서 방송된다(베케트 연출). 같은 달 『잘 못 보이고 잘 못 말해진(Ill Seen Ill Said)』이 그로브에서 출간된다. 베케트 탄생 75주년을 기념해 파리에서 '사뮈엘 베케트 페스티벌'이 개최된다.

1982년 — 체코 대통령이자 극작가였던 바츨라프 하벨(Václav Havel)에게 헌정하는 희곡 「파국(Catastrophe)」을 쓴다. 7월 20일, 「파국」이 아비뇽 페스티벌에서 초연된다. 『독백 한 편/파국(Solo *suivi de* Catastrophe)』과 『파국 그리고 또 다른 소극들(Catastrophe et autres dramaticules)』, 『흔들노래/오하이오 즉흥(Berceuse *suivi de* Impromptu d'Ohio)』이 미뉘에서 출간된다. 『특별히 묶은 세 편의 희곡(Three Occasional Pieces)』이 페이버에서 출간된다(「독백 한 편」, 「흔들노래」, 「오하이오 즉흥」 수록). 『잘 못 보이고 잘 못 말해진』이 콜더에서 출간된다. 마지막 텔레비전용 스크립트 「나흐트 운트 트로이메(Nacht und Träume)」를 영어로 쓰고 독일 SDR에서 연출한다(이듬해 5월 19일 RFA에서 방송됨). 12월 16일, 「사방」이 영국 BBC2에서 방송된다.

1983년 — 2–3월, 9월에 오스트리아 그라츠에서 열리는 슈타이리셔 헤르프스트 페스티벌의 요청으로 희곡 「무엇 어디」를 프랑스어로 쓰고('Quoi Où') 영어로 옮긴다('What Where'). 이 작품은 베케트가 집필한 마지막 희곡이 된다. 4월, 『최악을 향하여』가 콜더에서 출간된다. 9월, 베케트가 1929년부터 1967년까지 썼던 비평과 공연되지 않은 극작품 「인간의 소망들」 등이 포함된 『소편(小片)들: 잡문들 그리고 희곡 조각 한 편(Disjecta: Miscellaneous Writings and a Dramatic Fragment)』(루비 콘[Ruby Cohn] 엮음)이 콜더에서 출간된다. 『오하이오 즉흥, 파국, 무엇 어디(Ohio Impromptu, Catastrophe, What Where)』가 그로브에서 출간된다. 「독백 한 편」, 「이번에는」이 파리 생드니의 제라르 필리프 극장에서 프랑스어로 공연된다(데이비드 워릴로 주연). 「흔들노래」, 「오하이오 즉흥」, 「파국」이 파리 롱푸앵 극장 무대에 오른다(피에르 샤베르 연출). 6월 15일, 「무엇 어디」, 「파국」, 「오하이오 즉흥」이 뉴욕의 해럴드 클러먼 극장에서 공연된다(앨런 슈나이더 연출).

1984년 — 2월, 런던을 방문해 샌 퀜틴 드라마 워크숍에서 준비하는 「고도를 기다리며」를 감독한다(발터 아스무스[Walter Asmus] 연출, 3월 13일 애들레이드 아츠 페스티벌에서 초연됨). 『파국』이 콜더에서 출간된다. 『단편극 전집(Collected

Shorter Plays)』이 런던의 페이버와 뉴욕의 그로브에서 출간되고, 『시 전집 1930-78(Collected Poems, 1930-1978)』이 런던의 콜더에서 출간된다. 8월, 에든버러 페스티벌에서 '베케트 시즌'이 열린다. 런던에서 오스트레일리아 순회공연을 위해 「고도를 기다리며」, 「마지막 승부」, 「크래프의 마지막 테이프」 연출을 감독한다.

1985년 — 마드리드와 예루살렘에서 베케트 페스티벌이 열린다. 6월, 「무엇 어디(Was Wo)」를 텔레비전 방송용으로 개작해 독일 SDR에서 연출한다(이듬해 4월 13일 방송됨). 「천장」이 실린 책 『아리카(Arikha)』가 파리의 에르만(Hermann)과 런던의 템스 앤드 허드슨(Thames and Hudson)에서 출간된다.

1986년 — 베케트 탄생 80주년을 기념해 4월에 파리에서, 8월에 스코틀랜드 스털링에서 사뮈엘 베케트 페스티벌이 열린다. 폐 질환이 시작된다.

1988년 — 마지막 글이 될 「떨림(Stirrings Still)」을 영어로 완성한다. 이 글은 뉴욕의 블루 문 북스(Blue Moon Books)와 런던의 콜더에서 출간된다. 『영상』이 미뉘에서, 『단편 산문 전집 1945-80(Collected Shorter Prose, 1945-1980)』이 콜더에서 출간된다. 7월, 쉬잔과 함께 요양원 르 티에르탕에 들어간다. 그곳에서 프랑스어 시 「어떻게 말할까(Comment dire)」와 영어 시 「무어라 말하나(What Is the Word)」를 쓴다.

1989년 — 『동반자』, 『잘 못 보이고 잘 못 말해진』, 『최악을 향하여』가 수록된 『계속할 도리가 없는(Nohow On)』이 뉴욕의 리미티드 에디션스 클럽(Limited Editions Club)과 런던의 콜더에서 출간된다(그로브에서는 1995년 출간됨). 『떨림(Stirrings Still)』을 프랑스어로 옮긴 『떨림(Soubresauts)』과 1940년대에 판 펠더 형제에 대해 썼던 미술비평 『세계와 바지(Le Monde et le pantalon)』가 미뉘에서 출간된다(「장애의 화가들[Peintres de l'empêchement]」은 1991년 증보판에 수록됨).
　　　7월 17일, 쉬잔 사망. 12월 22일, 베케트 사망. 파리의 몽파르나스 묘지에 함께 안장된다.

작품 연표

289

1946년

단편 「끝(La Fin)」(1955)

장편 『메르시에와 카미에(Mercier et Camier)』(1970)

단편 「추방된 자(L'Expulsé)」(1955)

단편 「첫사랑(Premier amour)」(1970)

단편 「진정제(Le Calmant)」(1955)

1947년

희곡 「엘레우테리아(Eleutheria)」(1995)

1947-8년

장편 『몰로이(Molloy)』(1951)

장편 『말론 죽다(Malone meurt)』(1951)

미술비평 「장애의 화가들(Peintres de l'empêchement)」(1989)

1948-9년

희곡 「고도를 기다리며(En attendant Godot)」(1952)

1949년

미술비평 「세 편의 대화(Three Dialogues)」(사후 출간)

1949-50년

장편 『이름 붙일 수 없는 자 (L'Innommable)』(1953)

1950-1년

단편 모음 「아무것도 아닌 텍스트들 (Textes pour rien)」(1955)

1953-4년

장편 『몰로이(Molloy)』(패트릭 볼스와 공동 번역, 1955년 출간)

희곡 『고도를 기다리며(Waiting for Godot)』(1954)

1954-5년

장편 『말론 죽다(Malone Dies)』(1956)

1955(?)년

단편 「포기한 작업으로부터(From an Abandoned Work)」(1958)

1954-6년

희곡 「마지막 승부(Fin de Partie)」(1957)

희곡 「말 없는 몸놀림 I(Acte sans paroles I)」(1957)

1956년

라디오극 「지는 모두(All That Fall)」(1957)

1956–7년

희곡 「으스름(The Gloaming)」
장편 『이름 붙일 수 없는 자(The Unnamable)』(1958)

1957년

희곡 「마지막 승부(Endgame)」(1958)

1958년

희곡 「크래프의 마지막 테이프(Krapp's Last Tape)」(1959)
단편 「아무것도 아닌 텍스트 I(Text for Nothing I)」
라디오극 「불씨(Embers)」(1959)

1960–1년

희곡 「행복한 날들(Happy Days)」(1961)
단편 「추방된 자」(리처드 시버와 공동 번역, 1967년 출간)

1961년

라디오극 「밀과 음악(Words and Music)」(1964)

1961–2년

장편 『그게 어떤지(How It is)』(1964)

1962–3년

희곡 「재생(Play)」(1964)
「극장용 초안 I & II(Rough for Theatre I & II)」(1976)
「라디오용 초안 I & II(Rough for Radio I & II)」(1976)

1963년

라디오극 「카스칸도(Cascando)」(1964)
시나리오 「필름(Film)」(1964년 제작, 1965년 상영, 1967년 출간)

1957년

라디오극 「지는 모두(Tous ceux qui tombent)」(로베르 팽제와 공동 번역, 1957년 출간)
「말 없는 몸놀림 II(Acte sans paroles II)」(1966)

1958–9년

희곡 「마지막 테이프(La Dernière bande)」(피에르 레리스와 공동 번역, 1960년 출간)

1959–60년

장편 『그게 어떤지(Comment c'est)』(1961)

「극 조각 I & II(Fragment de théâtre I & II)」(1950년대 후반 집필, 1978년 출간)

1961년

라디오극 「카스칸도(Cascando)」(1963)
「라디오 민그림(Pochade radiophonique)」(1978)
「라디오 밑그림(Esquisse radiophonique)」(1978)

1962년

희곡 「오 행복한 날들(Oh les beaux jours)」(1963)

1963–4년

희곡 「코메디(Comédie)」(1966)

1963–6년
단편 모음 「아무것도 아닌 텍스트들(Texts for Nothing)」(1967)

1964–5년
단편 「모든 이상한 것이 사라지고(All Strange Away)」(1976)

1965년
희곡 「오고 가고(Come and Go)」 (1)* (1967)
텔레비전용 스크립트 「응 조(Eh Joe)」 (1) (1967)
단편 「죽은 상상력 상상해 보라 (Imagination Dead Imagine)」 (2) (1974)

1965–6년
단편 「충분히(Enough)」 (2) (1974)
단편 「땡(Ping)」(1974)

1965년
희곡 「오고 가고(Va-et-vient)」 (2) (1966)
단편 「죽은 상상력 상상해 보라 (Imagination morte imaginez)」 (1) (1967)
텔레비전용 스크립트 「응 조(Dis Joe)」 (2) (1966)
라디오극 「말과 음악(Paroles et musique)」(1966)
단편 「충분히(Assez)」 (1) (1966)

1965–6년
단편 「소멸자(Le Dépeupleur)」(1970)

1966년
단편 「쿵(Bing)」(1966)

1966–8년
장편 『와트(Watt)』(아녜스 & 뤼도비크 장비에와 공동 번역, 1968년 출간)

1968년
희곡 「숨(Breath)」(1972)

1969년
단편 「없어짐(Lessness)」 (2) (1970)

1969년
단편 「없는(Sans)」 (1) (1969)
희곡 「숨(Souffle)」(1972)

단편 모음 「실패작들(Foirades)」 (1960년대 집필, 1976년 출간)

1971–2년
단편 「잃어버린 자들(The Lost Ones)」 (1972)

1971년
시나리오 「필름(Film)」(1972)

* 제목 옆의 숫자 (1), (2)는 집필 연도가 같은 작품들의 집필 순서를 표시한 것이다.

1972–3년
희곡「나 아닌(Not I)」(1973)
단편「첫사랑(First Love)」(1973)
단편「정적(Still)」(1973)
단편「소리들(Sounds)」(1978)
단편「정적 3(Still 3)」(1978)

단편「움직이지 않는(Immobile)」(1976)

1973년
장편『메르시에와 카미에(Mercier and Camier)』(1974)
단편「이야기된바(As the Story Was Told)」(1973)

1973년
희곡「나 아닌(Pas moi)」(1975)

1973–4년
단편 모음「실패작들(Fizzles)」(1976)

1974–5년
희곡「그때(That Time)」(1976)

1974–5년
희곡「이번에는(Cette fois)」(1978)

1975년
단편「다시 끝내기 위하여(For to End Yet Again)」(2) (1976)
희곡「발길(Footfalls)」(1) (1976)
텔레비전용 스크립트「유령 삼중주(Ghost Trio)」(1976)

1975년
단편「다시 끝내기 위하여(Pour finir encore)」(1) (1976)
희곡「발길(Pas)」(2) (1978)

1976년
텔레비전용 스크립트「…나란 구름…(... but the clouds ...)」(1977)

1976–8년
「풀피리 노래들(Mirlitonnades)」(1978)

1977–9년
단편「동반자(Company)」(1979)
희곡「독백 한 편(A Piece of Monologue)」(1981)

1979–80년
단편「잘 못 보이고 잘 못 말해진(Ill Seen Ill Said)」(1981)
희곡「흔들노래(Rockaby)」(1981)
희곡「오하이오 즉흥(Ohio Impromptu)」(1981)

1979년
단편「동반자(Compagnie)」(1980)

1979–82년
희곡「독백 한 편(Solo)」(1982)

1981년

텔레비전용 스크립트「사방(Quad)」
(1982)

단편「천장(Ceiling)」(1985)

1981–2년

단편「최악을 향하여(Worstward Ho)」
(1983)

텔레비전용 스크립트「나흐트 운트
트로이메(Nacht und Träume)」(1984)

1983년

희곡「무엇 어디(What Where)」(2) (1983)

희곡「파국(Catastrophe)」(1983)

1983–7년

단편「떨림(Stirrings Still)」(1988)

1989년

시「무어라 말하나(What Is the Word)」

1981년

단편「잘 못 보이고 잘 못 말해진(Mal vu
mal dit)」(1981)

1982년

희곡「흔들노래(Berceuse)」(1982)

희곡「오하이오 즉흥(Impromptu
d'Ohio)」(1982)

희곡「파국(Catastrophe)」(1982)

1983년

희곡「무엇 어디(Quoi Où)」(1) (1983)

1988년

시「어떻게 말할까(Comment dire)」

단편「떨림(Soubresauts)」(1989)

사뮈엘 베케트 선집

소설
『포기한 작업으로부터』, 윤원화 옮김
『발길질보다 따끔함』, 윤원화 옮김
『머피』, 이예원 옮김
『와트』, 이진이 옮김
『메르시에와 카미에』, 전승화 옮김
『말론 죽다』, 임수현 옮김
『이름 붙일 수 없는 자』, 전승화 옮김
『그게 어떤지 / 영상』, 전승화 옮김
『죽은-머리들 / 소멸자 / 다시 끝내기 위하여 그리고 다른 실패작들』, 임수현 옮김
『동반자 / 잘 못 보이고 잘 못 말해진 / 최악을 향하여 / 떨림』, 임수현 옮김

희곡
『단편극집 I』, 이예원 옮김
『단편극집 II』, 이예원 옮김
『엘레우테리아』, 김두리 옮김

시
『에코의 뼈들 그리고 다른 침전물들 / 호로스코프 / 시들, 풀피리 노래들』,
    김예령 옮김

평론
『프루스트』, 유예진 옮김
『세계와 바지 / 장애의 화가들』, 김예령 옮김

전기
제임스 놀슨, 『명성으로 저주받은: 사뮈엘 베케트의 삶』, 김두리 옮김

사뮈엘 베케트 선집

사뮈엘 베케트
단편극집 I

이예원 옮김

초판 1쇄 발행. 2025년 9월 10일

발행. 워크룸 프레스
편집. 김뉘연, 신선영
표지 사진. EH(김경태)
제작. 세걸음

ISBN 979-11-94232-19-3 04800
978-89-94207-65-0 (세트)
27,000원

워크룸 프레스
03035 서울시 종로구
자하문로19길 25, 3층
전화. 02-6013-3246
팩스. 02-725-3248
메일. wpress@wkrm.kr
workroompress.kr

옮긴이. 이예원
캐나다에서 태어나 한국과 인도네시아, 핀란드, 덴마크, 영국을 오가며 성장기를 보냈다. 2002년부터 영상 자막, 출판, 미술 번역을 해 왔다. 데버라 리비 에세이(플레이타임), 사뮈엘 베케트 소설 『머피』(워크룸 프레스) 외 다수의 글을 한국어로 옮겼고, 황정은 소설과 한강 소설(공역)을 영어로 옮겼다. 파디 주다 외 33인의 시인과 번역가가 쓰고 옮긴 『팔레스타인 시선집』(접촉면)을 함께 옮기고 만들었다.